愛經典

閱讀經典，成為更好的自己。

洗澡

楊絳——著

關於作者

楊絳（1911～）

本名楊季康，祖籍江蘇無錫，生於北京。1932年畢業於蘇州東吳大學。1935年與錢鍾書先生結婚，同年兩人至英國留學，1937年轉赴法國。1938年夫婦倆攜女返國，回國後楊絳曾任振華女校上海分校校長、上海震旦女子文理學院教授。1949年後，先後任清華大學教授、中國社會科學院文學研究所研究員、中國社會科學院外國文學研究所研究員。

楊絳早在抗戰時期的上海，就以《稱心如意》和《弄真成假》兩部喜劇成名，後來又出版短篇小說《倒影集》和文學評論《春泥集》，文革後更有膾炙人口的《幹校六記》、《洗澡》、《將飲茶》、《我們仨》、《走到人生邊上》、《雜憶與雜寫》等多部作品問世，逾百歲之齡完成《洗澡之後》。

作品另有《楊絳譯文集》、《楊絳作品集》，譯有《小癩子》、《堂吉訶德》、《斐多》等多書。

目錄

新版前言

《洗澡》不是由一個主角貫連全部的小說，而是借一個政治運動作背景，寫那個時期形形色色的知識分子。所以是個橫斷面；既沒有史詩性的結構，也沒有主角。

本書第一部寫新中國不拘一格收羅的人才，人物一一出場。第二部寫這些人確實需要「洗澡」。第三部寫運動中這群人各自不同的表現。「洗澡」沒有得到預期的效果，原因是誰都沒有自覺自願。

假如說，人是有靈性、有良知的動物，那麼，人生一世，無非是認識自己，洗煉自己，自覺自願地改造自己，除非甘心與禽獸無異。但是這又談何容易呢。這部小說裡，只有一兩人自覺自願地試圖超拔自己。讀者出於喜愛，往往把他們看作主角。

《洗澡》重印行，我趁便添補幾句，是爲〈新版前言〉。

楊絳

二〇〇三年十月十五日

前言

這部小說寫解放後知識分子第一次經受的思想改造——當時泛稱「三反」，又稱「脫褲子，割尾巴」。這些知識分子耳朵嬌嫩，聽不慣「脫褲子」的說法，因此改稱「洗澡」，相當於西洋人所謂「洗腦筋」。

寫知識分子改造，就得寫出他們改造以前的面貌，否則從何改起呢？憑什麼要改呢？改了沒有呢？

我曾見一部木刻的線裝書，內有插圖，上面許多衣冠濟楚的人拖著毛茸茸的長尾，雜在人群裡。大概肉眼看不見尾巴，所以旁人好像不知不覺。我每想起「脫褲子，割尾巴」運動，就聯想到那些插圖上好多人拖著的尾巴。假如尾巴只生在知識上或思想上，經過漂洗，該是能夠清除的。假如生在人身尾部，那就連著背脊和皮肉呢。洗澡即使用釅釅的鹼水，能把尾巴洗掉嗎？當眾洗澡當然得當眾脫衣，尾巴卻未必有目共睹。洗掉與否，究竟誰有誰無，都不得而知。

小說裡的機構和地名純屬虛構，人物和情節卻據實捏塑。我掇拾了慣見的嘴臉、皮毛、爪牙、鬚髮，以至尾巴，但絕不擅用「只此一家，嚴防頂替」的貨色。特此鄭重聲明。

一九八七年十一月九日

第一部

采葑采菲

第一章

解放前夕，余楠上了一個不大不小的當——至少余楠認爲他是上了胡小姐的當。他們倆究竟誰虧負了誰，旁人很難說。常言道：「清官難斷家務事」，何況他們倆中間那段不清不楚的糊塗交情呢。

余楠有一點難言之苦：他的夫人宛英實在太賢惠了，他憑什麼也沒有理由和她離婚。他實在也不想離。因爲他離開了宛英，生活上諸多不便，簡直像吃奶娃娃離開了奶媽。可是世風不古，這個年頭兒，還興得一妻一妾嗎！即使興得，胡小姐又怎肯做妾？即使宛英願意「大做小」，胡小姐也絕不肯相容啊！胡小姐選中他做丈夫，是要他做個由她獨占的丈夫。

胡小姐當然不是什麼「小姐」。她從前的丈夫或是離了，或是死了，反正不止一個。她深知「如花美眷，似水流年」，所以要及時找個永久的丈夫，做正式夫人。在她的境地，這並不容易。她已到了「小姐」之稱聽來不是滋味的年齡。她做夫人，是要以夫人的身分，享有她靠自己的本領和資格所得不到的種種。她的條件並不苛刻，只是很微妙。比如說，她要丈夫對她一片忠誠，依頭順腦，一切聽她駕馭。他卻不能是草包飯桶，至少，在台面上要擺得出，夠得上資格。他又不能是招人欽慕的才子，也不能太年輕、太漂亮，最好是一般女人看不上的。他又得像精明主婦雇用的老媽了，最好身無背累，心無掛牽。胡小姐覺得余楠具備他的各種條件。

胡小姐爲當時一位要人（他們稱爲「老闆」）津貼的一個綜合性刊物組稿，認識了余楠。余楠留過洋，學貫中西，在一個雜牌大學教課，雖然不是名教授，也還能哄騙學生。他常在報刊尾巴上發表些散文、小品之類，也寫寫新詩。胡小姐曾請他爲「老闆」寫過兩次講稿。「老闆」說余楠稍有才氣，舊學底子不深，筆下還通順。他的特長是快，要什麼文章，他搖筆即來。「老闆」津貼的刊物後來就由他主編了。他不錯失時機，以主編的身分結交了三朋四友。吹吹捧捧，抬高自己的身價。他捧得住飯碗兒，也識得風色，能鑽能擠，這幾年來有了點兒名氣，手裡看來也有點積蓄；相貌說不上漂亮，還平平正正，人也不髒不臭；個兒不高，正開始發福，還算得「中等身材」。說老實話，這種男人，胡小姐並不中意。不過難爲他一片癡心，又那麼老實。他有一次「發乎情」而未能「止乎禮儀」，吃了胡小姐一下清脆的耳光。他下跪求饒，說從此只把她當神仙膜拜。好在神仙可有凡心，倒不比貞烈的女人。胡小姐很寬容地任他親昵，直到他情不自禁，才推開說：「不行，除非咱們正式結婚。」

余楠才四十歲，比胡小姐略長三四年。他結婚早，已有三個孩子。兩個兒子已先後考上北平西郊的大學，思想都很進步，除了向家裡要錢，和爸爸界線劃得很清。女兒十六歲，在上海一個教會女中上學，已經開始社交。宛英是容易打發的。胡小姐和她很親近，曾多方試探，拿定她只會乖乖地隨丈夫擺布，絕不搗亂牽掣，余楠可以心無掛慮地甩脫他的家庭。可是余楠雖然口口聲聲說要和胡小姐正式結婚，卻總拖延著不離婚。胡小姐也只把他捏在手心裡，並不催促。反正中選的人已經拿穩了一個，不妨再觀望一番。好在余楠有他的特點，不怕給別的女人搶走。

余楠非常精明，從不在女人身上撒漫使錢。胡小姐如果談起某個館子有什麼可口的名菜，他總說：「叫宛英給你做個嘗嘗。」宛英得老太太傳授一手好烹調，余楠又是個精於品嘗的「專家」。他當了刊物的主編，經常在家請客。這比上館子請客便宜而效益高。他不用掏腰包，可以向「刊物」報銷。客人卻就此和他有了私交，好像不是「刊物」請客組稿，而是余楠私人請的，並且由他夫人親手烹調的。胡小姐有時高興，願意陪他玩玩，看個電影之類。余楠總涎著臉說：「看戲不如看你。」當然，看戲只能看戲裡談情說愛，遠不如依偎著胡小姐訴說衷情。不過，胡小姐偶爾請他看個戲或吃個館子，他也並不推辭。因爲他常爲胡小姐修改文章，或代筆寫信。胡小姐請他，也只算是應給的報酬。有一次胡小姐請他看戲。散場出來，胡小姐覺得餓了，路過一家高級西菜館，就要進去吃晚飯。余楠覺得這番該輪到自己做東了，推說多吃了點心，胃裡飽悶，吃不下東西。胡小姐說：「我剛聽見你肚裡咕嚕嚕地叫呢。」一面說，就昂首直入餐館。余楠少不得跟進去，只是一口咬定肚裡作響是有積滯，吃不進東西。他願意陪坐，只叫一客西菜，讓胡小姐獨吃。胡小姐點了店裡最拿手的好菜；上菜後，還只顧勸余楠也來一份，余楠堅持「乾陪」，只是看著講究的餐具，急得身上冒汗；聞著菜肴的香味，饞得口中流涎。幸喜賬單未及送到他手裡，胡小姐搶去自己付了。胡小姐覺得他攥著兩拳頭一文不花，活是一毛不拔的「鐵公雞」。聽說他屢遭女人白眼，想必有緣故。不過，作爲一個丈夫呢，這也不失爲美德。他好比儉嗇的管家婆，絕不揮霍浪費。反正她早就提出條件，結了婚，財政權歸她。余楠一口答應。在他，財政權不過是管理權而已，所有權還是他的，連胡小姐本人也是他的。

時勢造英雄，也造成了人間的姻緣。「老闆」嘴裡說：「長江天險，共產黨過不了江。夾江對峙是早經歷史證實的必然之勢。」可是他腳下明白，早採用了「三十六計」裡的「上計」。他行前爲胡小姐做好安排，給她的未來丈夫弄到聯合國教科文組織的一個主任。這當然是酬報胡小姐的，只爲她本人不夠資格，所以給她的丈夫。余楠得知這個消息，吞下了定心丸，不復費心營求。他曾想跟一個朋友的親戚到南美經商，可是那個朋友自己要去，照顧不到他。他又曾央求一個香港朋友爲他在香港的大學裡謀個教席。那個朋友不客氣，說他的英語中國調兒太重，他的普通話鄉音太濃，語言不通，怎麼教書，還是另作打算吧。他東投西奔，沒個出路。如今胡小姐可以帶他到巴黎去，他這時不離婚，更待何時！

他對胡小姐說，家事早有安排。他認爲乘此時機，離婚不必張揚，不用請什麼律師，不用報上登什麼啓事，不用等法院判定多少贍養費等等，他只要和宛英講妥，一走了之。胡小姐很講實際，一切能省即省，她只要求出國前行個正式婚禮。余楠說，婚禮可在親友家的客堂裡舉行，所謂「沙龍」結婚。胡小姐不反對「沙龍」結婚，不過一定要請名人主婚，然後出國度蜜月；「沙龍」由她找，名人也由她請。她只提出一個最起碼的條件——不是索取聘禮。她要余楠置備一只像樣的鑽戒，一對白金的結婚戒指。余楠說，鑽石小巧的不像樣，大了又俗氣，況且外國人已不興得佩戴珍貴首飾，真貨存在保險庫裡，佩戴的只是假貨。至於白金戒指，余楠認為不好看，像晦暗的銀子，還不如十八K的洋金。

胡小姐並不堅持，她只要一點信物。余楠不慌不忙，從抽屜深處取出一對橢圓形的田黃圖章。他蘸上印泥，刻出一個陽文、一個陰文的「願作鴛鴦不羨仙」，對胡小姐指點著讀了兩遍，搖頭晃腦說：

「怎麼樣？」

胡小姐滿面堆笑說：「還是骨董吧？」

胡小姐見識過晶瑩熟糯的田黃。這兩塊石頭不過光潤而已。余楠既不是世家子，又不是收藏家，他的「骨董」，無非人家贈送他和宛英的結婚禮罷了。即使那兩塊田黃比黃金還珍貴，借花獻佛的小小兩塊石頭，也鎮不住胡小姐的神仙心性呀！她滿口讚賞，鄭重交還余楠叫他好好收藏。她斂去笑容說，還有好多事要辦，叫余楠等著吧。她忙忙辭出，臨走回頭一笑說：

「對了，戒指我也有現成的！」

用現在流行的話，他們倆是「談崩了。」

胡小姐擇夫很有講究，可是她打的是如意算盤。不，她太講求實際，打的是並不如意的算盤。她只顧要找個別的女人看不中的「保險丈夫」，忘了自己究竟是女人。她看到余楠的小氣勁兒，不由得心中大怒。她想：「倒便宜！我就值這麼兩塊石頭嗎？我遷就又遷就，倒成了『大減價』的貨色了！」那個洋官的職位是胡小姐手裡的一張王牌，難道除了你余楠，就沒人配當了！她現成有她愛戀的人，只爲人家的夫人是有名的雌老虎，抱定「占著茅房不拉屎」主義，提出口號：「反正不便宜你，我怎麼也不離！」胡小姐只好退而求其次，選中了余楠。多承余楠指點了她「一走了之」的離婚法和「沙龍」結婚法。她意中人的夫人儘管不同意，丈夫乘此時機一走出國，夫人雖然厲害，只怕也沒法追去。反正同樣不是正式的離、正式的結，何必委曲求全，白便宜你余楠呢！她在斂去笑容，叫余楠「等著吧」的時候，帶些咬牙切齒的意味。他害自己白等了一兩年，這會兒叫他白等幾天也不傷天地。她臨走回頭說的一句話，實在是冷笑的口吻。她只是拿不穩她那位意中人有沒有膽量擔著風險，和她私奔出國。所以當時還用笑容遮著臉。

余楠哪裡知道。他覺得胡小姐和他一樣癡心，不然，爲什麼定要嫁他呢。

他「癡漢等婆娘」似地癡等著她的消息。不過也沒等多久。不出十天，他就收到胡小姐的信，說她已按照他的主意，舉行了一個「沙龍」婚禮，正式結婚。信到時，他們新夫婦已飛往巴黎度蜜月。行色匆匆，不及面辭，只一瓣心香，祝余楠伉儷白頭偕老，不負他「願作鴛鴦不羨仙」的心意。

第二章

這封信由後門送進廚房，宛英正在廚下安排晚飯。她認得胡小姐的筆跡，而且信封上明寫著「南京胡寄」呢。胡小姐到南京去，該是爲了她和余楠出國的事吧？宛英當然關心。她把這封信和一卷報刊交給杏娣，叫她送進書房去。她自己照舊和張媽忙著做晚飯的菜。

這餐晚飯余楠簡直食而不知其味。他神情失常，呆呆地、機械地進食，話也不說。熏魚做得太鹹些，他也沒挑剔。一晚上他只顧翻騰，又唉聲歎氣。余楠向來睡得死，從沒理會到宛英睡得很輕，知道他每次輾轉不寐的原因。第二天他默默無言地吃完早飯就出門了。宛英從字紙簍裡找出那封撕碎又扭捏成一團的信——信封只撕作兩半，信紙撕成了十幾片。宛英耐心撫平團皺的碎片，一一拼上，仔細讀了兩遍。她又找出那一對田黃圖章，發現已換了簇新的錦盒。

宛英不禁又記起老太太病中對她說的話：「阿楠是『花』的——不過他拳頭捏得緊，眞要有啥呢，也不會。」西洋人把女人分作「母親型」和「娼妓型」。「花」就相當於女人的「娼妓型」。不過中國舊式女人對於男人的「花」，比西洋男人對女人的「娼妓型」更爲寬容。宛英覺得「知子莫若母」。顯然這回又是一場空，證實了老太太所謂「眞要有啥呢，也不會」。宛英和余楠是親上做親。余楠的母親和宛英的繼母是親姐妹。宛英和余楠同歲，相差幾個月。一個是「楠哥」，一個是「英姐」。余老太太只有這個兒子。她看中宛英性情和婉，向妹妹要來做乾女兒，準備將來做兒媳婦。宛英小時候經常住在余楠家，和余老太太一個床上睡，常半懂不懂地說自己是「好媽媽的童養媳婦」。她長大了不肯再這麼說，不過她從小就把自己看作余家的人。她和余楠結婚後連生兩個兒子，人人稱她好福氣，她也自以爲和楠哥是「天配就的好一對兒」。她初次發現楠哥對年輕女學生的傾倒，初次偷看他的情書，初次見到他對某些女客人的自吹自賣，談笑風生，輕飄飄的好像會給自己的談風颳走，全不像他對家人的慣態，曾氣得暗暗流淚。她的胃病就是那個時期得的。她漸漸明白自己無才無貌，配不過這位自命爲「儀表堂堂」的才子，料想自己早晚會像她婆婆一樣被丈夫遺棄。她聽說，她公公是給一個有錢的寡婦騙走的。她不知哪個有錢的女人會騙走余楠，所以經常在偵察等待。假如余楠和她離婚，想必不會像他父親照顧他母親那樣照顧妻子。

余楠每月給老太太的零用錢還不如一個廚娘的工錢。宛英的月錢只有老太太的一半。宛英曾發愁給丈夫遺棄了怎麼辦。她想來想去只有一個辦法。她可以出去做廚娘，既有工錢，還有油水，不稱意可以辭了東家換西家。如果她不愛當廚娘，還可以當細做的娘姨。她在余家不是只相當於「沒工錢、白吃飯」的老媽子嗎！出去幫人還可以掃掃余楠的面子。不過宛英知道這只是空想，她的娘家和她的子女絕不會答應。

余楠「花」雖「花」，始終沒有遺棄她。老太太得病臥床，把日用賬簿交給宛英說：「這是流水賬，你拿去仔細看看，學學。」宛英仔細看了，懂了，也學了。老太太不過是代兒子給自己一份應給的管家費。宛英當然不能壞了老太太的規矩。余楠查賬時覺得宛英理家和他媽媽是同一個譜兒。老太太病危，自己覺得不好了，趁神志還清，背著人叫宛英找出她的私蓄說：「這是我的私房，你藏著，防防荒，千萬別給阿楠知道。」她又當著兒子的面，把房契和一個銀行存摺交給宛英，對兒子說：「你的留學費是從你爹爹給我的錢裡提出來的，宛英的首飾，也都貼在裡面了。這所房子是用你爹爹給我的錢買的。宛英服侍了我這許多年，我沒什麼給她，這所房子就留給她了。存摺上是你孝敬我的錢，花不完的，就存上；沒多少，也留給宛英了。」「留給宛英」是萬無一失地留在余家，因爲余楠究竟是否會「有啥」，老太太也拿不穩。

老太太去世後，宛英很乖覺地把老太太的銀行存摺交給余楠說：「房契由我藏著就是了。錢，還是你管。」余楠不客氣地把錢收下說：「我替你經管。」其實宛英經常出門上街，對市面很熟，也有她信得過的女友，也有她自己的道路，不過她寧願及早把存摺交給余楠，免得他將來沒完沒了地算計她那幾個錢。

宛英料定余楠這回是要和胡小姐結婚了。據他說，「老闆」報酬他一個聯合國教科文組織的什麼職位。共產黨就要來了，他得趁早逃走。儘管他兒子說共產黨重視知識分子，叫爸爸別慌，他只說：「我才不上這個當！」不過他說宛英該留在國內照看兒女，他自己呢，非走不可。宛英只勸他帶著女兒同走，因爲他偏寵女兒，女兒心上也只有爸爸，沒有媽媽，從不聽媽媽一句話。余楠說，得等他出國以後再設法接女兒，反正家裡的生活，他會有安排。宛英明白，余楠的安排都算計在留給宛英的那所房子上。不過，她也不愁，她手裡的私房逐漸增長，可以「防防荒」。兩個兒子對她比對爸爸好；女兒如不能出國，早晚會出嫁。宛英厭透了廚娘生活，天天熏著油氣，熏得面紅體胖，看見油膩就反胃，但願余楠跟著胡小姐快快出洋吧，她只求粗茶淡飯，過個清靜日子。

可是老太太的估計究竟不錯。胡小姐還是和別人結婚了。宛英的失望簡直比余楠還勝幾分。這會影響余楠的出國嗎？她瞧余楠惶急沮喪的神情，覺得未可樂觀。他連日出門，是追尋胡小姐還是去辦他自己的事呢？

黃金、美鈔、銀元日夜猛漲，有關時局的謠言就像春天花叢裡的蜜蜂那樣鬧哄哄的亂。宛英忍耐了幾天，乾脆問余楠：「楠哥，你都準備好了嗎？要走，該走了，聽說共產黨已經過江了。」

余楠長歎一聲，正色說：「走，沒那麼容易！得先和你離了婚才行。你準備和我離婚嗎？」

宛英不便回答。

余楠說：「我沒知道出洋是個騙局，騙我和你離婚的。」

宛英說：「你別管我，你自己要緊呀！」

余楠說：「可是我能扔了你嗎？」

宛英默然。她料想余楠出國的事是沒指望的了，那個洋官的職位是「老闆」照顧胡小姐的。她不說廢話，只著急說：「可是你學校的事已經辭了。南美和香港的事也都扔了。」——余楠對宛英只說人家請他，他不願去；宛英雖然知道眞情，也只順著他說。

余楠滿面義憤，把桌子一拍說：

「有些事是不能做交易的！我討飯也不能扔了你呀！」他覺得自己問心無愧，確實說了眞話。

宛英凝視著余楠，暗暗擔憂。她雖然認爲自己只是家裡的老媽子，她究竟還是個主婦，手下還有杏娣和張媽。如果和楠哥一起討飯，她怎麼伺候他呢？

余楠接著說：「共產黨來也不怕！咱們趁早把房子賣了，就無產可共。你炒五香花生是拿手，我挎個籃子出去叫賣，小本經紀，也不是資本家！再不然，做叫化子討飯去！」

宛英忽然記起一件事。二三月間，北京有個姓丁的來信邀請余楠到北京工作。余楠當時一心打算出國，把信一扔說：「還沒討飯呢！」宛英因爲兒子都在北京，她又厭惡上海，曾撿起那封信反覆細看，心上不勝惋惜。這時說起「討飯」，她記那封信來。她說：

「你記得北京姓丁的那個人寫信請你去嗎？你好像沒有回信。」她遲疑說：「現在吃『回頭草』，還行嗎？——不過，好像過了兩三個月了。那時候，北京剛解放不久——那姓丁的是誰呀？」

余楠不耐煩說：「丁寶桂是我母校的前輩同學，他只知道我的大名，根本不認識。況且那封信早已扔了，叫我往哪兒寄信呀？」

宛英是余楠所謂「腦袋裡空空的」，所以什麼細事都藏得住。她說她記得信封上印就的是「北平國學專修社」幾個紅字，上面用墨筆劃掉，旁邊寫的是「鵓鴣子胡同文學研究社」。

余楠知道宛英的記性可靠。他想了一想，靈機一動，笑道：「我打個電報問問。」

他草擬了電報稿子，立刻出去發電報。

宛英拼湊上撕毀的草稿。頭上一行塗改得看不清了，下面幾行是「……信，諒早達。茲定於下月底摒擋行李，舉家北上。」他準是冒充早已寫了回信。宛英驚訝自己的丈夫竟是個撒謊精。

電報沒有退回，但杳無回音。不到月底，上海已經解放。她越等越著急，余楠卻越等越放心，把事情一一辦理停當。將近下月底，余楠又發了一個電報，說三天後乘哪一趟火車動身。

宛英著急說：「他們不請你了呢？」

余楠說：「他們就該來電或來信阻止我們呀。」

宛英坐在火車上還直不放心。可是到了北京，不但丁先生親自來接，社裡還派了兩人同來照料，宿舍裡也已留下房子。宛英如在夢中，對楠哥增添了欽佩，同時也增添了幾分鄙薄。

第三章

北京一解放，長年躲在角落裡的北平國學專修社面貌大改。原先只是一個冷冷清清的破攤子，設在鶺鴒子胡同「東方曬圖廠」大院內東側一溜平房裡。中間的門旁，掛著個「北平國學專修社」的長牌子，半舊不新，白底黑字，字體很秀逸，還是已故社長姚謇的親筆。這裡是辦公室和圖書室。後面還有空屋，有幾間屋裡堆放著些舊書，都是姚謇爲了照顧隨校內遷的同事，重價收購的。姚謇的助手馬任之夫婦和三兩個專修生住在另幾間空屋裡。

姚謇是一所名牌大學的中文系教授。北平淪陷前夕，學校內遷，姚謇有嚴重的心臟病，沒去後方。他辭去教職，當了北平國學專修社的社長。這個社也不知是什麼時候建立的，好像姚謇辭職前早已存在。反正大院裡整片房屋都是姚家的祖產。姚謇當時居住一宅精緻的四合院連帶一個小小的花園，這還是他的家產。此外，他家僅存的房產只有這個大院了。有人稱姚謇爲地道的敗家子，偌大一份田地房屋，陸陸續續都賣光了。有人說他是地道的書呆子，家產全落在賬房手裡，三錢不值兩錢地出賣，都由賬房中飽私肥了。這個大院裡的房子抵押給一個企業家做曬圖廠，單留下東側一帶房子做「北平國學專修社」的社址。

社裡只寥寥幾人：社長姚謇，他的助手馬任之和馬任之的夫人王正，兩三個「專修生」，還有姚謇請來當顧問的兩三位老先生，都是淪陷區僞大學裡的中文教師，其中一位就是丁寶桂。社的名義是「專修國學」，主要工作是標點並注釋古籍；當時注釋標點的是《史記》。姚謇不過是掛名的社長，什麼也不管。馬任之有個「八十老母」在不知哪裡的「家鄉」，經常回鄉探親。王正是大學中文系畢業生，是個足不出戶的病包兒，可是事情全由她管。她負責指點那三兩個「專修生」的工作，並派他們到各圖書館去「借書」、「查書」，或「到書店買書」。至於工作的成績和進度，並無人過問。顧問先生們每月只領些車馬費，每天至多來社半天；來了也不過坐在辦公室裡喝茶聊天。姚謇也常來聊天。

勝利前夕，姚謇心臟病猝發，倒下就沒氣了。姚太太是女洋學生的老前輩，彈得一手好鋼琴。他們夫婦婚姻美滿，只是結婚後足足十五年才生得一個寶貝女兒。姚太太懷孕期間血壓陡高，女兒是剖腹生的，雖然母女平安，姚太太的血壓始終沒有下降。姚謇突然去世，姚太太聞訊立即中風癱瘓了，那是一九四五年夏至前夕的事。他們的女兒姚宓生日小，還不足二十歲，在大學二年級上學。正當第二學期將要大考的時候。她由賬房把她家住房作抵押，籌了一筆款子，把母親送入德國醫院搶救，同時爲父親辦了喪事。

姚太太從醫院出來，雖然知覺已經回復，卻半身不遂，口眼歪斜，神志也不像原先靈敏了。

大家認為留得性命，已是大幸，最好也只是個長病人了。姚太太北京沒有什麼親人，有個庶出的妹妹嫁在天津，家境並不寬裕，和姚家很少來往。姚宓的未婚夫大學畢業，正等出國深造。他主張把病人託付給天津的姨媽照管，姚宓和他結了婚一同出國。可是姚宓不但唾棄這個辦法，連未婚夫也唾棄了。她自作主張，重價延請了幾位有名的中醫大夫，牛黃、犀角、珠粉等昂貴藥物不惜工本，還請了最有名的針灸師、按摩師內外兼施，同時診治。也真是皇天不負苦心人，姚太太神志復元，口眼也差不多正常了，而且漸漸能一瘸一拐下地行走。可是她們家的四合院連小小的花園終究賣掉了，賬房已經辭走，家裡的傭人也先後散去。母女搬進專修社後面的一處空屋去居住。姚宓還在原先的大學裡，不當大學生而當了圖書館的一名小職員，薪水補貼家用，雇街坊上一位大娘早來晚歸照看病人。好在大院東側有旁門，出入方便。

這時抗日戰爭已經勝利，馬任之卻一去無蹤。專修生已走了一個。社長去世後並無人代理，專修社若有若無。王正照舊帶領著一兩個專修生工作，並派遣他們到各處圖書館和書店去「借書」、「查書」或「買書」。丁寶桂等幾位老先生還照常來閒坐聊天，不過車馬費不是按月送了。

北京解放後，馬任之立即出現了。不僅出現，還出頭露面，當了社長。不過這個社不僅僅專修國學了，社裡人員研究中外古今的文學，許多是專家和有名的學者。

馬任之久聞余楠的大名，並知道他和丁寶桂是先後同學。據丁先生說，這余楠是個神童，沒上高中就考取大學，大學畢業就出國留學。馬任之對這種天才不大了解，不過聽說他沒有逃跑，還留在上海。他出於「統戰」的原則，不拘一格收羅人才，就託丁寶桂寫信邀請。余楠究竟什麼時候寫了回信，也許王正記得清楚，反正馬任之並不追究，丁寶桂自認健忘，還心虛抱歉呢。

那時候社裡人才濟濟。海外歸來投奔光明的許彥成和杜麗琳夫婦是英國和美國留學的。在法國居住多年的朱千里是法國文學專家。副社長傅今是俄羅斯文學專家。他的新夫人江滔滔是女作家，著有長篇小說《奔流的心》，不久就要脫稿。還有許多解放區來的文藝幹部，還有轉業軍人，還有大學畢業分配到社裡來研究文學的男女畢業生。專修社的人員已經從七八人增至七八十人。

不出半年，專修社的房屋也修葺一新，整片廠房都收來改爲研究室和宿舍。馬任之夫婦搬出大院，遷入分配給他們的新居。姚太太母女搬到宿舍西盡頭的一個獨院去住。只有姚謇家藏的書還占著圖書室旁邊的一大間屋子，因爲姚太太母女的新居沒地方安放這一屋子書，姚宓只拿走了她有用的一小部分。姚宓已調到文學研究社，專管圖書。

「北平國學專修社」的招牌已經卸下，因爲全不合用了。社名暫稱「文學研究社」，不掛牌，因爲還未確定名稱。

第四章

舊國學專修社的辦公室已布置成一間很漂亮的會議室。一九四九年十月中旬，文學研究社就在這間會議室舉行了成立大會。

大院裡停放著一輛輛小汽車，貴賓陸續到會，最後到了一輛最大最新的車，首長都到了，正待正式開會。

余楠打算早些到場，可是他卻是到會最遲的一個。他特地做了一套藍布制服，穿上了左照右照，總覺得不順眼。恰好他女兒從外邊趕回來，看見了大驚小怪說：

「喲，爸爸，你活像豬八戒變的黃胖和尚了！」

余楠生氣地說：「和尚穿制服嗎？」

宛英說，她熨的新西裝掛在衣架上呢，領帶也熨了。

余楠發狠說，這套西裝太新，他不想穿西裝，尤其不要新熨的。

余楠的女兒單名一個「照」字。她已經進了本市的中學，走讀。這時她是出了門忙又趕回來的。她解釋說：

「我剛出去，看見『標準美人』去開會。她穿的是西裝。不識貨的看著很樸素，藏藍的裙子，白色長袖的上衣，披一件毛茸茸的灰色短毛衣，那衣料和剪裁可講究，可漂亮呢！我忙著回來看看爸爸怎麼打扮。」她說完沒頭沒腦地急忙走了。

「標準美人」是回國投奔光明的許彥成夫人杜麗琳，據說她原是什麼大學的校花，綽號「標準美人」。她是余照目前最傾慕的人。

余楠聽了「黃胖和尚」之稱很不樂意。經女兒這麼一說，越覺得這套制服不合適，他來不及追問許彥成是否穿西裝，忙著換了一套半舊的西服，不及選擇合適的領帶，匆匆繫上一條就趕到會場，只見會場已經人滿，各占一席，正待坐下。

中間一條長桌是幾張長桌拼成的，鋪著白桌布，上面放著熱水瓶、茶杯茶碟和煙灰缸。沿牆四面排著一大圈椅子，都坐滿了人。長桌四面都坐滿了。面南的一排顯然是貴賓、領導和首長的位子，還有空座。余楠惶急中看見傅今在這一排的盡頭向他招手，把自己的位子讓給他，自己坐在最盡頭的空椅上。余楠不及推讓，感激不盡地隨著大眾坐下。他看見丁寶桂就在近旁，坐在長桌側面，下首就是許彥成。他還是平常裝束，西裝的褲子，對襟的短襖，不中不西，隨隨便便。「標準美人」披著「嘉寶式」的長髮坐在長桌的那一側面，和許彥成遙遙相對。

社長馬任之站起來宣布開會。全室肅然。余楠覺得對面沿牆許多人的目光都射著他，渾身不自在，生怕自己坐錯了位子。他伸頭看看他這一排上還有什麼熟人，只見那位法國文學專家朱千里坐在面南席上那一盡頭，也穿著西裝。他才放下心來——不僅放了心，也打落了長期懷在肚裡的一個鬼胎。看來馬任之並沒有看破他搗鬼，當初很豪爽地歡迎他，並不是敷衍，而確是把他看作頭面人物的。他舒了一口氣，一面聽社長講話，一面觀看四周的同事。

長桌對面多半是中年的文藝幹部，都穿制服。他認識辦公室主任范凡，中國現代文學理論專家黃土。年輕人都坐在沿牆椅上，不過他對面的那位女同志年紀不輕了，好像從未見過。她身材高大，也穿西裝，緊緊地裹著一身灰藍色的套服。她兩指夾著一支香煙，悠然吐著煙霧。煙霧裡只見她那張臉像俊俏的河馬。俊，因爲嘴巴比例上較河馬的小，可是嘴型和鼻子眼睛都像河馬，尤其眼睛，而這雙眼睛又像林黛玉那樣「似嗔非嗔」。也許因爲她身軀大，旁邊那位女同志側著身子，好像是擠坐在她的懷抱裡。余楠認識這一位是女作家江滔滔，傅今的新夫人，余楠的緊鄰。她穿一件藍底綠花的假絲絨旗袍，塗了兩頰火黃胭脂。她確是坐在河馬夫人的懷抱裡，不是擠的。余楠忽然明白了，河馬夫人準是他聞名已久的施妮娜，「南下工作」剛回來。她曾和前丈夫同在蘇聯，認識傅今。聽說江滔滔是她的密友，傅今的婚事是她一手促成的。

馬任之約略敘說文學研究社怎樣從國學專修社脫胎發展，還有許多空白有待填補，許多問題有待解決。余楠一隻耳朵聽講，兩隻眼睛四處溜達。他曾聽丁寶桂說，社裡最標致的還數姚小姐，儘管這幾年來太辛苦，不像從前那樣嬌滴滴的了。余楠到圖書室去過多次，從沒有看見標致的小姐，難道姚小姐比「標準美人」還美？他眼光一路掃去。一個女同志眉眼略似他的胡小姐，梳著兩橛辮兒，身體很豐滿，只管和旁邊一個粉面小生式的人交頭接耳，一面遮著臉吃吃地笑，一面用肩膀撞旁邊的「小生」。難道她是姚小姐嗎？那邊還有個穿鵝黃色毛衣的年輕姑娘，白白的圓臉，一雙亮汪汪的眼睛，余楠認識她是上海分配來的大學畢業生姜敏。兩側椅上擠坐著好些穿制服的。余楠不敢回過頭去。他自信美人逃不過他的眼睛，可是他沒有看見標致的小姐。

馬任之簡短地結束了他的開場白。他很實際他說，俗話「麻雀雖小，五臟俱全」，這個文學研究社還只是蛋裡沒有孵出來的麻雀呢。有一位貴賓風趣地插話，說文學研究社是個「鴕鳥蛋」，或者可稱「鳳凰蛋」，鳳凰就是大鵬鳥。

一位首長在眾人笑聲中起立，接著「鳳凰蛋」談了他的期望，隨即轉入正題，說要團結一切可以團結的人，齊心協力，爲新中國的文化做出貢獻，爲全人類做出貢獻。他說：知識分子要發揮自己的一技之長，爲人民服務；文武兩條戰線同樣重要，而要促使全國人民同心協力，促使全世界人民同心協力，筆桿子比槍桿子的力量更大。

余楠覺得這倒是自己從未想過的，聽了大爲興奮，並覺得老共產黨員確像人家說的那樣，像陳年老酒，味醇而厚。他忘掉了「最標致的小姐」，正襟危坐，傾聽講話。

丁寶桂卻在傷感。這間會議室是他從前常來喝茶聊天的辦公室。姚謇突然倒地，就在這間屋裡——就在他目前坐著的地方。那時候姚謇才五十五歲。姚太太和他同歲，看來還很年輕很漂亮呢，現在卻成了殘廢，雖然口眼不復歪斜，半邊臉究竟呆木了，手不能彈琴，一隻腳也瘸了。姚小姐當年是多麼嬌貴的小姐呀，卻沒能上完大學，當了一名圖書室的職員，好好一門親事也吹了。馬任之那時候不過是姚謇的助手，連個副社長都不是，現在一躍而當了社長！那時候，他和丁寶桂最談得投機。丁寶桂常常罵共產黨煽動學生鬧事罷課。另兩位老先生談到政治都有顧忌，只有馬任之和他一吹一唱地罵。丁寶桂聽說馬任之當了社長，方知他原來是個地下黨員，不覺駭然，見了馬任之又窘又怕，忍不住埋怨說：「任之兄，你太不夠朋友了。我說話沒遮攔，你也不言語一聲，老讓我當著和尚罵賊禿。」他說完馬上後悔失言，心想糟糕，馬任之儘管不拿架子，他究竟是社長了呀，怎麼還把他當作姚謇的助手呢！馬任之只哈哈大笑說：「共產黨不怕罵。你有什麼意見，儘管直說，別有顧慮。」他還邀請丁寶桂到文學研究社來當研究員。據丁寶桂了解，研究員相當於大學教授呢，他原先不過是個副教授，哪有不樂意的。馬任之對他還是老樣兒，有時也和他商量事情（例如聘請余楠的事）。丁寶桂漸漸忘了自己原是反共老手，而多少以元老自居了。他的好飯碗是共產黨給的，他當然感謝。只是想到去世的姚謇和他的寡婦孤兒，不免淒惻。

他看見姚宓坐在沿牆的後排，和王正在一起。幾個年輕人可能都是對她有意思的，也坐在近處。她在做記錄，正凝神聽講。忽然她眼睛一亮，好像和誰打了一個無線電，立即低頭繼續寫她的筆記。「呀！」丁寶桂別的事糊塗，對這種事卻特別靈敏，「姚小姐不是隨便給人打『無線電』的女孩子，她給誰打『無線電』呀？」他四顧尋找。坐在面南一排的余楠一臉嚴肅，他當然看不見後排的人。他旁邊的許彥成呆呆地注視著他的「標準美人」。俊俏的河馬夫人已經停止抽煙，和女作家仍擠坐在一處。那個粉面「小生」在打瞌睡。他一路看過去，都是他還不知姓名的中青年，看來並沒有出色的人物。誰呢？丁寶桂未及偵察出任何線索，首長的講話已在熱烈的掌聲中結束，來賓的自由發言也完了。傅今站起來請大家別動，先讓來賓退席。他通知全體人員下星期開會談談體會。

文學研究社就此正式成立了。

第五章

我國有句老話：「寫字是『出面寶』」。憑你的字寫得怎樣，人家就斷定你是何等人。在新中國，「發言」是「出面寶」。人家聽了你的發言，就斷定你是何等人。

傅今召集的會未經精心布置，沒有分組，只好仍在會議室舉行。許多人濟濟一堂，彼此相熟的中青年或政治水平較高的幹部就不發言了，專聽幾位專家先生發表高論。負責政治工作的范凡不肯主持這個會，只坐在一隅，洗耳旁聽。

傅今坐在長桌面南的正中做主席。他是個廣顙高鼻、兩耳外招的大高個兒，雖然眼睛小，下巴頦兒也往裡縮，他總覺得自己的耳鼻太張揚，個兒也太高，所以常帶些傴背，做主席也喜歡坐著。姚宓坐在他對面做記錄。她到社較早，記得快，字又寫得好，記錄照例是她的事。

經過一番冷場，傅今點了余楠的名。余楠顯然是早有準備的。他從自己聽了首長的講話如何受到鼓舞談起，直談到今後要發揮一技之長，和同志們同心協力，盡量做出貢獻。他談得空洞些，卻還全面，而且慷慨激昂，因為他確信自己是愛上了社會主義，好比他確信自己絕不拋棄宛英一樣。可惜他鄉音大重，許多人聽不大懂。那位居住法國多年的朱千里接著談。他說同意余楠先生的話，接下就談他幾十年寒窗，又談到他的種種牢騷，海闊天空，不知扯到了哪裡去，也不知談的是什麼。許彥成但願他把時間談完，自己得以豁免。誰知朱先生忽然咳兩聲說：「扯得遠了，就到這裡吧。」大家舒了一口氣。許彥成生怕傅今點他的名，只顧低著頭。他覺得這種發言像小學生答課題。答得對，像余楠那樣，他也覺得不好意思。答得不在點兒上，當然更可笑了。首長的話他不是沒有仔細聽；他還仔細想過，感慨很多。可是從何說起呢？在這個會上談也不是場合。杜麗琳這次開會還是坐在許彥成對面，瞧他低著頭不肯開口，就大大方方地接著談了幾點「粗淺的體會」，內容和余楠的相仿，只是口齒清楚，層次分明，而且簡簡短短。大家對這位十足的「資產階級女性」稍稍刮目相看。許彥成看見傅今眼睛盯著他，對他頻頻點頭，知道逃不過了。可是這一套正確的話又讓杜麗琳說過一遍了，他怎麼再重複呢？

他平日常在圖書室翻書，又常和年輕同事們下棋打球，大家覺得他平易近人，和他比較熟；又因爲他愛說笑，以爲他一定會「發」一個很妙的「言」。誰知他只蚊子哼哼一般，嗡嗡地自己對自己說了一串話。大家帶著好意並好奇，齊聲嚷：「聽不見！」他急得抬頭向著人家，結結巴巴吐出幾句怪話來。他說：「人、人、人類從從有歷、歷、歷史以來，只是互相殘、殘、殘殺，怎麼能同、同、同心協、協、協力呢！誰都覺得自己的理是惟一的眞、眞、眞理……」他說不下去，就把手心當擦臉的毛巾那樣在臉上抹了一把。大家都笑起來。

杜麗琳笑著舉手，請主席讓她插句話。她替彥成說：「所以關鍵是要有正確的思想，要用馬列主義為指針，統一思想，統一行動。」

余楠不示弱，忙也插話說，他們的重要任務是加緊學習馬列主義。

施妮娜為了抽煙方便，帶著江滔滔坐在長桌側面。她這時忍耐不住，把她那雙似嗔非嗔的眼睛閉了一閉，用低沉啞澀的聲音，語重心長地說：

「首先是把屁股挪過來。」

余楠正坐在她近旁。他瞪著她的這部分，肥鼓鼓地裹在西裝褲子裡穩穩地坐著。他竟不敢當眾重複她用的名詞，只好頓口無言。杜麗琳卻不知輕重，笑說：

「我們萬里迢迢趕回祖國，我們是整個人都投入了。」她忘了自己是一腦袋的資產階級思想，渾身散發著資產階級的氣息呢。她的話引起會場上一段語言空白，接著是亂哄哄許多議論。傅今立刻掌握了會場，請許先生繼續談。

許彥成如夢初醒，驚跳一下，口吃都停止了，只傻乎乎地說：「忘了——哦，沒有了，完了。」接著又趕忙說：「我同意大家的話。」大家又都笑了。

姚宓認真地想了一想，走筆如飛連寫了好多行。許彥成不知她記錄了什麼，只看著她發愣。

經過這段插曲，會場活躍起來，很多人都圍繞著剛才的論點闡發一句兩句。丁寶桂坐在角落裡，本來打定主意不說話的，這時也參加了「大合唱」。

傳今總結了這個會。他要求各研究人員本著首長講話的精神，擬定自己的工作計畫，並把自己前一段的工作寫出小結。

杜麗琳隨著散會的群眾擠出會議室，站在門口等待許彥成，只見他還沒出來，正在翻看姚宓的記錄；看完後，他很有意思地一笑，把本子還給姚宓。姚宓背門而立，麗琳看不見她的臉，只看見彥成微笑著和姚宓點點頭，才隨著人流走向門口。

他們倆同回宿舍。麗琳裝作不在意，隨口問：「記錄上把你的話都記上了嗎？」

「都記上了。」

麗琳冷眼看著他說：「你好像很滿意。」

彥成認眞地說：「難爲她，記得好極了。」他想著姚宓的記錄，的確很滿意，並沒注意到麗琳的臉色和她的沉默。

麗琳看看左右沒有旁人，才歎口氣說：「說笑也該看看什麼場合。范凡同志坐在一邊聽著呢，你就爲了逗人笑，裝起小丑來了。你什麼時候學會了說話結結巴巴的呀？」

彥成委屈說：「我要是逗人笑，早不結巴了。小時候我媽媽打我，我就結巴。後來對老師也結巴。我伯父費了不少心思，我自己也下了好大功夫才糾正過來的。我又不是假裝。他們笑我，我也沒辦法呀。」

麗琳也委屈說：「我拉你一把，幫你接上一句，你卻當眾給我沒臉：『忘了！沒有了！完了！』。

「是完了呀。我開頭說同心協力的重要。接下說，要促使全體人民同心協力，首先要彼此了解，相互同情，團結一致，不能為個人或個體的私利忘了全體的福利；因為一有私心，就看不清是非，分不出好歹，造成有史以來人類的互相殘害——當然，這話也只是空話，可是，話沒有錯呀。」

麗琳睜大了一雙美目，詫異說：「這套話，我怎麼沒聽見呀？」

「我聲音小了些，也談得有點亂——可是你又不在聽，你在看人。」

「我看人？」麗琳不怒而笑了。「倒說我看人！不知誰只顧看人，連話也不會說了。」

他們已到了家門口。兩人都住嘴，免得女傭看見了以為他們吵架。

第六章

許彥成和杜麗琳結婚五年了。他們同在國外留學，一個在美國，一個卻在英國，直到這番回國，才第一次成立家庭。這也許是偶然，也許並非偶然。據說，朋友的交情往往建立在相互誤解的基礎上。戀愛大概也是如此。

杜麗琳家在天津，是大資本家的小姐。她中學畢業後沒考上天津的大學，愛面子，補習一年後再次投考，就撇開天津而考進了上海的一個教會大學。她身材高而俏，面貌秀麗，又善於修飾，長於交際，同學送了她一個「標準美人」的稱號。據說追求她的人多於孔門弟子七十二。

許彥成家也在天津。他是遺腹子，寡母孤兒由伯父贍養；伯父是在天津開業的西醫。彥成的寡母是了不起的人物——至少在她自己心目中是如此。因爲她是一位舉人老爺的小姐，而她聽說，守節的寡婦抵得大半個舉人。舉人當然了不起，該享特權。她父母在世的時候，她是「最小偏憐女」。父母去世後哥嫂把她嫁了個短壽的姑爺，對得起父母和妹妹嗎？他們凡事都讓她三分，也是應該呀。至於許家，更不用說了。新郎是「寒金冷水」的命，「傷妻剋子」，害得新娘子沒做媽媽先成了寡婦，許家人凡事當然更讓她七分。惟一不縱容她的是自己的不孝之子彥成，一兩歲的娃娃時期就忤逆。媽媽要他吃甜的，他偏要吃鹹的。甜藕粉糊餵到嘴裡，他還不肯嚥下去，「噗噗」地噴了媽媽一臉，氣得媽媽一巴掌把他從凳上打得滾落在地，還放聲大哭。伯母把他撿了去，他竟忘本不要媽媽，專和伯母好。他上小學的時候，放學回家只往伯母屋裡跑。做媽媽的說：兒子是她生的，大房有大房的兒女，不該搶她的兒子。彥成上中學，伯父乾脆讓寄宿在校，省些口舌。他媽媽寂寞，不知哪裡去買了個小丫頭來陪伴並伺候自己。彥成中學畢業，小丫頭已十七八歲，長得也還不錯。彥成的媽媽想叫兒子收了房，好讓丫頭死心塌地，更要緊的是場早給她生下個孫子。彥成乾脆不回家。他要到大後方去讀大學。他媽媽當然死也不放，她認爲大後方就是戰場。伯父伯母說好說歹，講定折中辦法，讓彥成到上海投考大學。他考進了一個有名的教會大學，和杜麗琳恰在一校，並且同在外文系。

杜麗琳比許彥成大一歲而低一班。她是個很要強的學生，十分用功而成績只在中上之間，一心傾慕有學問的博士。她又像一般教會中學畢業的女學生，能閱讀西洋小說，愛慕西洋小說裡的男主人公：身材高，膚色深，面貌俊秀，舉止瀟灑。許彥成雖然不是博士，他學習成績出人頭地，杜麗琳認爲他是博士的料。他雖然衣著不修邊幅，在杜麗琳眼裡，他很像西洋小說裡的主人公。

許彥成有時也注目看看這位「標準美人」，覺得她只是畫報上的封面女郎，對她並沒有多大興趣。他中學時期，周末怕回家，寧願在圖書室翻書，因而發掘到中外古典文學的寶藏，只可惜書不多。上了大學，圖書館裡可讀的書可豐富了，夠他仔細閱讀和瀏覽欣賞的。他性情開朗，脾氣隨和，朋友很多，可是沒有親密的朋友，也不交女朋友。這也許因爲他有書可讀，而且一心追尋著他認爲更有意義的東西。

大學三年有一門必修課。那是一個美國哲學家講授的倫理學。老師十分嚴厲，給的分數非常緊，學生都怕他。學期終了的大考，大家看作難關，因爲不及格就不能畢業。可是許彥成大考前在圖書館看書，竟把考試忘了。等他記起，趕到考場，考試的時間已過了一半。老師生氣，不讓他考。彥成笑嘻嘻地說，他正在看一本書，思索一個倫理問題，想到牛角尖裡去了。他一面說，一面自己動手從老師手裡抽了一份考題，擅自到教桌上取了一份考卷，從容坐下，不停筆地寫答題。他的笑容軟化了老師的嚴厲。他交卷也不太晚。老師好奇地當場就看了他的考卷。比他後交卷的人告訴他說：「老頭子對你的考卷好像很滿意。」果然，那位老師不久就找彥成談話，說他正在寫一本有關中國倫理的書，要彥成做他的助手。約定一年後帶他同到美國去。

杜麗琳偶見許彥成注目看她，以爲是對她有意。彥成從不追求她，她認爲這是彥成的自尊，自知是窮學生，不願高攀有財有貌的出風頭小姐。彥成不追求她，在她心目中就比所有追求她的人高出一頭。她明顯地當眾表示她對彥成的仰慕，同學間因此常常起哄，弄得彥成看見她就躲了，越發使麗琳拿定他是看中自己的。她倒是很大方，見了彥成總笑臉相迎。彥成卻顯得很窘，甚至紅了臉。轉眼彥成在大學四年級的第一學期將要結束，過了陽曆年就大考；再過一學期，彥成畢業就出國了。麗琳還有機會和他親近嗎？

新年一九四四年是閏年。按西洋風俗，每當閏年，女人可向男人求婚。男方如果不答應，得向求婚的女人贈送一套綢子衣料。杜麗琳拿定許彥成是怕羞而驕傲，雖然對她有意也不敢親近。她憑自己的身分，不妨屈尊向彥成求婚。

那天飄著小雪，麗琳拿了一把大傘到圖書館去找彥成，說有事和他面談。她叫彥成打著傘，自己勾著他的胳臂，帶他走入校園的幽僻處，一面當笑話般告訴他閏年的規矩，然後就向他傾吐衷情。她滿以爲彥成會喜出望外，如癡如狂。可是許彥成卻以爲杜麗琳作弄他，苦著臉說：「我不會買衣料。」

她笑說：「你非買衣料不可嗎？」

彥成急得口吃的老毛病幾乎復發，結結巴巴說：「你你不是說，得送送送……」

她打斷了他，乾脆說：「你非拒絕不可嗎？」

彥成那時候正給他媽媽逼得焦頭爛額。他家那個小丫頭已經跟人逃走，他媽媽自覺丟臉，不再提丫頭收房的事。可是她自從知道兒子畢業了要出國，就忙著爲他四處求親，定要他先結了婚，生下個孫子再「遠遊」。她已求得好幾份庚帖，連連來信催促兒子回家挑選一個，因爲庚帖不興得留過年，得在除夕以前退還人家。如果彥成再不答理，她決計親自趕到上海來。許彥成對媽媽還應付不了，怎禁得半路上又殺出一個程咬金來！他苦著臉把自己的苦經倒核桃似地都倒出來。

麗琳卻笑了，認爲這都是容易解決的事。她問彥成：「你就沒跟你那些朋友談談嗎？」

彥成說：「這種事怎麼跟他們談呢？」

麗琳覺得彥成把這些話都跟她講，就是把她看得超過了朋友。她既是求婚者，就直截了當，建議如此這般，解決一切問題。

彥成沒想到問題可以這麼解決，而麗琳竟是俠骨柔腸，一片赤心爲自己排難解紛，說不盡的感激。但是他說：

「我怎麼可以利用你來對付我媽媽呢？」

麗琳覺得他老實得可愛。她款款地說：

「別忘了我在向你求婚呀！我願意這麼辦，因爲我愛你。我對你沒有別的要求，只要求你愛我。你愛我嗎？」她問的時候不免也脈脈含羞。

他們倆同在一把傘下緊緊挨著。麗琳不復是畫報上的封面女郎，而是一個暖烘烘的人。她大衣領上的皮毛，頭上大圍巾的絨毛，軟軟地拂著他的臉頰。彥成很誠懇地說：

「你待我這樣好，我什麼都應該對你老實說。我——我——」

麗琳涼了半截，以爲彥成要拒絕她。可是他只說：

「我實在不知道。我從來沒有經驗。」

麗琳笑他傻，她自己也沒有經驗呀。在她的誘導下，談話漸漸轉入談情的正軌。雪仍在飄，兩人越談越親密。一個是癡心，一個是誠懇；一個是愛慕，一個是感激。麗琳說，她只愛他一個，永遠永遠只愛他一人，問彥成嫌她不嫌。彥成當然不嫌，可是他很惶恐，只怕不配受她的愛重，只怕辜負了她。麗琳拉著他的手說：

「答應我，彥成，我只要你永遠對我眞誠，永遠對我說實話。」

彥成一口答應。他們直談到晚飯時，麗琳送彥成回宿舍。她的求婚算是成功了。

彥成都按麗琳的建議辦事。寒假兩人同回天津舉行婚禮。兩家都無異議，彥成的媽媽更是喜出望外。婚禮完畢，新人到北平度蜜月——其實不滿一月，然後又同回學校。彥成畢業後出國，麗琳準備遲一年畢業後也出國。

可是麗琳沒有畢業，因爲她生了孩子，曠課太多了。她父親年老多病，已把企業交付給兩個兒子。麗琳的大哥在天津經營，二哥到了美國。二哥已爲妹妹辦好入大學的手續。麗琳母親早亡，庶母沒有孩子，很巴結麗琳兄妹。麗琳把孩子託給庶母，自己就到美國就學。彥成的媽媽因爲麗琳生的只是個孫女，急要兒媳婦和兒子團聚，多生幾個孫子，所以一力贊成。

彥成卻已離開美國，到了英國。那位哲學家的書已經寫完。有個英國漢學家要彥成和他合譯《抱朴子》，爲彥成弄到一筆倫敦大學的獎學金。彥成可以進修，還能省些餘款寄家。彥成夫婦分居兩地，只在假期同出旅行，延長了他們斷斷續續的蜜月。

一年來，一年去，麗琳已經得了一個普通的文學學士學位和一個教育碩士學位。她二哥在美國經營商業很成功，已把妻子兒女都接到美國。彥成如果願意到美國去，二哥可幫他找到合適的工作。從前帶他出國的美國哲學家已當上了一個州立大學的校長，也召他去教書。麗琳只為等待彥成得一個響噹噹的博士，沒有強他到美國和自己團聚。誰知彥成把學位看作等閒，一心只顧鑽研他喜愛的學科。

祖國解放，麗琳的大哥大嫂和庶母等都已逃往香港。麗琳的父親已於解放前夕去世。麗琳的女兒小麗早由許老太太接去。麗琳準備留在美國，設法把小麗接出來。彥成卻執意要回國。他向來脾氣隨和，麗琳以為他都會依順她，不料他卻無情無義地說：「你自己考慮吧。如果你不願意回去，我絕不勉強。」他自己是打定主意要回國的，儘管回去後工作還沒有著落。

麗琳跟他一同回國了，倒也並不後悔。麗琳在國內大學裡有個要好的女同學，曾和傅今交過朋友，雖然沒成眷屬，傅今對那位女友還未能忘懷。他認識麗琳，偶爾在朋友家相逢，便把他們夫婦延請到文學研究社，並為他們留下了最好的房子。麗琳的姑媽從天津為侄女運來了她家早為她置備的整套臥房、書房、客堂的家具。麗琳布置了一個非常漂亮的新家。

第七章

杜麗琳認爲彥成算得是一個模範丈夫。他忠心——從不拈花惹草；他尊重她，也體貼她，一般總依順著她。例如他愛聽音樂，麗琳愛看電影，他總放棄了自己的愛好，陪麗琳看電影。不過他們倆不免有點兒生疏。彥成對她界限分明，從不肯花她的錢；有時也很固執，把她的話只當耳邊風。放著好好的機會可得博士，他卻滿不理會。祖國解放了，他也不看「風色」，飯碗還沒個著落，就高興得一個勁兒要回國。麗琳覺得夫妻不宜長期分居，常責怪自己輕易讓他獨去英國。現在他們有了自己的家，可以親密無間了。

麗琳從小沒有母親，父親對女兒不甚關心，家裡有庶母，有當家的大哥大嫂，有不當家的二哥二嫂，加上大大小小的侄兒侄女，還有個離了婚又回娘家的姐姐。她在這個並不和諧的家庭裡長大，很會「做人」，在學校裡朋友也多，可是她欠缺一個貼心人。她一心追求的是個貼心的丈夫。她自幸及時抓住了彥成。可是她有時不免懷疑，她是否抓住了他。

他們布置新家，彥成聽她使喚著收拾整理，十分賣力。可是他只把這個家看作麗琳的家。他要求麗琳給他一間「狗窩」——他個人的窩。他從社裡借來些家具和一個鋪板，自己用鋸子刨子製成一張木板小床，床底下是帶格子的架子，藏他最心愛的音樂片。麗琳原想把這間廂房留給四年不見的女兒小麗。她忙著要接她回家團聚。自從許老太太硬把這孩子從杜家接走，三年來沒見過這孩子的相片兒。彥成對這個從未見面的孩子卻毫無興趣。他回國後一人去看了一趟伯父母和老太太，卻不讓麗琳去。理由是他對老太太撒了謊，說麗琳不在天津。爲什麼撒謊他也不說，只承認自己撒了謊。問他小麗怎樣，他一句也答不上，因爲小麗不肯叫他，也不理他；他覺得孩子長得像她奶奶，脾氣都像。麗琳直在盤算，如有必要，得把老太太一起接來。彥成只叫她「慢慢再說」。

以前他和麗琳只是一起遊玩，斷斷續續地度蜜月。現在一起生活了，麗琳感到他們之間好像夾著個硬硬的核；彥成的心是包在核裡的仁，她摸不著，貼不住。以前，也許因爲是蜜月吧，彥成從沒使她「吃醋」。現在呢——也許是她多心，可是她心上總不舒服。

彥成天天跑圖書室，有時帶幾個年輕同事來家，不坐客廳卻擠在他那「狗窩」裡，還放唱片。麗琳嫌他們鬧，彥成就不回家而和他們在外邊打球下棋。沒有外客，他好像就沒有說話的人了。

他從圖書室回來，先是向麗琳驚訝「那管書的人」找書神速。後來又欽佩「那管書的人」好像什麼書都看過。後來又惋惜「那管書的人」只不過中學畢業，家境不好，沒讀完大學。他驚詫說：「可是她不但英文好，還懂法文。圖書室裡的借書規則，都是她寫的，工楷的毛筆字，非常秀麗。」有一天，彥成發現了大事似地告訴麗琳：「那管書的人你知道是誰？她就是姚小姐！」

麗琳也聽說過姚小姐，不禁好奇地問：

「怎麼樣兒的一個人？美吧？」

「美？」彥成想了半天。「她天天穿一套灰布制服，像個三十歲的人——不是人老，是樣子老；看著也滿順眼的，不過我沒細看。」

麗琳相信彥成說的是真話，可是她爲了要看看姚小姐，乘彥成要到圖書室去還一本到期的書，就跟著同去。這是她第一次到圖書室。姚宓和她的助手郁好文同管圖書出納，姚宓抽空還在編目。麗琳看見兩個穿灰布制服的，胖的一個大約是郁好文，她正在給人找書，看見又有人來，就叫了一聲「姚宓」。另一個苗條的就站起來，到櫃台邊接過許彥成歸還的書，爲他辦還書手續。麗琳偷眼看這姚宓。她長得三停勻稱，五官端正，只是穿了這種灰色而沒有式樣的衣服，的確看老。姚宓見了麗琳，就一本正經地發給她一個小本子請她填寫。她說：「這是借書證，您還沒領吧？」她說完就回到後面去編目了，對他們夫婦好像毫無興趣，只是例行公事。

麗琳放了心，回家路上說：「幹嘛穿那麼難看的衣服呀！其實人還長得頂不錯的。」她隨就把姚宓撇開了。

研究社的成立大會上，麗琳看見彥成眼睛直看著她背後，又和不知誰打招呼似地眼睛裡一亮，一笑。她當時沒好意思回頭，回家問彥成跟誰打招呼。彥成老實說，沒跟誰打招呼。

「我看見你對誰笑笑。」

「我沒笑呀。」彥成很認眞地說。

「我看見你眼睛裡笑一笑。」

彥成死心眼兒說：「眼睛裡怎麼笑呀？得臉上笑了眼睛才笑呢。不信，你給我笑一個。」

麗琳相信彥成不是撒謊。彥成從不對她撒謊，只對他媽媽撒謊，撒了謊總向麗琳招認自己撒謊。可是，這回彥成看完姚宓的記錄，眼睛裡對她一笑，和研究社成立會那天的表情正是一樣。

吃飯的時候，她試探著說：

「姚小姐眞耐看；圖書室那個旮旯兒裡光線暗，看不清。」

彥成很有興趣地問：「怎麼耐看？」

「問你呀！你不是直在看她嗎？」

彥成惶恐道：「是嗎？」他想了一想說：「我大概是看了，因爲——因爲我覺得好像從來沒看見過她。」

「你過不了三天兩天就上圖書室，還沒看夠？」

「我只能分清一個是郁好文，一個是姚宓。我總好像沒看清過她似的。」

「沒看清她那麼美！看了還想看看。」麗琳酸溜溜地說。

「美嗎？我沒想過。」彥成講的是老實話。可是他仔細一想，覺得麗琳說得不錯。姚宓的臉色不惹眼，可是相貌的確耐看，看了想再看看。她身材比麗琳的小一圈而柔軟；眼神很靜，像清湛的潭水；眉毛清秀，額角的軟髮像小兒的胎髮；嘴角和下頦很美很甜。她皮膚是淺米色，非常細膩。他慚愧地說：

「麗琳，下次你發現我看人，你提醒我。多不好意思呀。我成了小孩子了。」

麗琳心上雖然還是不大舒服，卻原諒了彥成。

飯後她說：「彥成，你的工作計畫擬好了嗎？借我看看好不好？」

彥成說，擬好了沒寫下來，可是計畫得各定各的，不能照抄，他建議和麗琳同到圖書室去找些資料，先看看書再說。

圖書室裡不少人出出進進，麗琳想他們大概都是為了擬定工作計畫而去查找資料的。他們跑到借書的櫃台前，看見施妮娜也在那兒站著。江滔滔在卡片櫃前開著抽屜亂翻。施妮娜把手裡的卡片敲著櫃台，大聲咕噥說：

「規則規則！究竟是圖書為研究服務，還是研究為圖書服務呀？」

郁好文不理。她剛拿了另一人填好的書卡，轉身到書架前去找書。姚宓坐在靠後一點的桌子打字編目。她過來接了許彥成歸還的一疊書，找出原書的卡片一一插在書後。

施妮娜發話道：「哎，我可等了好半天了！」

姚宓問：「書號塡上了嗎？」

妮娜生氣說：「找不到書號，怎麼塡？」

姚宓說：「沒有書號，就是沒有書。」

「怎麼會沒有呢！我自己來找，又不讓！」妮娜理直氣壯。

姚宓接過她沒塡書號的卡片，念道：

「《紅與黑》，巴爾扎克著。」她對許彥成一閃眼相看了一下。彥成想笑。

姚宓說：「《紅與黑》有，不過作者不是巴爾扎克，行不行？」

妮娜使勁說：「就是要巴爾扎克！」

姚宓說：「巴爾扎克的《紅與黑》，沒有。」

妮娜說：「你怎麼知道沒有呢？這邊書架上沒有，那個書庫裡該有啊！」

「那個書庫」就指姚謇的藏書室。

姚宓說：「那是私人藏書室。」

「既然借公家的房子藏書，爲什麼不向群眾開放呢？」

姚宓的眼睛亮了一亮，好像雷雨之夕，雷聲未響，電光先照透了烏雲。可是她只靜靜地說：

「那間房，還沒有捐獻給公家，因爲藏著許多書呢。裡面有孤本，有善本，都沒有編目，有的還沒有登記。外文書都是原文的，沒有中文譯本，也都沒有登記，所以不能外借，也不開放。」

她在彥成的借書證上註銷了他歸還的書，坐下繼續編目。

彥成看施妮娜乾瞪著眼無話可答，就打圓場說：「妮娜同志，你要什麼書，我幫你找書號。」

妮娜氣呼呼地對遙望著她的江滔滔一揮手說：「走！」

她對彥成夫婦強笑說：「算了！不借了！」她等著江滔滔過來，並肩一同走出圖書室。

彥成夫婦借了書一起回家的時候，麗琳說：

「她眞厲害！」

彥成並沒有理會麗琳的「她」指誰，憤然說：「那草包！不知仗著誰的勢這麼欺人！管圖書的就該伺候她研究嗎？」

「我說那姚小姐夠厲害啊，兩眼一亮，滿面威光。」

彥成接口說：「那草包就像鼻涕蟲著了鹽一樣！眞笑話！巴爾扎克的《紅與黑》！不知是哪一本文學史上的！跟著從前的丈夫到蘇聯去待了兩年，成了文學專家了！幸虧不和她在一組！誰跟她一起工作才倒楣！」

姚宓和彥成相看的一眼沒逃過麗琳的觀察，她說：

「讓姚小姐抓住了她的錯兒吧？」

「留她面子，暗示著告訴她了，還逞凶！」

麗琳想不到彥成這麼熱誠地護著姚宓。她自己也只知道《紅與黑》的書名，卻記不起作者的名字。她除了功課，讀書不多，而她是一位教育碩士。

她換個角度說：「這位姚小姐真嚴肅，我沒看見她笑過。」

「她只是不像姜敏那樣亂笑。」

麗琳詫異說：「怎麼樣兒亂笑呀？」

「姜敏那樣就是亂笑。」彥成的回答很不科學。

麗琳問：「我呢？」

「你是社交的笑，全合標準。」

麗琳覺得不夠恭維。她索性問到底：「姚小姐呢？」

彥成漫不經心地說：「快活了笑，或者有可笑的就笑。」

「她對你笑嗎？」

彥成說：「對我笑幹嘛？——反正我看見她笑過。我看見她的牙齒像你的一樣。」

這句話可刺了麗琳的心。她有一口像真牙一樣的好假牙，她忘不了彥成初次發現她假牙的神情。

她覺得彥成是著迷了，不知是否應該及早點破他。

第八章

姚宓每天末了一個下班。她鍵上一個個窗戶，鎖上門，由大院東側的小門騎車回家。從大院的東頭到她家住的西小院並不遠。這幾天圖書室事忙，姚宓回家稍晚。初冬天氣，太陽下得早。沈媽已等得急了，因爲她得吃完晚飯，封上火，才回自己家。

姚宓一回家就減掉了十歲年紀。她和姚太太對坐吃飯的時候，鬼頭鬼腦地笑著說：「媽媽，你料事如神，姜敏的媽眞是個姨太太呀，而且是趕出門的姨太太。媽媽，你怎麼探出來的？」

姚太太說：「你怎麼知道的？」

「我也會做福爾摩斯呀！——姜敏的親媽嫁了一個『毛毛匠』——上海人叫『毛毛匠』，就是洋裁縫。她不跟親媽，她跟著大太太過。家裡還有個二太太，也是太太。她父親前兩年剛死，都七十五歲了！媽媽，你信不信？」

姚太太說：「她告訴你的嗎？」

「哪裡！她說得自己像是大太太的親生女兒，其實是伺候大太太眼色的小丫頭。」

姚太太看著女兒的臉說：「華生！你這是從陳善保那兒探來的吧？」

「媽媽怎麼又知道了？」

可是姚太太好像有什麼心事，她說：「阿宓，咱們今天沒工夫玩福爾摩斯，我有要緊事告訴你呢。」

姚太太要等沈媽走了和女兒細談，不料沈媽還沒走，羅厚跑來了。

羅厚和姚宓在大學同班，和姚家還有點遠親。姚家敗落後，很多事都靠他幫忙。解放前夕，他父親繼母和弟妹等逃往台灣，他從小在舅家長大，不肯跟去。舅舅舅媽沒有孩子，他等於是舅家的孩子了。舅舅是民主人士，頗有地位，住一宅很寬暢的房子。可是舅舅舅媽經常吵架，他又是兩口子爭奪的對象，所以寧願住在研究社的宿舍裡。他粗中有細，從不吹他的舅舅。同事們只知道他父母逃亡，親戚家寄居不便，並不知道他舅家的情況。羅厚沒事也不常到姚家去。這時他規規矩矩先叫聲伯母，問伯母好，接下就尷尬著臉對姚宓說：

「姚宓，陳善保——他——他……」

羅厚諢名「十點十分」，因爲他兩道濃眉正像鐘錶上十點十分的長短針，這時他那十點十分的長短針都失去了架式，那張頑童臉也不淘氣了。他鼓足勇氣說：

「陳善保問我，他——他——伯母，您聽說過一個新詞兒嗎？……」

沈媽正要出門，站在門口不知和誰說了幾句話，就大喊：「小姐，小姐，快來！」

姚宓急忙趕到門口。

羅厚巴不得她一走，立刻說：「陳善保問我是不是跟姚宓『談』呢——『談』，您聽到過嗎？」

姚太太點頭。

羅厚接著說：「我告訴他我和姚宓認識多年了，從來沒『談』過。」

這確是眞的。羅厚好管閒事愛打架，還未脫野男孩子的習性。他有鑒於舅家的夫妻相罵，而舅媽又嬌弱，一生氣就暈倒；他常詫怪說，一個人好好的結什麼婚！他假如結婚，就得娶一個結結實實能和他打架的女人。他和姚宓同學的時候很疏遠，覺得她只是個嬌小姐。姚宓退學當了圖書館員，回家較晚，一次他偶然撞見街上流氓攔姚宓的自行車。他從此成了義務保鏢，常遙遙護送，曾和流氓打過幾架。他後來對姚宓很崇拜，也很愛護，也很友好，可是彼此並沒有什麼柔情蜜意，他從沒有想到要和她「談」。

他接下說：「善保對我說，你不談，我就要談了。伯母，我可怎麼說呢？我怕姚宓回頭怪我讓他去找她談的，我得先來打個招呼。」

姚太太抬頭聽聽門口，寂無聲息。

羅厚也聽了聽說：「我看看去，什麼事。」

他回來說：「大門關上了（姚家的大門上安著德國式彈簧鎖），一個人都沒有。開門看看，也不見人。」他哭喪著臉說：「準是陳善保找她出去了。」

姚太太說：「不會，準有什麼急事。」

「也許陳善保自殺了。」

姚太太忍不住笑了。

「人家轉業軍人，好好的，自殺幹嘛？——他還是團支部的宣傳組長呢，是不是？」

羅厚說：「陳善保是頭等好人，長相也漂亮，可是姚宓……」

姚太太說：「好像姜敏對他很有意思。」

「可不！她盡找善保談思想，還造姚宓的謠……」羅厚說了忙噤住，深悔說了不該說的話。他瞧姚太太只笑笑，毫不介意，也就放了心，轉過話題，講圖書室這幾天特忙。他說：「那老河馬自己不會借書，還拍桌子發脾氣。幸虧那天我沒在……」

「你在，就和她決鬥嗎？」她接著問是怎麼回事。

「姚宓沒告訴伯母？糟糕，我又多嘴。伯母，可惜您沒見過那老河馬，怎麼長得跟河馬那麼像呀！她再嫁的丈夫像戲裡的小生，比她年輕，人家說他是『偷香老手』，也愛偷書。真怪，怎麼他會娶個老河馬！」

姚太太早聽說過這位「河馬」，她不問「河馬」發脾氣的事，只說：「羅厚，我想問問你，姚宓和姜敏和你，能不能算同等學力？」
「哪裡止同等呀！她比我們強多了！」
姚太太說：「你的話不算。我是要問，一般人說起來，她能和大學畢業生算同等學力嗎？當然，你不止大學生，你還是研究生呢。」
羅厚說：「姚宓當了大學裡圖書館的職員，以後每次考試都比我考得好。」
「她考了嗎？」
羅厚解釋：「每次考試，她叫我把考題留給她自己考。我還把她的答卷給老師看過。老師說她該得第一名。可是，在圖書館工作就不能上課；不上課的不准考試，自修是不算的，考得再好也不給學分。圖書館員的時間是賣死的！學分是學費買的！」
他氣憤憤地說著，一抬眼看見姚太太簌簌地流淚，不及找手絹，用右手背抹去臉上的淚水，又抖抖索索地抬起不靈便的左手去抹掛在左腮的淚。
羅厚覺得惶恐，忙找些閒話打岔。他說，聽說馬任之升官了；又說，傅今入黨了，他的夫人正在爭取。他又怕說錯什麼，看看手錶說：「伯母要休息了吧？我到外邊去等門。」他不敢撇姚太太一人在家。
姚太太正詫異女兒到了哪裡去，姚宓卻回來了，問沈媽有沒有講她到了誰家去。
原來沈媽在外邊爲姚宓吹牛，說她會按摩，每晚給她媽媽按摩，有什麼不舒服，一經按摩就好了。那晚余楠到丁寶桂家吃晚飯，他們的女兒余照晚飯後不知到哪裡去玩了。余太太忽然胃病發作，面如黃蠟，額上汗珠像黃豆般大。她家女傭急了，慌慌張張趕到姚家，門口碰到沈媽，就說：「我們家太太不好了，請你們小姐快來看看。」姚宓不知是請她當大夫，聽到告急，趕忙跟著那女傭趕到余家，準備去幫幫忙。宛英以為女傭請來了大夫，她神志很清楚，說沒什麼，只因為累了，胃病復發了。姚宓瞧她的情況並不嚴重，按著穴位給她按摩一番，果然好了。宛英才知道這位「大夫」是早已聞名的姚小姐，又是感激，又是抱歉，忙著叫女傭沏茶。要不是姚宓說她媽媽在家等待，宛英還要殷勤款待呢。

姚宓笑著告訴媽媽：「我給揉揉肚子，放了——」她當著羅厚，忙改口說：「氣通了，就好了。」

羅厚說：「姚宓，你出了這個名可不得了呀！」

姚宓說：「我闢謠了——謝謝你，羅厚，虧得你陪著媽媽。沈媽真糊塗，也不對媽媽說一聲就自管自走了。」

姚太太等羅厚辭走，告訴女兒：「今天午後王正來看我，對你的工作做了安排。據她講，領導上已經決定，叫你做研究工作，你和姜敏一夥大學畢業生是同等學力。你原先的工資高，所以和羅厚的工資一樣，比姜敏的高。她說，你這樣有前途，在圖書室工作埋沒了你。」

姚宓快活得跳起來說：「啊呀，媽媽！太好了！太好了！」她看看媽媽的臉，遲疑地問：

「怎麼？不好嗎？」

「我只怕人不如書好對付。他們會看不起你，欺負你，或者就嫉妒你，或者又欺負又嫉妒。不比圖書室裡，你和郁好文兩人容易合作。」

姚宓說：「那我就不換工作，照舊管我的圖書。」

姚太太說：「沒那麼簡單。你有資格做圖書室主任嗎？圖書室放定要添人的。將來派來了主任，就來了個婆婆，你這個兒媳婦不好當，因爲你又有你的資格。假如你做副主任，那就更倒楣，你沒有權，卻叫你負責。」

「反正我不做副主任，只做小職員。」

姚太太搖頭說：「由不得你。小職員也不好當——我看傅今是個愛攬權的，他夾袋裡準有人。你也沒有別的路。做研究工作當然好，我只怕你太樂了，給你潑點兒冷水。——還有，咱們那一屋子書得及早處理。這個圖書室規模太小，規章制度定了也難行，將來保不定好書都給偷掉。」

「索性捐贈給規模大的圖書館。」

「我就是這個意思。你得抽空把沒登記的書都登記下來。」

姚宓服侍媽媽吃了藥，照常讀她的夜課。可是時候已經不早，她聽媽媽只顧翻騰，想到以後黑日白天都可以讀書，便草草敷衍了自定的功課，上床睡在媽媽腳頭，挨著媽媽的病腿，母女安穩入睡。

第九章

姚宓不知爲什麼，忙著想把她調工作的事告訴許彥成先生，聽聽他的意見，並請教怎樣訂她的工作計畫。她覺得許先生會幫她出主意。他不像別的專家老先生使她有戒心。那位留法多年的朱千里最討厭，叼著個煙斗，嬉皮賴臉，常愛對她賣弄幾句法文，又喜歡動手動腳。丁寶桂先生倚老賣老，有時拍拍她的肩膀，或拍拍她的腦袋，她倒也罷了，「丁老伯」究竟是看著她長大的。朱千里有一次在她手背上撫摩了一下。她立刻沉下臉，抽回手在自己衣背上擦了兩下。朱千里以後不敢再冒昧，可是儘管姚宓對他冷若冰霜，他的嬉皮賴臉總改不掉。余楠先生看似嚴肅，卻會眼角一掃，好像把她整個人都攝入眼底。只要看他對姜敏拉手不放的醜相，或者對「標準美人」畢恭畢敬的奴相，姚宓懷疑他是十足的假道學。許先生不一樣。他眼睛裡沒有那副饞相。是不是因爲娶了「標準美人」呢？看來他的心思不在這方面。許先生即使注視她，也視而不見，只管在想別的事似的。他顯然是個正派的人。

許先生曾探問姚宓的學歷，對她深表同情，偶爾也考考她，或教教她。姚宓覺得許先生有學問，而許先生也欣賞姚宓讀書不少，悟性很好。許先生常到圖書室來翻書或借書，姚宓曾請他到她父親的藏書室去看書。他們偶爾談論作家和作品，兩人很說得來；人叢裡有時遙遙相見，他會眼神一亮，和她打個招呼。姚宓覺得許先生雖然客客氣氣，卻很友好，準會關心她的事。不過那天是星期日，她不會見到他，得再等機會。

星期日姚家常有客來。姚宓母女商量好，免得陳善保來「談」，姚宓趁早到她父親的藏書室去登記書目。

姚宓未及出門，姜敏就來了。她穿一條灰色西裝褲，上衣是墨綠對襟棉襖，胸口露出鮮紅的毛衣，小鳥依人般飛了進來。姜敏身材嬌小，白嫩的圓臉，兩眼水汪汪地亮。她慣愛垂下長長的睫毛，斜著眼向人一瞄，大有勾魂攝魄的伎倆。她兩眼的魅力，把她的小尖鼻子和參差不齊的牙齒都掩蓋了。她招呼了姚伯母，便拉了姚宓說：

「我特來向你道歉——也許不用道歉，可是我做了一樁冒昧的事。我沒有徵求你的同意，我向傅今同志建議，調你做研究工作！別管什麼圖書了！你看怎麼樣？我是不是冒失了？」

姚宓說：「我有資格嗎？」

姜敏說：「我叫他們大家都保證你有！」

姚宓笑說：「嗬！好大口氣！大家都聽你的！」

姜敏說：「反正大家都會同意。」

姚宓滿不理會說：「姜敏，我要替媽媽去辦點兒事，你陪媽媽坐會兒。」姚宓知道姜敏是來等善保的。善保來了，她會跟著一起走。

姚宓趕忙推著自行車出門。她騎車過大院中門，忽有個小孩兒躥出來，攔著車不讓走。姚宓急忙一腳下地，煞住了車。那孩子她從沒見過，大約四五歲，穿一件和尚領的厚棉襖，開襠褲，腳上穿一雙虎頭鞋。頭髮前半面剪得像女式的童化頭，後半面卻像和尚頭。

姚宓說：「小妹，乖，讓我走。」

那孩子拉著車不放，只光著眼睛看人，也不答理。

姚宓說：「你是小弟吧？你是誰家的孩子？」

孩子一口天津話：「我要騎車。」

門裡趕出來的是許家的女傭。她說：「小麗，不能街上亂跑呀！快進來！」她認識姚宓，解釋說：「昨晚老太太帶著孫女兒來了。這孩子一刻也看不住。」她抓了孩子進去。姚宓忙又上車。

分房子的時候，她聽說許家有個老太太，孫女兒是許先生的女兒嗎？她名叫小麗，該是麗琳的女兒吧？怎麼長得不像許先生，也不像杜先生。那一身打扮，更是古怪。

姚宓進了大院東側的小門，推著車往圖書室去，只見有個人在前廊踱步，正是許先生。

姚宓說：「呀，許先生，今天星期日，圖書室不開門的。閱覽室要下午開呢。」

許彥成舉手拍拍腦門子說：「忘了今天星期日！我說怎麼還不開門！可是，我不是要借書。」他看著姚宓詫怪說：

「你怎麼來了呢？你値班兒？」

姚宓說了她的任務，許彥成吐一口氣說：「那麼，對不起，讓我進來躲一躲，我糟糕了。」

原來許彥成應付不了他媽媽的時候就撒謊，撒完謊他又忘了。他在國外的時候，每一兩個星期會接到伯父母的信，裡面總夾著他媽媽一紙信。伯母每次解釋說，同樣的信還有幾張，因字大紙厚，內容相同，只寄一紙。信上翻來覆去只是一句話：「汝父僅汝一子，汝不能無後也。」然後急切問：「新婦有朵未？」（他媽媽看不起白話文，也從不承認自己會寫錯別字。「孕」字總寫成「朵」字。）彥成知道伯父事忙，伯母多病，他免得媽媽常常煩絮，乾脆回信說：「新婦已有朵。」過些時他媽媽又連連來信詢問生了兒子還是女兒。他就回信說：生了兒子。他從未想到該把這些謊話告訴麗琳，也記不清自己生了多少孩子。他媽媽卻連孩子的生日都記得，總共三個，都是男的。彥成回國，先獨自去看望伯父母和母親。他母親問起三個孩子，彥成推說都在麗琳身邊，沒來天津。他撒完謊就忘了，直到麗琳要看女兒，才想起無中生有的三個兒子。他覺得這種謊話太無聊，只告訴麗琳他撒了謊，阻止麗琳去看女兒，並未說明緣由。彥成打算穩住老太太仍在天津定居，每月盡多給她家用錢。

麗琳的姑母爲侄女兒運送了一批家具，最近偶逢許老太太，便告訴她，彥成夫婦已布置好新居。老太太立即帶了孫女趕到北京來。彥成夫婦得到伯母打的電報，親自到車站去接。老太太問起三個孫子，彥成說，都託出去了。麗琳一心在女兒身上，也沒追究三個孫子是誰。她爲小麗寄回一套套漂亮的洋娃娃式衣服，老太太嫌穿來不方便，又顯然是女裝，都原封藏著，這次帶來還給麗琳。小麗那副不男不女的怪打扮，是象徵「招弟」的。麗琳瞧她前半面像小尼姑，後半面像小和尚，又氣又笑，又覺丟臉，管住她不讓出門。老太太直念叨著三個孫子，星期六不接回家，星期天總該接呀。彥成事到臨頭，才向麗琳招供出他那三個兒子來。他這會兒算是出來接兒子的。

彥成跟著姚宓進書室，一面講他的糟糕事。姚宓先還忍住不笑，可是她實在忍不住了，跨進她父親的藏書室，打開了窗子，竟不客氣地兩手抱住肚子大笑起來。

在這一刹那間，彥成彷彿眼前撥開了一層翳，也彷彿籠罩著姚宓的一重迷霧忽然消散，他看清了姚宓。她憑藉樸素沉靜，裝出一副老成持重的樣兒，其實是小女孩子謹謹愼愼地學做大人，怕人注意，怕人觸犯，怕人識破她只是個嬌嫩的女孩子。彥成常覺得沒看清她，原來她是躲藏在自己幻出來的迷霧裡，這樣來保護自己的。料想她是稚年猝遭家庭的變故，一下子失去依傍，挑起養家奉母的擔子，少不得學做大人。彥成覺得滿懷憐惜和同情，看著她孩子氣的笑容，自己也笑起來。

姚宓忍住笑說：「許先生，你可以說，孩子都在外國，沒帶回來，不結了嗎？」

彥成承認自己沒腦子，只圖眼前。他實在是不慣撒謊的。他說：

「我也沒知道兒子已經生了三個。一個還容易，只說死了。兩個一起死吧，該是傳染病。三個呢！分別死的？還是一起死的呢？沒法兒謀殺呀。反正隨麗琳怎麼說吧，她會對付媽媽。」他長歎一聲：「我心裡煩得很。讓我幫你幹幹活兒，暫時不去想它。」

姚宓講了自己可能調工作。只是還不知事情成不成，也不知自己夠不夠格。

彥成大為高興，把他的三個兒子都忘了，連聲說：「王正眞好！該說，新社會眞好！不埋沒人！」他接下一本正經告訴姚宓：「你放心，你比人家留學得碩士的強多了，怎會不夠格！」

他幫姚宓登記書，出主意說：「外文書凡是你有用的都自己留下，其餘不用的一一登記書目，咱們分分類，記個數就行。」

姚宓也是這個意思，兩人說著就幹。英文書她早就留下了大部分，彥成幫她把法文書也挑出來，一面還向她介紹什麼書易讀，什麼書難懂。彥成把姚宓需要的書從架上抽出，姚宓一疊堆在地下。其他的分類點數。兩人勤勤謹謹地幹活，直到姚宓覺得肚子餓了，一看錶上已是十一點半。她問許先生餓不餓，要不要跟她家去吃飯。彥成在書堆裡坐下說，先歇一會兒吧。兩人對面坐下。

彥成說：「你媽媽看見我這種兒子，準生氣。」

「不，我媽媽準喜歡你。」姚宓說完覺得不好意思，幸虧彥成並沒在意。他把自己家的情況告訴姚宓，又說他的伯母待他怎麼好。

他們歇了一會，彥成說，不管怎麼樣，他得回家去了，說著自己先站起來，一面伸手去拉姚宓。姚宓隨他拉起來，她笑說：

「假如你不便回家，到我家來吃飯。」

彥成笑說：「我得回家看看我那群兒子去了。姚宓同志……」

「叫我姚宓。」

「好，姚宓，我得回家去了。」

姚宓因爲藏書室冷，身上穿得很厚，看許彥成穿得單薄，擔心說：「這個窗口沒風，外邊可在颳風了，許先生，你冷不冷？」

許彥成說：「幹了活兒暖得很，埸身上還沒涼，我先走吧。」他說聲「再見」，匆匆離去。

姚宓回家，姜敏和善保都走了。姚太太對女兒說：「你調工作的事，王正凖是和傅今談妥了，傅今已經和別人說起，所以姜敏也知道了。」

姚宓說：「姜敏，她聽了點兒風聲就來居功。她就是這一套：當面奉承，背後挖苦，上面拍馬，下面擠人。她專拍傅今的馬屁，也拍江滔滔，也拍施妮娜，也拍余楠，也拍『標準美人』；許彥成她拍不上，『標準美人』頂世故，不知道吃不吃她的。」

接著她講了許彥成的「三個兒子」和不男不女的女兒，姚太太樂得直笑。

第十章

宛英雖然早看破了余楠，也並不指望女兒孝順她，可是免不了還要為他們生氣；而且她對兩個兒子太癡心，把希望都寄在他們身上。余家來北京後，兩兄弟只回家了一次，從此杳無音信。宛英胃痛那天是星期六。她特意做了好多菜，預先寫信告訴兒子，家裡已經安頓下來了，她為他們兄弟布置了一間臥房，星期六是她的四十歲生日，她叫兩兄弟回家吃一頓媽媽的壽麵，住一宵再回校。他們沒有回音。余家中午已吃過麵，宛英左等右等，到晚上直不死心，還為他們留著菜。

余照早不耐煩說：「媽媽，你就是死腦筋，沒法兒進步，該學學爸爸，面對現實，接受新事物呀！做什麼好菜！還不是『糖衣炮彈』！」她的語言表示她的思想近期內忽然大有進步了。

余楠附和說：「現在的大學生不但學習業務，還學習政治呢。你別扯他們的後腿。我叫你做兩個菜給隔壁傅家送去，睦睦鄰，你就是不聽！」

「他們又不認識我。」

「啊呀，做了鄰居，麵也得送兩碗！你親自送去，不就認識了嗎？」

宛英說：「現在還興這一套嗎？我是怕鬧笑話。」

余楠使勁「咳」了一聲說：「你睜眼瞧瞧，現在哪個『賢內助』只管管油鹽醬醋的！傅今是當權的副社長，恰好又是緊鄰。禮多人不怪。就算人家不領情，你反正是個家庭婦女，笑話也不怕呀。」

他說完就到丁寶桂家去吃晚飯了。丁寶桂是他新交的酒友，經常來往，借此打聽些社裡的新聞和舊事。

余照直嚷肚子餓，催著開飯。她自管自把好的吃了個足，撂下飯碗，找人扶她學騎自行車去了。

宛英忙了一天，又累又氣。她對兩個兒子還抱有幻想，不料他們也絲毫不把她放在心上。她勉強吃下一碗飯，胃病大發。

她發現找來治病的不是大夫，而是聽人說是爲了媽媽丟了未婚夫的那位姚小姐。別瞧她十指纖纖，勁頭卻大，給她按摩得眞舒服。她想到自己的女兒，不免對姚小姐又憐又愛，當時不便留她，過了幾天，特地做了一個黃燜雞，一個清蒸鱖魚，午前親自提著上姚家致謝。

她把菜肴交給沈媽，向姚太太自我介紹了一番說：「前兒晚上有勞姚妹妹了，又攪擾老伯母，心上實在過不去，特地做兩個菜，表表心意。」她有私房錢，可以花來結交朋友。

姚太太說：「余太太，您身體不好，做街坊的應該關心，您太客氣了。」

余太太忙說：「叫我宛英吧，我比老伯母晚一輩呢。」她知道姚太太已年近六十。

姚太太喜歡宛英和善誠懇，留她坐下說閒話，又解釋她女兒只是看見大夫為她按摩，胡亂學著揉揉。

正說著，忽聽門鈴響。沈媽領來一位高高大大的太太，年紀五十左右，穿一件鐵灰色的花緞旗袍，帶著個四五歲的小女孩，鼓鼓囊囊地穿一身紫紅毛衣，額前短髮紏結成兩股牛角，交扭在頭頂上，繫上個大紅緞帶的蝴蝶結子。後腦卻是光禿禿的。姚太太拄著拐杖站起來迎接，問來客姓名。

那位客人說：「您是姚太太吧？這位是余太太呀！我是許老太太。」

姚太太說：「許太太請坐。」

「許老太太了！許太太是我們少奶奶，許彥成是我犬子。」

姚太太看了那女孩子的頭髮，記起姚宓形容的孩子，已猜到她們是誰。她一面讓坐，一面請問許老太太找誰，有什麼事。

那孩子只光著眼珠子看人，忽然看見姚太太的拐杖，撒手過去，搶了拐杖，揮舞著跑出客廳，在籬笆上亂打。

許老太太也不管孩子，卻笑著說：

「這孩子就是野！活像個男孩子，偏偏只是個女的。」她長歎一聲說：「也虧得是女的。她爺爺、她爸爸兩代都是寒金冷水的命，傷妻剋子，她要是個男孩子就招不住了，所以我也不指望她招弟弟了。」

宛英追出去，捉住了孩子說：「小麗，手杖給我！你昨天砸了我們的花瓶，我還沒告訴余伯伯找你算賬呢！」

小麗不知余伯伯是誰，有點害怕，讓宛英奪回手杖，給拉進客廳。

許老太太聽說小麗砸了余家的花瓶，也不敢護著孩子，只說：「我也就是爲了她呀！四歲了！女孩子嘛，都說女孩子最有出息是彈琴，這玩意兒得從小學起，所以三歲半我就叫她學琴了。我聽說您家有架鋼琴，現在沒用了。我來商量商量，借我們孩子用用，或是讓她過來彈，或是讓我們把琴搬回去。」

姚太太說：「我的琴多年不用，已經壞了。」

許老太太說：「不要緊，找個人來修修，我花錢得了。反正或是出租，或是出借，總比閒擱著好。」

姚太太沉下臉說：「我這個琴，也不出租，也不出借。」

宛英捉不住小麗，忙道：「許老太太，你們小麗要回家呢——鋼琴的事，我替您跟老伯母談吧。」

許老太太並不是潑婦，也不是低能，只是任性彆扭，只有自己，從不想別人。她碰了姚太太的釘子，看到宛英肯為她圓轉，就見風扯篷，請宛英代她「說說理」，牽著孩子走了。

宛英歎氣說：「這些孩子，就欠管教。可是，老伯母，不是我當面奉承，像姚妹妹這樣的好女兒，不是管教出來的，是老伯母幾世修來的——我聽到她就佩服，見了她就喜歡。」她緊緊捏著姚太太的手說：「老伯母，我有緣和您做了街坊，以後有什麼事，讓沈大媽過來叫我一聲，我是閒人。」

姚太太喜歡她眞誠，請她有空常來坐坐。至於鋼琴的事，姚太太說，不用再提了。

午飯時姚太太和女兒品嘗著宛英做的菜，姚宓說：

「媽媽，咱們怎麼還禮呢？」

姚太太說，不忙著「一拳來，一腳去」，人家是誠心誠意來交朋友的。她只追問女兒，傅今找她談話沒有。

姚宓上心事說：「還沒有呢。可是那個陳善保看來直在想找我。幸虧我躲得快。但願再躲幾回，他知趣別來找我了。」

那天下午，天陰欲雪，陳善保好像在等機會和姚宓說話。正好許彥成到圖書室來，對她說：

「姚宓，我有件事想問問你。咱們到外間去談談，可以嗎？」

他們坐在閱覽室的一個角落裡，彥成低聲說：

「我媽媽昨天早上到你們家去闖禍了，你知道吧？」

「知道——也不算闖禍。」

「余太太說得很委婉，可是我知道我媽媽準闖禍了。而且她的脾氣是犟極了的，不達到目的就沒完沒了，準纏得你們厭煩。我呢，忽然想出個好辦法，不知你贊成不贊成？」

他告訴姚宓，他從國外帶回一只新式唱機和許多古典音樂唱片，可是他只可以閑擱著，因爲麗琳嫌他開了唱機鬧個沒完。麗琳讀書的時候怕攪擾，連手錶都得脫下，包著手絹兒，藏在抽屜深處，免得「滴答」「滴答」的聲音分心。他想姚太太準愛聽音樂。

姚宓高興說：「我懂你的意思了，交換，是不是？」

彥成點頭說：「琴，擱在我們家客廳裡做擺設。我負責保管。小麗壓根兒沒耳朵，唱個兒歌都走調，彈什麼鋼琴！我們送她上學就完了。唱片，你們可以聽聽，消遣消遣。」

「太好了！媽媽經常也看看書，可是大夫不讓多看。她有時候叫我彈琴解悶兒，可是這幾年來我哪有工夫練琴呀？指頭都僵了。媽媽渴著要聽點好音樂呢——你也可以到我們家來聽。」

「可以嗎？謝謝你。反正我閒擱著唱片不用，和你們的鋼琴正是一樣。今晚，麗琳要我和她一起到府上來向你媽媽道歉。麗琳準也贊成我這個建議，不過我還沒有告訴她，先問了你再說。」

姚宓看見善保守在一邊。等他們談完，善保卻走了。

許彥成的建議得到麗琳贊成，也受到姚太太的歡迎。「交換」的事，雙方很順利地一下子就談妥了。

彥成夫婦告辭出門。姚太太對女兒說：

「這位『標準美人』看上去頂伶俐的，怎麼竟是個笨蛋，聽音樂嫌鬧！她說她愛聽靜靜的音樂。什麼『靜靜的音樂』呀，就是電影裡的情歌。我看她實在有幾分俗氣，配不過她那位不標準的丈夫。」

姚宓不及答話，陳善保就來了。她無處可躲，只好硬著頭皮等他「談」。

陳善保說：「我等了你兩天，只好等你們的客人走了再來，也許時間晚了。」

他接著就告訴姚宓，領導上調她做研究工作，叫她快制定自己的工作計畫。她不用寫小結，不過得把書目編完。他說，姚宓和他和姜敏都算同等學力，施妮娜、杜麗琳和許彥成大概也算同等學力吧？他不大知道。

「羅厚呢？」

「不清楚。他和江滔滔算是同等吧？以後施妮娜和江滔滔都到咱們外文組來了。」

「她們來幹嘛？——哦，施妮娜是蘇聯文學專家。江滔滔是什麼學歷、什麼專業呀？她不是作家嗎？她難道也和羅厚一樣是研究院畢業的？」

「她原在現當代組，可是咱們這裡需要她。她在不知什麼學院的研究班上旁聽過。」

姚宓說：「我的書目哪年才能編完呢？我乾脆還是繼續管圖書吧，不用訂什麼研究計畫了。」

善保做了個鬼臉說：「編目呀，你把手裡的一本編完就算，留給施妮娜吧，你不管了。」

「什麼？留給施妮娜？她不是在外文組嗎？」

「她兼任圖書室的什麼主任。」

姚宓忍住沒說什麼。等陳善保一走，她苦著臉對媽媽說：「我怎麼辦呢？連退路都沒有了。」

姚太太安慰她說：「研究工作總比管圖書好些——而且，姜敏準對善保做了些工作，他找你只談了公事。別多想了，過一天咱們一起聽唱片。」

第十一章

余楠有意「睦鄰」，伺得機會，向傅今傾吐欽佩之情，博得一聲「有空請過來」。余楠就到傅家去請傅今夫婦吃個「便晚飯」。當時施妮娜在座，他知道妮娜和江滔滔的交情，順口也邀請了妮娜「伉儷」，指望對方客氣辭謝。不料施妮娜欣然一諾無辭。

請兩個客人「便飯」是方便的，稱得上「便飯」。四個客人，規模稍大，就不那麼方便了。余楠只知道妮娜有丈夫，卻不知那位丈夫在哪裡工作，是何等人，是否和傅今夫婦合得來。四個客人，加上三個主人，八仙桌上還空一席。請客添雙筷，乘機也把范凡請來。范凡和傅今合作得很緊密，兩位都是當權派。這麼一想，他覺得不方便也值得。他和宛英商定菜單，比酒席簡單些，比「便飯」豐盛些。四冷盤可合成一拼盤。熱炒只兩個，一大碗湯加四大菜，這就行了。他等候機會也邀請了范凡，范凡並不辭謝。只是他女兒余照不肯陪客，胡亂吃了幾口晚飯就往外跑。家裡已經生火，外面又冷又黑，難道還學騎車？宛英懷疑她新交了什麼男朋友。

傅今夫婦和施妮娜夫婦是結伴同來的。余楠沒想到施妮娜的丈夫就是研究社成立大會上和梳兩楖小辮兒、略像胡小姐的女人並肩而坐、竊竊密談的那位「小生」。余楠說：

「這位見過，只是沒請教尊姓大名。」

「區區姓汪名勃」——他簡直像戲裡「小生姓張名君瑞」或「小生柳夢梅」是一個腔調。他晃著腦袋說：「這是經過一番改革的名字。原名汪伯昕。『伯』字有封建味兒。『昕』字多餘，不妨去掉。再加上點兒革命氣息，就叫汪勃。」

江滔滔掩口而笑。施妮娜似嗔非嗔地瞅了他一眼，回臉對江滔滔說：

「滔滔，訓他幾句。」

傅今一本正經說：「汪勃同志其實是咱們古典組的，可是他只來報了個『到』。他是一位能詩能文的大才子，又是《紅樓夢》專家。他瞧不起古典組專管標點注釋，所以至今還在學校講課，從沒到組裡去過，怪不得余先生不熟。」

施妮娜說：「他是獨木不成林，要等明年組成了班子才來呢。」

余楠忙向這位年輕才子致敬意。

汪勃涎著臉對宛英說：「不才的大才是做菜，今天特來幫忙，聽余太太使喚的。調和五味是我的專長。」

江滔滔故意板著臉說：「汪勃，少吹牛！」

施妮娜笑說：「余太太，小心他會偷您的拿手本領。」

宛英只老實說她沒有拿手本領，一面讓座奉茶。

汪勃端詳著她說：「余太太，看來您是喜歡樸素的，衣服『帶些黯淡大家風』。您如果請我做顧問，黯淡之中，還可以點染幾分顏色，保管讓您減去十歲年紀。」他不等余太太回答，指點著妮娜和滔滔說：「瞧！她們倆都採用了區區的審美觀，效果很明顯。這位滔滔同志喜歡淡妝，衣服只穿青綠，胭脂不用大紅。哎，滔滔西湖之水，『淡妝濃抹總相宜』啊！瞧她不是今日勝往昔嗎？」

江滔滔已脫下簇新的駝色呢大衣。她穿一件深紅色的薄絲棉襖，搽著深紅色的胭脂和口紅，果然比平日豔麗。傅今顧盼中也流露出他的贊許。

「滔滔穿上妮娜嫌瘦的衣服，多合適！我區區的小襖，妮娜穿了不也穩穩地稱身嗎！她這樣『鉛華淡淡妝成』，比她平日的濃妝不更大方嗎！余太太，『畫眉深淺入時無？』不用『笑問夫婿』，問我汪勃更在行！余先生不怪我狂妄吧？」

汪勃一張嘴像漏水的自來水龍頭，滴滴答答不停地漏水。賓主間倒也不拘禮節地熱鬧起來。

一會兒范凡來了。汪勃搶著代宛英捧了茶，便跟著宛英同下廚房，把孫媽稱爲「大媽」，又用尊稱的「您」，樂得孫媽一口一個汪先生，不知怎麼巴結才好。汪勃確會幫忙。他很在行地替主婦裝上拼盤，自己端出去，請大家就座，又給大家斟酒。他站著指點盤裡的菜一一介紹。

宛英不知道自己是嫌惡汪勃，還是感謝他。他確會幫上一手，可是他不停嘴的廢話，擾得她聽不清客堂裡賓主的高聲談話了。他們好像在談論圖書室的事。余楠朗朗地說：「他！他怎麼肯幹圖書室的事呢！他也太年輕些。這事還得傅今同志自己兼顧……」宛英不知「他」指誰，很爲姚宓關心。

汪勃向余太太建議，兩個熱炒連著炒了一起上。他拉了宛英一同坐下喝酒吃菜。傅今不喝酒。范凡對主人一同舉了舉酒杯，笑說：

「余太太辛苦了！汪勃同志，你也辛苦了！」

汪勃揚著臉說：「我呀，不但鼓吹男女平等，也實行男女平等。余先生大概是『大男子主義者』吧？」

施妮娜瞪了他一眼說：「去你的！你就是『大男子主義者！』」

余楠一面請客人吃菜，一面以攻爲守說：

「汪勃同志是『大女子主義者』！」

汪勃說：「『大女子主義』我也反對！」他一面忙著吃，滿口讚好，又轉移目標，嬉皮賴臉對范凡說：

「范凡同志，您別生氣啊，我看見您出門，您愛人抱著個包袱跟在後面。我說范凡同志還是『夫權至上』呢！」

范凡謙虛認錯說：「哎，我們農村裡興得這樣。這是多年的老習慣了，一時改不過來。汪勃同志幾時下鄉去看看，農村裡落後的地方還多著呢。」

江滔滔說：「我和妮娜想參加土改去，范凡同志，我們先向您掛個號，等合適的時候下去。目前還得做好規劃工作呢。」

汪勃喝了幾杯酒，興致愈高，廢話愈多，大家雜亂地說笑。孫媽上了湯又端上四大菜，汪勃搶著爲大家盛飯。

飯後，沏上新茶。范凡因爲還要開個會，最先告辭。

施妮娜和江滔滔臉上都添了油光，唇上都退了顏色。

余楠忽然說：「宛英，你不是說，要把你那支變色唇膏送給傅太太嗎？那顏色可眞是最合適不過的——哈，汪勃同志，瞧你啊，我可不是『大男子主義者』，我爲太太服務，我拿去！」他笑著走進裡屋，傅今好奇地等著。

宛英傻呆呆地不知她哪來什麼變色唇膏。她只管做她的主婦，爲客人斟茶，又爲妮娜點煙。一會兒余楠出來，向江滔滔獻上一支口紅。江滔滔剛接在手裡，汪勃搶過去，看看牌子說：

「嗬！進口的名牌兒貨！」他脫下口紅的帽子一看，說：

「又是黃色！淡黃色！」

余楠得意說：「不，這是變色的，擦上嘴唇就變玫瑰色。」汪勃把口紅交給江滔滔，問余楠要鏡子。宛英忙去拿出一面鏡子。汪勃雙手捧著鏡子，矮著身子，站在江滔滔面前問：

「自己會上嗎？」

江滔滔嬌羞怯怯地對著鏡子聽汪勃指導：

「先畫上唇，塗濃些，對！上下唇對著抿一下，印下個印兒，對！照著印兒也塗上，濃些！」他拍手說：「好！好極了！果然是玫瑰色，比妮娜那支深紅的還鮮豔。太美了！太美了！」

傅今顯然也十分欣賞。

余楠說：「我內人早想把胭脂送與佳人，這回她如願以償了。」

宛英怪不好意思地站在一旁，不知怎麼接口。

汪勃放下鏡子說：「滔滔，你就笑納了吧！我替大家謝謝余夫人，因爲抹口紅的人看不見自己的嘴巴，欣賞的卻是旁人——傅今同志，我這話沒錯吧？」妮娜瞟了他一眼說：「別盡瘋瘋癲癲的，看余老太太笑話。」

宛英眞不知汪勃是輕薄，還是瘋瘋癲癲。她只說：

「汪先生不見外，大家別拘束才好。」

江滔滔收下口紅，謝了余太太。當晚賓主盡歡而散。

宛英料想口紅是解放前余楠在上海買的。她很識趣，一字不問那支口紅當初是爲誰買的，只問余楠：「你剛才說誰不肯當圖書室主任？」

余楠說：「我探探傅今的口氣。圖書室副主任已經定了施妮娜，可是正主任誰當呢？傅今說，他問過許彥成，許彥成推辭說沒有資格。許彥成！他！他當然沒有資格！當這個主任得懂行，中外古今的書籍都得熟悉。傅今當然也兼顧不了。這事只有我合適。」

「他請你了嗎？」

「等著瞧吧，不請我請誰！」

宛英說：「你兼任啊？不太忙嗎？」

余楠很有把握地笑著說：「能者不忙，忙者不能。許彥成準是嫌事情忙，官兒也不大。其實，官兒大小全看你怎麼做呀。悄悄兒加上兩個字，成立一個『圖書資料室』，規格不就高了嗎！『圖書資料室』正主任，下面有個副主任，再設個『祕書處』，用上正副兩祕書，日常的事就都有人管了。目前先有一個祕書也行。」

「誰當祕書呢？」

「瞧誰肯聽指揮，肯做事。」

宛英心想：「爲什麼姚小姐不當主任呢？她是內行，管了好幾年圖書了，而且聽說圖書室的不少書都是她家捐獻的。難道她還得讓這個施妮娜來管她嗎？」她暗打主意，一定要把這事告訴姚太太，別讓姚宓吃虧。

第十二章

姚家鋼琴和許家唱機交換的事，沒過兩天就照辦了。傍晚姚宓下班回家，姚太太自己開著唱機在聽音樂呢。

姚宓驚喜說：「啊呀，媽媽，都搬完了？怎麼我都沒知道呀？」

「那位『犬子』辦事可利索。他上午先來看定放唱機的地方，幫沈媽出清了這個櫃子，挪在這裡。下午就叫人來搬運鋼琴。來了六個人，穩穩地抬到門口車上。隨後他把唱機和唱片運來，幫我整理好，教了我怎麼使用。這會兒他剛剛走。美人來打了一個『花胡哨』，接他一起走的。」

姚宓心裡一動。杜麗琳是來監視丈夫嗎？這完全是直覺。她總覺得杜麗琳對她有點心眼兒。不過這是毫無道理的感覺。姚宓第一次沒把她的「福爾摩斯心得」拿出來和媽媽一同推理，只問媽媽爲什麼午飯的時候沒把這事告訴她。

「你自己沒看見櫃子挪了地方呀！不過，也是那位『犬子』叫我瞞著你的。他說他是擅用工作時間，是違法行為。你那邊辦公室裡都是耳目。」她轉述許彥成的話，顯然只當作笑話。她是存心給女兒一個意外之喜。她關上唱機，問女兒搬到研究室去完事沒有。

姚宓說：「沒什麼搬的。圖書室的鑰匙交掉了。外文組的辦公室是裡外相通的兩間，我們年輕人在外間工作。姜敏、善保、羅厚各人一個書桌，還剩下一只舊桌子是沒主兒的。羅厚和陳善保把裡面套間裡最新的書桌搬過來換了舊桌子。姜敏說，那只新書桌是施妮娜的，抽屜裡還有她一本俄文本的《共產黨宣言》呢。羅厚和善保都說，她又不來上班，把組長的大書桌給她和江滔滔『排排坐』不更好嗎！他們就把她的書放在組長辦公桌的抽屜裡了。」

「你說什麼了嗎？」

「我只說，舊書桌一樣，不用換。姜敏把她臨窗的好位子讓給我，我沒要。」

她告訴媽媽，圖書室調去兩個新人。一個叫方芳，頂打扮，梳兩橛小辮兒。還有一個叫蕭虎，年紀大些，男的。

從此姚宓天天到辦公室去上班了。她知道許彥成經常溜到她家去聽音樂。她很有心眼，從不往家跑，儘管研究室裡自由得很，不像在圖書室不得空閒。反正她如要聽音樂，回家後她媽媽會開給她聽，她自己也學會了使用唱機。

姚宓預料得不錯，她媽媽確是喜歡許彥成。最初她稱「那位犬子」，過兩天就「彥成」長，「彥成」短，顯然兩人很相契了。這也很自然。兩人有相同的愛好，很說得來。兩人又都很寂寞。彥成喜歡姚太太能了解、能同情；姚太太喜歡彥成直率、坦白。他們往往聽罷唱片，就圍爐坐著說閒話。（他們都喜歡專心聽音樂，不喜歡一面聽一面說話。）每天姚宓回家，姚太太總有些關於彥成的新鮮事告訴女兒。短短幾天之內，彥成的身世以及他目前的狀況姚太太幾乎都知道了。

她常笑說：「這不是福爾摩斯探出來的，這是當事人自己講的。」不過她們往往從「當事人」自己講的話裡，又探索出「當事人」自己沒講的情況。譬如，姚太太談了杜麗琳閏年求婚的故事，就說：「美人選丈夫是投資，股票市場上搶購『有出息』的股份。可是彥成大概不會承認。他把他的『美人』護得很緊，看來是個忠心的好丈夫。」姚宓卻覺得許杜夫婦並不融洽。不過，她便在媽媽面前，也絕口不說這話。

姚宓自從在她爸爸藏書室裡和許彥成一同理書之後，好多天沒見到他，只是天天聽她媽媽講他。不知爲什麼，她心上怪想念的。接下的一個星期日，她獨在藏書室裡一面整理書，一面希望許彥成會闖來。他卻沒有來。姚宓覺得失望，又自覺可笑。轉眼又是星期天了，她得把爸爸的遺書趕早登記完畢。她暗暗希望，這回許彥成該想到她了。眞怪，許彥成好像知道她的希望，又在前廊來回踱步等待。

姚宓高興地說：「許先生，好久沒見你了。」

「我天天到你家去，總希望有一天看見你。」

姚宓笑說：「如果人家發現我們家開音樂會，只怕你就不能隨意跑來了。」

彥成感激說：「眞謝謝你想得周到——我今天想——我在希望，你星期天會到這兒來。」

「我也希望你今天會來。」姚宓說完自覺冒失，虧得彥成毫不理會，只說：

「我上星期天想來幫你，可是分身不開。你又來過吧？書登記得差不多了嗎？」

姚宓說她上星期日一個人幹的活兒不多，不過書也登記得差不多了。

兩人進了藏書室，姚宓把窗戶打開。彥成記起上次她打開窗戶時，他見到籠罩著她的迷霧忽地消失，猶如在目前。這幾天，他和姚太太經常會晤，增添了對姚宓的理解和關懷。他自己意識到，他對姚太太什麼都講，多少因爲他願意姚宓知道。有些事，自己是明白的，只是不願深究，也不由自主。

他們理著書，彥成說：「姚宓，我想問你一句話，不知道你會不會生氣。」

姚宓不知他要問什麼，驚愕地看著他。

「伯母說，她毀了你的婚姻，是眞的嗎？」

姚宓眼睛看著鼻子，靜默了好一會兒說：「許先生——」

「叫我彥成。」

「不，許先生。」她很固執，儘管許先生大不了她幾歲，她不願逾越這條界線。她說：「許先生，我很願意跟你講講，聽聽你的判斷。我媽媽和我從來沒有爭執。不過，她說毀了我的婚姻，就是她心上在爲我惋惜。她總原諒我的未婚夫，好像是我負了他。我心上頂不舒服。我不承認自己有什麼錯。」

彥成說：「你講，我一定公平判斷。」

姚宓又沉默了一會兒才說：「媽媽都告訴你了嗎？」

「伯母說，她和你爸爸五十雙壽那年，你十五歲，比你的未婚夫小兩歲，是吧？他跟著他父母來拜壽——故意來的吧？他家看中了你，你家也中意他。」

姚宓解釋道：「我爸爸媽媽年紀都大了，忙著要給我訂婚——我媽媽還說什麼來著？」

「伯母說，那位少爺很文秀，是高材生，也是獨生子——有兩個姐姐都出嫁了。你們倆年貌相當，門戶也相當，很現成地訂了婚，常來往，也很親密。」

姚宓說：「也相當客氣，因爲雙方都是舊式家庭。」

彥成點頭了解。他說：「所以他們家緊著要求結婚。」

姚宓輕輕歎了一聲氣：「我父親還沒去世的那年，他家提出等他畢業就結婚，我家提出再遲兩年，等我也大學畢業。就在那年，抗戰勝利的前夕，夏至前兩天，我爸爸突然去世，我媽媽中風送進醫院搶救。我的未婚夫當然來幫忙了。可是他什麼忙也幫不上，因爲我最艱難的是籌錢，我總不能向他們家開口要錢呀。他母親要接我過去住。我也懂得些迷信，熱孝裡，不興得上別人家的門。我只說，家裡男女傭人都還在，不能沒個主人。那一段艱難的日子不去說它了。不久抗戰勝利，我爸爸已經安葬，我媽媽已經脫險，我未婚夫已經大學畢業。他對我說，我媽媽沒準兒還能拖上三年五年，甚至十年八年，叫我別死等了，還是早早結婚。我媽媽可以找個窮親戚伺候。他說趁這時候出洋最方便，別錯過機會。我不答應。」

「伯母也說了。」

姚宓說：「媽媽沒有親耳朵聽見他說話的口氣。我怕傷了媽媽的心，我沒照樣說——以下的事媽媽也說了嗎？」

「伯母說，他硬逼著要和你結婚。」

「媽媽還是護著他。什麼結婚！他卑鄙！」

彥成了解了幾分，想了一想說：「他是未婚夫呀。」

姚宓猶有餘憤。她要說什麼，又制止了自己，慢慢兒繞到書架對面，才接著說：

「我家三個女傭人走了一個，另一個又由她女兒接去過夏，要等我媽媽出院再回來。伺候我的是門房的老婆。她每天飯後回到門口南屋裡去歇午。我的未婚夫趁這時候就引誘我。我不懂事，不過我反感了，就不答應。他先是求，說的話很難聽；接著是罵，話更難聽；接著就威脅說，『你別後悔！要我的人多著呢！』再下去就要強迫我。我急了，抓起一把剪指甲的小剪子，我說：『我扎你！我鉸你！』他就給我趕走了——我都告訴媽媽的。媽媽沒說吧？」

「伯母說了點兒。」

姚宓氣呼呼地接著說：「第二天我沒理他——我忙著許多事呢。第三天，我想想有點過意不去。我知道他是個嬌少爺，愛面子，好勝，計較心很重。我怕自己過分了點兒。我就打了個電話給他，報告我媽媽的情況，一面請他別生氣。他也請我原諒，隨後又來看我。可是他還是想引誘我。我這回不糊塗了，立刻拒絕了他。他說，憑我對他的態度，分明是不愛他。我想到自己拿著把小剪子把他嚇跑，簡直想笑。可是，那時候在我面前威脅我的人是個完全陌生的人，完完全全是個陌生人。他說我不愛他，我覺得可能是真的。我只知道他是我的未婚夫，應當愛他，就沒想過我是不是愛他。」

彥成默然聽她說下去。

「他那天乾脆對我說，我們該結婚了。明的不便，可是暗裡結。我說，不能公然做的事，暗裡也不做。我堅持媽媽病中我怎麼也不離開她。他表示什麼條件都可以依我，只要我依他這一個條件。他露骨地說：他要『現的』，不要『空頭支票』。我覺得他的確是個陌生人。我們未婚夫婦之間，連起碼的信義都沒有。我就告訴他說：我們訂婚的時候，雙方家境相同，現在可大不相同了。我們的家產全賣了，連住房都押出去了。他先是不信，說絕不可能，準是賬房欺我。我告訴他我已經請教過律師——羅厚的舅舅介紹的律師，很有名的。憑契約，抓不住賬房的錯。他就怪我爸爸糊塗。末了他說，那就更簡單了，他又不貪圖我的嫁妝，我們母女併到他家去就完了。我鄭重告訴他，我和媽媽都不會叫他們家負擔，我也沒有力量出國。我們的婚事請他重作考慮。」

「他怎麼呢？」

「他不肯乾脆解約，可是一直堅持他的先決條件。我怎麼能答應他呢！我媽媽當然也不能說我錯，可是她總怪自己害了我。」

彥成問：「他現在呢？」

「他不久就和一位很有錢、據說也還漂亮的小姐結了婚，同到美國去了。聽說還在美國。媽媽說他傷透了心，假如我和他結婚，他大概會回來。還不是護著他嗎？好像是我對他不起，好像是我太無情。」

彥成說：「伯母絕不是怪你。誰也不能怪你。我想，伯母只是埋怨她自己。」

姚宓靜默了一下，緩緩流下兩行眼淚，忙偷偷兒抹了，半晌才說：「大概你的話不錯。我媽媽是嬌養慣的，恨不得也嬌養我一輩子。她也羨慕留洋，希望我能出國留學。其實，我要不是遭逢這許多不順當的事，哪會一下子看透我那位未婚夫的人品呢？假如我嫁了他，即使不鬧翻，也一輩子不會快活。媽媽很不必抱歉。」

許彥成脫口說：「美滿的婚姻是很少的，也許竟是沒有的。」

「照你這話，就是我不該了。」

「不！不！不！不！不！」彥成急了。「你完全應該。我佩服你的明智。」

姚宓解釋說：「我講這些不光彩的事，爲的是要分辨個是非。不對的，就是不該的，就是壞的。對的，就是應該的，就是好的。不管我本人吃虧占便宜，只要我沒有錯，心上就舒服了。」

彥成不禁又笑又憐，他說：「我認爲你完全對——伯母也沒有怪你不對。好，你該心上舒服了？」

姚宓舒了一口氣說：「謝謝你。」

彥成忍不住說：「可是，你知道，許多人沒有什麼是非好壞，只憑自己做標準。」

姚宓猜想他指的是他媽媽，或者竟是「標準美人」。她不願接談，轉過話題問：「許先生，你那三個兒子呢？」

「都化爲烏有了。我媽媽不好對付，可是也好對付。她信命。麗琳告訴她，我命裡沒有兒子——也許她們眞的算過命。反正她就服命了。可是她把小麗慣得不像話，而且她的教育和麗琳各有一套。麗琳教小麗喝粥別出聲。小麗說，奶奶說的，要呼嚕嚕地喝，越響越乖。現在孩子不肯上學，也不肯學琴。我堂姐能彈琴，家裡有琴，小麗算是跟她學的。其實是胡說，她只會亂打。我現在把琴鎖上，把鑰匙藏了。奶奶說，讓她亂打打也好，打出滋味來，就肯學了。我撒謊說鑰匙丟了。上星期支吾過去。今天這會兒我算是出來找鑰匙的。」

他們已經快要把書理完了。姚宓問許先生是不是先回去。彥成說：「奶奶跟小麗一樣，眼前對付過去，事情就忘了。」他不忙著回去，只問姚宓研究計畫訂好沒有。

姚宓說：「善保告訴我，計畫都沒用了，得重來，咱們要開組會呢。許先生沒聽說要開組會嗎？」

「好像聽說了，我沒放在心上。」

姚宓忽然記起一件事：「許先生，是不是傅今同志請你當圖書室主任，你不肯？」

「你怎麼知道？」

「余太太來講的。」

「我當然不肯。我和施妮娜一正一副做主任，我才不幹呢！余太太怎麼知道呀？」

「我媽媽說，余楠在巴結傅今，想當正主任。」

「咱們開組會就為這個？還是為計畫？」

「當然為計畫，還要分小組。余楠想當圖書室主任是背地裡的勾當，又不等咱們選舉。」

彥成說：「最好咱們能分在一個小組裡。」

姚宓說：「我也希望咱們能在一個小組裡。我瞧你的計畫怎麼變，我也怎麼變。我跟著你。」

兩人都笑了。姚宓又想起一件新聞。

「余先生的女兒看中了善保，余太太向我媽媽打聽他呢。」

「陳善保不是看中另外一個人嗎？」

姚宓知道指的是她，只笑說：「善保是很可愛的，可是太單純，太幼稚了，配個小姑娘正合適。我就怕和他分在一組，讓余楠把他拉去吧。」

彥成說：「我告訴你，姚宓，分小組的時候，咱們得機靈著點兒。」

姚宓說：「一定！一定！」

「今天下午你在家嗎？」

「我爲這一屋子書，得去找王正談談。」

彥成說：「反正星期天我不到你家來。要來，我得和麗琳一起來。」

姚宓笑了：「許先生快回去吧！杜先生要到我們家來找你了。」

彥成果然匆匆走了。姚宓慢慢地關上窗，鍵上，又鎖上門。她一面想：「剛才怎麼把那些話都告訴許先生，合適嗎？」

可是她得到許先生的贊許，覺得心上塌實了。

第二部

如匪浣衣

第一章

外文組的兩間辦公室離其他組的辦公室略遠些。善保、羅厚、姜敏、姚宓同在外間。裡間有組長的大辦公桌，有大大小小新舊不同的書桌，還有一只空空的大書櫥。不過那幾位職稱較高或架子較大的研究人員並不坐班，都在家裡工作，只有許彥成常去走走。傅今有他自己的辦公室，從沒到過外文組。姚宓趁姜敏不在，早已請善保和羅厚把施妮娜占用的新書桌搬回原處。他們為她換了一只半新的書桌，按姚宓的要求，把書桌挪在門口靠牆的角落裡。

這天是第一次召開外文組的組會，裡外兩間的爐子都生得很旺。外間的四個人除了姜敏都早已到了。許彥成吃完早點就忙著準備早早到會，可是麗琳臨出門忽記起朱千里的臭煙斗準熏得她一身煙臭。她換了一件舊大衣，又換上一件舊毛衣，估計辦公室冷，又添一件背心。彥成等著她折騰，一面默念著他和姚宓的密約：「咱們得機靈著點兒。」「機靈」？怎麼機靈呢？就是說：他們得盡量設法投在一個小組裡，卻不能讓人知覺。他憬然意識到自己得機警，得小心，得遮掩。

他們夫婦到辦公室還比別人早。羅厚、善保和他們招呼之後說：「許先生好久沒來，我們這兒新添了人，您都不知道吧？」

彥成進門就看見了角落裡的姚宓。他很「機靈」，只回頭向她遙遙一點頭，忙著解釋家裡來了親人，忙得一團糟。麗琳過去歡迎姚宓，問她怎麼坐在角落裡。姜敏恰好進來，接口說：「姚宓就愛躲在角落裡。」姚宓只笑說：「我這裡舒服，可以打瞌睡。」

他們大夥進裡間去，各找個位子坐下。善保還帶兩把椅子，姚宓也帶了自己的椅子。麗琳注意到彥成和姚宓彼此只是淡淡的。彥成並不和她說話，也不注意她，好像對她沒多大興趣。麗琳覺得過去是自己神經過敏了，自幸沒有「點破他」。

余楠進門就滿面春風地和許杜夫婦招呼，對其餘眾人只一眼帶過。他挨著組長的大辦公桌坐下。朱千里進門看見姚宓，笑道：「喲！我是聽說姚小姐也來我們組了！今天是開歡迎會吧？」他看見麗琳旁邊有個空座，就趕緊坐下。姚宓沉著臉一聲不響。朱千里並不覺得討了沒趣，只顧追問：「來多久了？」

姚宓勉強說：「四五六天。」

余楠蹺起拇指說：「概括得好！」

正說著，施妮娜和江滔滔姍姍同來。妮娜曾到組辦公室來過，並占用了新書桌。彥成並不知道，看見兩人進來，就大聲阻止說：「我們開會呢！」

麗琳在他旁邊，忙輕輕推了他兩下。

彥成卻不理會，瞧她們跑進來，並肩踞坐在組長的大辦公桌前，不禁詫怪說：「你們也是這一組？」

麗琳忙說：「當然啊！外文組呀！」

朱千里叼著煙斗呵呵笑著說：「一邊倒嘛！蘇聯人不是外人，俄文也不是外文了！」

彥成不好意思了。他說：「我以爲蘇聯組跟我們組合不到一處。」

施妮娜咧著大紅嘴——黃牙上都是玫瑰色口紅——扭著頭，嫵媚地一笑，放軟了聲音說：「分不開嘛！」她看看手錶，又四周看了一眼，人都到齊了。她用筆桿敲著桌子說：「現在開會。」

彥成瞪著眼。麗琳又悄悄推他兩下。

妮娜接著說：「傅今同志今天有事不能來，叫我代他主持這個會，我就傳達幾點領導的指示吧。」她掏出香煙，就近敬了余楠一支，劃個火給余楠點上，自己也點上，深深吸了一口，兩指夾著煙捲，噴出一陣濃煙。

朱千里拔出嘴裡的煙斗，站了起來。他是個乾乾瘦瘦的小個子，坐著自覺渺小，所以站起來。他說：「對不起，我有個問題。我是第一次來這兒開會，許多事還不大熟悉。我只知道傅今同志兼本組組長，還不知其他誰是誰呢？施妮娜同志是副組長嗎？」

妮娜笑得更嫵媚了。她說：「朱先生，您請坐下——姚宓同志，你不用做記錄。」

姚宓只靜靜地說：「這是我自己的本子。」

羅厚的兩道濃眉從「十點十分」變成「十點七分」，他睜大了眼睛說：「領導的指示不讓記嗎？」

妮娜說：「哎，我不過說，組裡開會的記錄，由組祕書負責。我這會兒傳達的指示，是供同志們討論的。」

陳善保是組祕書，他揚揚筆記本問：「記不記？」

妮娜說：「我這會兒的話是回答朱先生的，不用記——朱先生，咱們的社長是馬任之同志，這個您總該知道吧？他是社長兼古典文學組組長。傅今同志是副社長兼外國文學組組長。現當代組和理論組各有組長一人，沒有副組長。古典組人員沒全，幾個工作人員繼續標點和注釋古籍，純是技術性的工作，說不上研究。以前王正同志領導這項工作，現在她另有高就，不在社裡了。古典組開會，馬任之同志如果不能到會，丁寶桂先生是召集人。我今天呢，就算是個臨時召集人吧。」她停頓了一下，全組靜靜地聽著。

她接著鄭重地說：「咱們這個組比較複雜。別的組都已經工作了一段時間了，只咱們組連工作計畫還沒定下來呢——各人的計畫是定了，可是全組的還沒統一起來。」

她彈去香煙頭上的灰，吸了一口，用感歎調說：「一技之長嘛，都可以爲人民服務。可是，目的是爲人民服務呀，不是爲了發揮一技之長啊！比如有人的計畫是研究馬拉梅的什麼《惡之花兒》。當然，馬拉梅是有國際影響的大作家。可是《惡之花兒》嘛，這種小說不免是腐朽的吧？怎麼爲人民服務呢！——這話不是針對個人，我不想一一舉例了。反正咱們組絕大部分是研究資本主義國家的文學。什麼是可以吸收的精華，什麼是應該批判的糟粕，得嚴加區別，不能兼收並蓄。乾脆說吧，研究資產階級的文學，必須有正確的立場觀點，要有個綱領性的指導。你研究這個作家呀，他研究那個作家呀，一盤散沙，捏不成團，結不成果。咱們得借鑑蘇聯老大哥的先進經驗，按照蘇聯的世界文學史，選出幾個重點，組織人力——組織各位的專長吧，這就可以共同努力，拿出成果來。我這是傳達領導核心小組的意見，供大家參考討論。」

朱千里的計畫是研究馬拉梅的象徵派詩和波特萊爾的《惡之華》。他捏著煙斗，鼻子裡出冷氣，嘟嘟囔囔說：

「馬拉梅兒！《惡之花兒》！小說兒！小說兒！」

可是沒人理會他。大家肅然聽完這段傳達，呆呆地看著妮娜吸煙。

余楠問：「領導提了哪幾個重點呢？」

江滔滔嬌聲細氣地說：「莎士比亞，巴爾扎克，狄更斯，勃朗特姐。」

彥成等了一等，問：「完了？」

江滔滔說：「咱們人力有限，得配合實際呀！」

彥成這時說話一點不結巴，追著問：「蘇聯文學呢？」

施妮娜慢慢地捺滅煙頭，慢慢地說：「許先生甭著急，蘇聯文學是要單獨成組的，可是人員不足，一時上還沒成立，就和古典組一樣，正在籌建呢。」

江滔滔加上一個很有文藝性的注釋：「蘇聯文學，目前就溶化在每項研究的重點裡了。」

朱千里詫異說：「怎麼溶化呀？」

滔滔說：「比如時代背景是什麼性質的，資產階級的上升時期和下落時期怎麼劃分，不能各說各的，得有個統一的正確的觀點。」

許彥成「哦」了一聲，聲調顯然有點兒怪。麗琳又輕輕推他一下。他不服氣，閃過身子，歪著腦袋看著麗琳，好比質問她「推我幹嘛？」窘得麗琳低眼看著自己的鼻子，氣都不敢出。

朱千里卻接過口來：「就是說，都得按照蘇聯的觀點。就是說，蘇聯的觀點駕凌於各項研究之上。」

余楠糾正說：「不是駕凌，是供我們依傍——我覺得這樣就有個綱領性的指導，很好。照滔滔同志的解釋，我們就是取四個重點……」

妮娜說：「對！取四個重點。分四個小組。」

余楠趕緊說：「我想——我——就研究莎士比亞吧。陳善保同志做我的助手，怎麼樣？」

姜敏沒想到余先生挑了善保沒要她。她估計了一下情勢，探索性地說：「我跟杜先生研究勃朗特，杜先生要我嗎？」

杜麗琳乖覺地說：「好呀，咱倆一起。」

彥成暗暗得意。他從容說：「我就研究狄更斯了。」

羅厚欣然說：「我也狄更斯。」

姚宓急忙說：「我也是狄更斯。」

朱千里看著姚宓，取笑說：「假如你是狄更斯，我就是巴爾扎克了！」他指望逗人一笑。可是誰也沒有閒情說笑。

施妮娜說：「姚宓同志，你懂法文，你做朱先生的助手——就這樣：咱們成立四個小組，四位小組長，四個助手。以後凡是指導性的討論，只要組長參加就行。」

姚宓著急說：「我不是法文專業，法文剛學呢。」

朱千里說：「我教你。」

妮娜說：「專家是發揮專長，助手跟著學習。咱們好比師徒制吧，導師領導工作，徒弟從工作中提高業務。」

羅厚說：「我也懂點法文，我跟朱先生做徒弟。」

朱千里卻說：「我的專業不是小說，我是研究詩歌戲劇的。」

妮娜賣弄學問說：「朱先生可以研究巴爾扎克的《人間喜劇》呀！」

朱千里使勁說：「我已經聲明了，我的專業不是小說！我也懂英文，也研究過莎士比亞，我加入余楠同志的小組，做他的助手。」

江滔滔輕聲嘟囔：「這不是搗亂嗎？」

妮娜反問說：「那麼巴爾扎克呢？總不能沒有巴爾扎克呀！」

彥成忍不住說：「沒有的還多著呢！且不提俄羅斯文學，不提德國文學、義大利文學，單講法國英國文學，雨果呢？斯湯達爾呢？福樓拜呢？莫里哀呢？拜倫、雪萊呢？菲爾丁呢？薩克雷呢？倒有個勃朗特！」

善保忍耐了一會，怯怯地說：「我水平低，莎士比亞太高深了，我——我——」

姜敏忙說：「我跟你換。」

麗琳笑說：「乾脆取消了我們那個小組。我也跟余先生學習。」

余楠說：「我又不是莎士比亞專家！我向朱先生、杜先生學習。」

妮娜忙用筆桿敲著桌子說：「同志們，不要抱消極態度，請多提建設性的意見！」

朱千里說：「好啊！我建設！我女人——我愛人和我同在法國生活了十年，請她來做小組長，我向她學習！」

「您愛人是哪一位呀？」妮娜睜大了她那雙似嗔非嗔的眼睛。

「她不過是個家庭婦女，無名無姓。」

江滔滔氣憤說：「這不是侮辱女性嗎？」

羅厚乘機說：「該吃飯了，建議散會，下午再開。」

妮娜看看手錶，確已過了午時。她把剛點上的煙深深吸了兩口，款款地站起來說：「咱們今天的會開得非常成功，同志們都暢所欲言，表達了各自的意見。我一定都向領導彙報。現在散會。」

「下午還開嗎？」許多人問。

「對不起，我不是領導。」她似嗔非嗔地笑著，一手夾著煙捲，一手護著江滔滔，讓近門的人先退。

第二章

姚宓午後到辦公室，不見一人。裡間的窗戶大開著，不知誰開了沒關。煙味倒是散了，大爐子已經半滅。姚宓關上窗，又關了分隔裡外室的門，自幸善保和羅厚都不抽煙——至少在辦公室不抽。

一會兒羅厚跑來，先向裡屋看看，又看看門外，然後很神祕地告訴姚宓：「他們開祕密會議呢。」

「他們誰？」

「老河馬一幫——包括善保，上海小丫頭，當然還有余大詩人。」

「許先生、杜先生呢？」

「沒有他們。我在偵察，你知道嗎，那老河馬……」

姚宓打斷他說：「羅厚，你說話得小心點兒。什麼老河馬呀，小丫頭呀，你說溜了嘴就糟了。」

羅厚不聽她的訓斥，笑嘻嘻地說：「我不過這會兒跟你說說。你自己對朱先生也夠不客氣的。」

姚宓苦著臉：「把我分在他手下，多彆扭啊！」

「放心，」羅厚拍胸脯說，「我一定跟你對換，我保證。」

姚宓信得過羅厚，不過事情由得他嗎？

姚宓說：「朱千里的臭煙斗就夠你受的。」

羅厚一本正經說：「我告訴你吧，朱千里的學問比余楠好多著呢。他寫過上下兩大冊法國文學史——也許沒出版，反正寫過，他教學當講義用。他娶過法國老婆，法文總不錯吧；在法國留學十來年，是巴黎大學的博士——大概是，因爲他常恨自己不是國家博士，他瞧不起大學的博士。他回國當教授都不知多少年了。」羅厚自詡消息靈通，知道誰是誰。

「他夫人是法國人？沒聽說過呀。」

「他的法國夫人沒來中國。現在的夫人還年輕，是家庭婦女。他家的宿舍緊挨著職工宿舍。聽他們街坊說，那位夫人可厲害，朱先生在家動不動罰跪，還吃耳光，夫人還會罵街。」

「當小組長得會罵街嗎？」

「咳，朱千里是故意損那老河馬——該死該死，我眞是說溜了嘴了。我說，朱先生剛才是故意搗亂，你不明白嗎？他意思是老河馬——妮娜女士不過是家庭婦女之流。朱千里認爲自己應該當副組長。」

羅厚坐不定，起身說：「我溜了，打聽了消息再來報告。」

羅厚不愛用功。他做學生的時候有個絕招，專能揣摩什麼老師出什麼考題，同班聽信他的總得好分數。他自己卻只求及格。他的零用錢特多，他又愛做「及時雨」，所以朋友到處都是。在研究社裡他也是群眾喜愛的。他知道的消息比誰都多。

姚宓一人坐著看書——其實她只是對著書本發呆。因為總有個影子浮上書面，掩蓋了字句，驅之不散，拂之不去，像水面上的影子，打碎了又抖呀抖地摶成原形。姚宓覺得煩躁。她以前從沒有為她的未婚夫看不進書。她乾脆把椅背斜靠在牆上，暫充躺椅，躺著合上眼，東想西想。

也許她不該對他講那些舊事。可是他也不該問呀。不過，他好像並沒有嫌她，也沒有瞧不起她。他不是還囑咐她得機靈著點兒，爭取同在一個小組嗎！他為什麼對她那麼冷淡呢？準是他後悔了，覺得應該對她保持相當的距離。

姚宓忽然張開眼睛。她不該忘了人家是結了婚的！她可不能做傻瓜，也不能對不起杜麗琳。她對自己說：「該記著！該記著！」可是她看了一會兒書又放下了。書裡字面上的影子還像水面上的影子，打不破，驅不開。

許彥成對姚宓的冷淡也許過分了些。別人並不在意。杜麗琳先是受了蒙騙，可是她後來就納悶：彥成對姚宓向來那麼袒護，怎麼忽然變得漠不關心似的？做妻子的還沒有「點破他」呢，他已經在遮遮掩掩了？

彥成下午四點左右照例又出門去。他只對麗琳說：「我出去走走。」麗琳料想他又是到姚家去。彥成回來照例到他的「狗窩」裡去用功，並不說明到了哪裡，幹了什麼。麗琳曾經問過，他只說：「到姚家去了」，此外就沒有別的話。麗琳自覺沒趣。他既然不說，她也爭氣不問，只留意他是往姚家的方向跑。她想姚宓在圖書室呢，不會回家。這次開組會，麗琳才知道姚宓已調入研究組。她急切要知道姚宓是否下午回家；究竟是她自己多心，還是彥成作假。她等彥成出門，就跑到辦公室去。

姚宓聽見輕輕的腳步聲，以為是姜敏回來了。她張眼看見杜麗琳，忙起身擺正了椅子，問杜先生找誰。

麗琳說：「問問幾時開會。」

「還沒通知呢。」

「就你一人上班？」

「只羅厚來了一下，又走了。」

麗琳掇一只椅子坐下，道歉說：「我打擾你了。」

「哪裡！」姚宓笑著說：「我在做個試驗，椅子這麼靠著牆，可以充躺椅。」

麗琳很關心地說：「幹嘛不回家去歇歇呀？」

姚宓心裡一亮，想：「哦！她是來偵察我的！」她很誠懇地回答說：「我上班的時間從不回家，養成習慣了。當然，在這裡比在圖書室自由些，可是家裡我媽媽保不定有客人，在家工作不方便。我要是工作時間回家，媽媽準會嚇一跳，以爲我病了呢。」

麗琳指著三個空座兒問：「他們都像你這麼認眞坐班嗎？」

「平常都來，今天他們有事。」

麗琳正要站起來，忽見姚宓無意間掀起的一角制服下露出華麗的錦緞。她不客氣伸手掀開制服，裡面是五彩織錦的緞襖，再掀起衣角，看見紅綢裡子半掩著極好的灰背，不禁讚歎說：「眞美呀！你就穿在裡面？」

姚宓不好意思，忙把制服掖好，笑說：「從前的舊衣服，現在沒法兒穿了。」

麗琳是個做家的人，忍不住說：「多可惜！你襯件毛衣，不經磨得多嗎？」

姚宓老實承認不會打毛衣。

「你這制服也是定做的吧？」

姚宓說，她有個老裁縫，老了，肯給老主顧做做活。她瞧杜先生不想動身，怕她再深入檢查，就找話說：

「杜先生，您家來了老太太和小妹，不攪擾您嗎？」

「走了！昨天下午走的。我們老太太就像一陣旋風，忽然的來了，忽然的又走了。我想把小麗留下，可是孩子怎麼也不肯。」她歎了一口氣。

「反正天津近，來往方便。」

「誰知道呀！」麗琳又歎了一口氣。「家家都有一本難念的經。我們的老太太是個『絕』。就拿鋼琴的事兒說吧，我打算給小麗買一架。老太太說：『現成有，何必別處去買呢？』簡直『你的就是我的』。她忽然想來，信都沒有一封，馬上就來了。我只好讓彥成睡在他的小書房裡（姚宓從媽媽處知道那是彥成的『狗窩』）。我們臥房裡是一對大中床。我讓老太太睡在我對床，讓小麗跟我睡。可是孩子硬是要跟奶奶睡，而且要睡一個被窩。床又軟，老的小的滾在一堆，都嫌墊子太厚。我想把我的書房給老太太布置一間臥房。她老人家一定要買一張舊式的大床——你知道，那種四個柱子帶個床頂還有抽屜的床。哪兒去找啊？我說是不是把她天津的大床運來。老太太說她住不慣北京；她天津的房子大，北京的房子太小。昨天小麗嘴角長口瘡，她說是受熱了。說走就走，一天也沒留。我想把小麗留下，孩子怎麼也不肯。她只認奶奶，爸爸媽媽都不認。奶奶對兒子是沒一句話肯聽的，對小麗卻是千依百順。」麗琳長歎一聲說：「眞沒辦法。孩子是我的，慣壞了還是我的孩子呀！」她克制了自己，道歉說：「對不起，盡說些囉嗦事，你聽著都不耐煩吧？」

姚宓安慰她說：「孩子上了學會好。」

「彥成也這麼說。他——他並不怎麼在乎，只擔心他媽媽回天津又去麻煩他的伯母。可是我——哎，我想孩子！」她眼裡汪出淚來，擦著眼睛說：「我該走了。」

姚宓十分同情，正不知用什麼話來安慰，麗琳已站起身，晃一晃披肩的長髮，強笑說：「我覺得女人最可笑也最可憐，結了婚就擺脫不了自己的家庭，一心只惦著孩子，惦著丈夫。男人——」她鼻子裡似冷笑非冷笑地哼了一聲，「男人好像並不這樣。」她撇下這句話，向姚宓一揮手，轉身走了，讓姚宓自去細細品味她的「臨去秋波那一轉」。

杜麗琳那天臨睡，有意無意地對彥成說：「你那位姚小姐可眞是夠奢侈的，織錦緞面的灰背襖，罩在制服下面家常穿。」

彥成一時上有好幾句話要衝口而出。一是抗議姚小姐不是他的。二是要問問她幾時看見了姚小姐制服下面的錦緞襖。三是姚小姐從前的衣服想必講究，現有的衣服爲什麼不穿呢？四是穿舊衣不做新衣，也不算奢侈。可是他忍住沒有開口。他好像是沒有聽見，又好像是不感興趣，只心中轉念：「麗琳準是又到辦公室去了。去幹嘛？去偵察！不然爲什麼不說？」

麗琳低聲自言自語：「毛衣都不會打。」

彥成又有話要衝口而出。他想說：「她早上有早課，晚上有晚課，白天要上班，哪來工夫打毛衣！」可是他仍然沒作聲，只是聽了麗琳的末一句話，坐實了他的猜想：麗琳確是又到辦公室去過。

麗琳也不多說了。彥成難道沒聽見她說話嗎？他分明是不肯和她談論姚宓。他和姚宓中間有點兒共同的什麼，而她卻是外人。

第三章

范凡承認自己對知識分子認識不深，不知應該怎麼對待。所以這方面他完全依賴傅今了。傅今覺得評比知識分子不是易事，他們互有短長。就拿外文組的幾位專家來說吧。論資歷，余楠是反動政客的筆桿子，雜牌大學畢業，在美國留學不到兩年，回國也是在雜牌大學教書。他補交的那份履歷上填的是美國某校畢業，沒說有學位。許彥成雖然也沒有洋學位，卻是國內名牌大學畢業的，傅今熟知他學生時期的才名。他曾在英國倫敦大學進修，倫敦大學是誰都知道的呀。而且他和美國學者、英國學者同出過書。回國後，他母校曾敦請他回校當教授。年紀雖輕，資格可不弱。杜麗琳呢，有兩個響噹噹的洋學位呢。她家客廳裡不掛著兩張鑲鏡框的英文證書嗎！一張學士證書，一張碩士證書，上面都有照片，可謂貨眞價實。夫婦倆都曾留學多年。至於朱千里，他是僞大學的教授，留學的年份更長，不知是法國什麼大學的博士。博士當然比碩士又高，僞大學也不比雜牌大學差，他回國已當了多年教授。究竟誰高誰下，也許該看他們的「政治」了。那麼，許彥成杜麗琳是投奔光明回來的，當然該數第一。可是論表現，誰比得過余楠呢？也數他最

「靠攏」。最糟的是朱千里，覺悟不高，盡說怪話，說話著三不著兩。他愛人壓根兒沒有文化，是家庭婦女。傅今聽了外文組開會的彙報，覺得朱千里要他愛人當小組長的話很可能是挖苦施妮娜，因爲妮娜在外國並沒有學歷，不過跟著從前的丈夫出國當太太罷了。好在「同等學力」的說法，不是他傅今提出來的。妮娜確也有她的才幹。至於滔滔，她是女作家，以她的才華，在現當代組自有地位，只因爲她是自己的愛人，他還有意壓低了她的級別呢。反正目前且讓大家發展專長，對他們注意平衡就是了。不過話又說回來，求得平衡，不是容易。這天傅今聽過彙報，請來幾個平日「靠攏」的人在自己家裡隨便談談，摸摸群眾的底。

姜敏義憤塡膺地說：「朱先生太不應該了！」她忽又噤住，鼓著嘴，氣呼呼地，像小孩兒受了委屈。

傅今說：「隨便講呀。」

余楠說：「我同意姜敏同志的看法。」

姜敏垂著睫毛，瞄了他一眼，好像是壯了膽。她賭氣似地說：「我覺得他是存心找碴兒。不能人人都是法國文學專家呀！波特萊爾的《惡之華》，不能要求人人都讀過呀！把《惡之華》說成小說，也沒什麼相干，反正是腐朽的嘛！」

妮娜裝作不介意，笑問：「我說了那是小說嗎？我好像沒說啊！」

余楠忙說：「沒有，我沒聽說。」

善保說：「您把朱先生計畫上的兩個人併成了一個。」
妮娜不認賬，反問：「是嗎？我準是說急了。」
余楠說：「我記得你有一句話說得頂俏皮。朱千里自稱戲劇專家，你就指出巴爾扎克的小說是《人間喜劇》。」
可是余楠這下馬屁也拍在痛瘡上了。妮娜沒想到《人間喜劇》倒是小說，只好假裝故意說了俏皮話，一笑不答。
善保很老實地又補上一句：「該是勃朗特姐妹吧？滔滔同志只說了一個姐。」
余楠說：「也對呀，咱們要的是姐，沒要妹。」
沒人接口，大家靜默了一會兒。
傅今說：「常識性的錯誤，得盡量避免。妮娜，你應當仔細對照各人原定的計畫，寫下底稿。拿不穩的先請教專家。」
妮娜說：「我有稿子，只是沒有照念。講的時候也許脫落了字句。」
滔滔咕嘟著嘴說：「我是照著念的，可是稿子上的字不清楚。」
妮娜說：「我們蘇聯組的人力太薄弱了。」
余楠好像經過一番深思熟慮，沉著地說：「依我看，蘇聯組雖然還沒有獨立，目前，單爲了在我們組裡起領導作用，任務就不輕。將來小組交出來的成果，只能是半成品，也許不過是一堆雜亂的資料，得她們兩位加工重寫，再交傅今同志總其成。這份工作太龐大些。」他歎了一聲說：「可惜我不通俄語。不然，我倒是出了名的快手。以前我一個人主辦一個刊物，缺什麼稿子，我一氣化三清，用幾個筆名全部包了！要多少字，有多少字！」

妮娜說：「余先生到我們組裡來幫一手吧。姜敏，你也可以來。」

姜敏說：「我正要學俄語呢，善保也想學。」

余楠不服老，忙說：「我也想呀！」

姜敏說，大學裡正在開辦俄語速成班，她有朋友在大學裡當助教，她可以弄到教材。她說，他們還可以請妮娜同志當老師呢。

妮娜忙笑著擺手說：「你問我高深的倒好講，初級的我可不會教。不信，問傅今同志吧。比如請大學教師去教小學一年的語文：『羊』、『大羊』、『小羊』、『大羊跑』、『小羊跑』，一個字兩個字就是一堂課，大學教授也不能對付呀！初學再加速成，那就更是專門的學問了。不過，不要緊，我愛人也進過俄語速成班，他懂。」

姜敏自願擔任班長，負責弄教材，議定每天在余家學習，有問題請妮娜的愛人來指導。他們越談越認真，只傅今默不作聲。因為他已經請余楠當了圖書室主任，覺得不能太倒向一邊。況且許杜夫婦究竟是他邀請來的。

過一天，他和范凡商談之後，特到許彥成家訪問，聽取意見。傅今向許彥成杜麗琳委婉解釋：四個小組裡，杜麗琳的小組不是重點；兩夫婦如果各踞一重點，力量太偏重，或許會導致旁人不滿。許杜夫婦都表示贊成。傅今又親自去拜訪了朱千里，看見他住處偏遠簡陋，很過意不去，說以後得爲他們調整。朱千里生活很簡樸，倒並不計較房子。傅今親來看望慰問，足見重視和關懷。他受寵若驚，一下子變得綿羊一般馴順。傅今說，四個小組是並重的，巴爾扎克非但不輸莎士比亞，還更有現實意義。朱千里很爽氣地說，他沒有意見，一切聽從領導的安排。

原先的四個小組依然如舊，四個助手卻略有更動。余楠還是要善保做助手。傅今不知他是相中了女婿，只以爲他拘謹，不要女助手，當然一口答應。他對善保說：「你是培養的對象，該知難而進，不能畏難退縮。」善保很想跟許彥成，可是他只好乖乖地服從。羅厚已向范凡反映：朱太太是有名的醋罐子，家裡來了女客，朱先生得罰跪，還保不定吃耳光。如果叫姚宓做朱先生的助手，準引起家庭風波。范凡告訴了傅今。他們認爲羅厚的態度不錯。他不計較自己是研究院畢業生，服服帖帖當學徒，只爲顧全大局，願和姚宓對換導師，當然完全同意。傅今拜訪朱千里的時候，就順帶說起，讓羅厚做他的助手，因爲朱先生住得遠，組裡有什麼通知，或是朱先生要借書還書，有個小夥子爲他跑跑腿，比較方便。朱千里也很樂意，事情就這麼安排停當了。

傅今召開了組會。他安排工作的時候，只杜麗琳提出一點修補意見。她說，勃朗特作品不多，也不如狄更斯重要，她的小組算個附屬小組吧。傅今說：「兩組都研究英文小說，算姐妹組吧，可分可合。」朱千里笑說：「姐妹有大小，夫妻卻平等，妻者，齊也。該稱夫妻組。」余楠敷衍性地笑了一聲。傅今卻不愛說笑，只一本正經說：「隨你們自己結合吧。」

姚宓和許彥成當初只怕不能同在一個小組裡，如今恰恰兩人一小組，私下都不喜而懼，一致贊成兩組合併。麗琳要求做附屬小組當然有她的緣故，彥成和姚宓不約而同，都有相同的理解。另一方面，麗琳也怕駕馭不了姜敏。姜敏不願意單獨和杜麗琳拴在一起，卻也不想單獨和許彥成同一小組，因爲許彥成對她從來不敷衍。所以兩小組合併，四人都由衷贊成。怎麼結合，當時沒有細談。

第四章

許杜夫婦早上到組辦公室去找姜敏和姚宓開了一個小會。兩位導師開了必讀的書和參考書單，商談怎麼進行研究，怎麼分工等等，談完就散會了。姜敏把兩張書單都搶在手裡，親親熱熱地送杜麗琳出門。許彥成知道自己處於嚴密監視之下，保持「機靈」，對姚宓很冷淡，一散會就起身走了。姚宓牢記著她對自己的警戒，只站起身等候導師退出，並沒敢送。她等了一會不見姜敏回來，猜想她或是送導師回家了。

自從分設了小組，善保常給余楠召回家去指導工作。羅厚呢，經常遲到。他這天過了十點才到辦公室，看見屋裡靜悄悄地，只姚宓一人在那兒看書。他進屋說：

「嘿！姚宓！」

姚宓抬頭說：「你這會兒才來呀？」

羅厚不答，只問：「他們呢？」

姚宓說：「善保大概在余先生家。我們兩個小組剛開完小組會，姜敏大概送他們回家了。我在這兒替你看書呢。」她曾答應替羅厚讀一本巴爾扎克的小說，並代做筆記。

「不用了，姚宓。朱老頭兒對我講，我什麼都不用幹，他有現成的貨。滿滿的好幾抽屜呢，要什麼有什麼！」

「他就這樣推你出門嗎？」

「哪裡！老頭兒人頂好，像小孩子一樣，經不起我輕輕幾下馬屁，就給拍上了，把私房話都告訴我了——抽屜裡的現成貨是祕密，你可不能說出去。」

姚宓笑問馬屁怎麼個拍法。

羅厚說：「妙不可言，等有空再談。咱們這會兒有要緊事呢——我問你，你爸爸藏書室有個後門，鑰匙在你手裡嗎？」

「那扇門早用木板釘死了。」

「木板可以撬開呀。我只問你鑰匙。」

姚宓說，鑰匙在她手裡。

羅厚叮囑說：「你回家去把鑰匙找出來，交給伯母，我會去拿。大院東側門的鑰匙我記得你有兩個呢，也給我一個。」

他告訴姚宓，捐贈藏書的事已經和某圖書館談妥。他手裡雖然有書單，還得帶人去估計一下：那一屋子書得用多少箱子裝，去幾輛卡車，得多少人搬運。他說，卡車可以停在大院東側的門外，書從藏書室的後門出去，免得興師動眾。他打算一次搬完。兩只大書櫥留下，書架子他已經約定賣給一個中學了。

姚宓說：「還有我自己留的一堆書呢。」

羅厚說：「知道！你不是說，都堆在沿牆地下嗎？我把那兩個書櫥給你留下，裝你的那些書。問題是你家那間亂七八糟的小書房怎麼布置？得預先挪出地方擱那兩個大書櫥——你懂嗎？書櫥得先進去，不然，就擠不進了。」

姚宓為難說：「滿屋子都是土，沈媽老也不去收拾。」

羅厚很爽氣地說：「得，你甭管了，我找人去收拾。不過書怎麼整理，得你自己，我可是外行。」

姚宓笑說：「當然我自己來，不成還叫你整理！」

羅厚說：「你都甭管了，照常上你的班。反正你幫不了忙，我也誤不了事。我這裡面有一條妙計——閃電計！別讓上海丫頭知道了去報告老河馬。」

「這又不是瞞人的事，也瞞不了呀。」

「哼！老河馬準在算計那一屋子書呢！我就給她一個出其不備！——還有一句話，舅舅叫我轉達的：給你們錢，別說不要。」

姚宓鄭重聲明：「書是捐贈的，媽媽絕不肯拿錢。」

「給的不是書價，有別的名目，反正你們收下就完了。我警告你，姚宓，你以後得多吃雞鴨魚肉，你再瘦下去，就變成鬼了。你太摳門兒，你在省錢給媽媽買補藥。」

「你胡說。」

「我才不胡說呢！我告訴你，這麼辦正好叫老河馬沒話可說，不能埋怨你不把書留給本單位。哼！給重價收買了！家裡窮！要錢！怎麼著！」

姚宓忍笑說：「你把我當作老河馬，練習吵架嗎？」

羅厚昂然說：「練習吵架，不怕！即使當面是眞的老河馬，我也絕不會動手打她。」

他回身要走，姚宓叫住了問他朱千里是否眞的什麼都不要他幹。

羅厚說：「當然眞的。」

姚宓說：「那麼，我替你看的書就不用做筆記了，我自己看著玩兒了。不過，我問你，你是怎麼拍上他的？」

「咳，沒做壞事，不過幫他搗鬼，瞞著他夫人爲他匯了些錢給他鄉下的外甥——他瞞著夫人在賺稿費。這都是祕密。」他不肯多說，忙著走了。

姚宓等著姜敏回來，她想看看書單。可是直到吃飯，姜敏沒有回辦公室。

姚宓回家找出鑰匙，向媽媽轉述了羅厚的話。姚太太接過鑰匙，放在鏡台上，慢慢地說：

「剛才郁好文來，說姜敏借了許許多多書，施妮娜說研究用的書沒有限制，她們把書不知藏在哪裡了，沒見姜敏拿出去一本書，只聽見她們說占有資料，取得主動，小組裡露一手，她又聽見施妮娜反覆叮囑方芳：『只說沒有書，沒有！就完了。』她說她們大概是對付你的。」

姚太太知道他們四個人的兩小組，姚宓回家都向媽媽講過。這時她吩咐女兒且別到圖書室去討沒趣。

這天下午，羅厚跑來和姚太太商談搬運藏書的事。恰好許彥成也來了。他和彥成是很相投的。上次許家搬運鋼琴，姚太太事後知道就是羅厚幫彥成找的人。姚太太就對彥成講了郁好文透露的消息。羅厚怒得豎起他的「十點十分」，摩拳擦掌。

彥成笑對羅厚說：「不用你打架的，我自有辦法。」

辦法很簡單。他說，如此這般，把小組裡需要的書集中在組辦公室裡。三人一商議，覺得沒有問題。姚太太就和羅厚繼續商談搬運那一屋子書的事。

羅厚把拳頭在自己膝蓋上猛捶一下說：「我覺得更得『閃電』！我準備半天搬完！」

彥成說：「辦不到。」

羅厚瞪著眼說：「我跟你打賭！賭腦袋！」

姚太太責備似地看了他一眼，低聲說：「羅厚！」

羅厚忙兩手打拱說：「對不起，許先生，我說急了。不過，伯母放心，打賭，不是打人。」

姚太太也說辦不到，而且沒有必要。

羅厚又氣又急，又不敢得罪姚伯母。他忍耐了一下說：

「伯母，善本、孤本，拿到手就有利可圖，想占便宜的壞人多著呢。還有更壞的人，自己占不到便宜，搗搗亂，製造點兒麻煩他也高興。公家是糊裡糊塗的。你偷了他的，他也不知道，知道了也不心痛；越是白送的他越不當一回事。要辦事，就得抓緊，得快！」

彥成說：「可是半天怎麼行呢？」

羅厚很內行地說：「得有辦法呀！要有準備，要有安排，最要緊是得力的人手。」

他有得力的人手。他待人慷慨，人家願意爲他效勞。他也懂得「重賞之下，必有勇夫」，從不惜小費。

他解釋說：「成套的書都帶書箱，好書都有書套。散的裝木箱或紙箱，硬面的或是不怕擠壓的可以裝麻袋。我帶人去估計現場，不會空著手去傻看。」姚太太說：「反正由你全權辦理。」

羅厚得意說：「好，我組織三路大軍，三路進軍。一路是主力，搬書；二路是把書架子運走；三路是把書櫥和剩下的一些書悄悄兒搬往您家，誰也不讓知道。」

姚太太說：「又不是偷！」

羅厚認眞說：「可是人家知道了，就要來利用了。書啊！不能獨占啊！得讓大家利用啊！好！從此多事了。你借，我借，他又轉借，借了不還，或者丟了——乾脆悄悄兒藏著吧。」

姚太太說：「乾脆也交公，交給圖書室。」

羅厚著急說：「不行！都交給老河馬？讓她占有？那是許先生給姚宓挑出來的。」
彥成說：「誰家沒有幾本書，藏著就完了，不張揚也對。」
姚太太說：「好，羅厚，都照你說的辦。」
羅厚說他馬上找人來收拾姚宓的小書房；又問那間書房別人知道不知道。
「什麼書房！只不過是一間儲藏室罷了。」姚太太隔窗指點著小院對面的屋子，問許彥成：「那間房，看見嗎？」
彥成說：「沒注意過。」
羅厚得意說，只有他知道。他拉彥成一起去看看將來書櫥放在哪裡合適。小書房近大門口，要經過一個長圓形的牆門洞。門洞後面堆著些什物：不用的火爐子，煙筒管，大大小小帶泥的花盆之類。走過去還要上五六級台階，才是一扇舊門，門上虛鎖著鐵鏽的大鎖。姚太太行走不便，從沒進去過，只吩咐沈媽經常去打掃屋子，擦擦玻璃。天氣冷，沈媽已多時不去打掃。屋裡寒氣逼人，灰塵撲鼻。他們看了一下，羅厚指點著說：「書櫥這麼擱。」彥成也同意，兩人商量了一番，就忙著出來。
他們回到姚太太的客堂裡，彥成不及和姚太太同聽音樂，就要和羅厚同去辦交涉，把研究資料集中在組辦公室裡。
羅厚臨走對姚太太說：「伯母，您瞧啊，做研究工作也得打架，而且得挖空心思打！」

姚太太笑說：「好吧！打吧。」她把藏書室後門的鑰匙和東側門的鑰匙都交給羅厚，重又說：「告訴你舅舅，錢，我們是不領的。就算是愚忠，我們反正愚忠到底了。書架子隨你去賣。」她看著羅厚不服氣的臉，撫慰說：「你放心，羅厚，伙食是我管的，沒剋扣阿宓。」

羅厚心裡喃咕：「這姚宓！她什麼話都給我捅出來！」他嘴裡卻忙著辯解：「我不是這個意思！不過，伯母，我還是不贊成您的愚忠。公家只是個抽象的詞兒，誰是公家？哼！」他不敢說不去，怕挨訓，只嫵媚地一笑說：「我是不懂公德的！」

姚大太不和他多說，只趕他說：「去吧，打架去吧！」

羅厚披上大衣，很有把握地說：「伯母，您等著瞧，我們一定勝利。」許彥成已經穿上大衣，圍上圍巾，戴上手套，站在一邊等著羅厚。他心上卻不像羅厚那麼拿得穩。

第五章

許彥成想的辦法的確很簡便。他叫羅厚代表朱千里，隨同他和杜麗琳去找傅今，建議為了工作方便，把研究用的書籍集中在組辦公室裡，那兒現成有空著的書櫥。羅厚拍胸脯擔保他能代表朱千里，而且他知道傅今什麼時候在家。他們商定，如果江滔滔在家，讓杜麗琳和她敷衍，穩住她，彥成就和傅今談公事。

恰是天從人願，他們三個跑到傅家，正好傅今在家，江滔滔卻不在。他們三言兩語就把事情講明。彥成建議讓羅厚到隔鄰余家去把余楠請來，四小組一起商談。

余楠完全同意他們三組的建議，不過他說，組辦公室的書櫥擱不下那麼許多書，他那個小組的書不妨擱在他家的書櫥裡。(因為圖書室新到一部版本最好的莎士比亞全集。他來北京的時候，把家裡大部分的書都處理了，帶來的不多，宛英買的書櫥還空落落的，正需要幾部裝潢精美的名著裝點門面。)

他說：「由我負責保管就是了。」

彥成遲疑說：「不方便吧？」他指的當然是對別人不方便。

余楠卻慷慨地表示他不怕「不方便」。他說：「沒關係！我多點兒事不要緊。」他說：「誰要看，到我家來看得了。況且莎士比亞不止一套，圖書室有幾個版本呢。」

傅今說：「社裡添置了好些書櫥和書架；辦公室裡的書櫥不夠用，可以取用。」

余楠連說不必，他家有書櫥。「書由我保管，我們小組使用也方便。」

羅厚豎起他的「十點十分」，等著聽傅今怎麼說。他瞧傅今並不反對，好像是默許了，不免心頭火起，故意問道：

「巴爾扎克都搬到朱先生家裡去嗎？」

傅今說：「書太分散，不好。」

余楠只圖把他要的莎士比亞放在自己家裡，並不主張把巴爾扎克送到朱千里家去，所以附和說：

「他家也沒處放吧？又住得那麼遠。」

羅厚露骨地說：「朱先生不會要把公家的書藏在自己家裡的。」

余楠好像一點不覺得羅厚話中有刺，或許感到而滿不理會，認爲不值得理會。因爲他知道羅厚全家逃亡，料想他出身不好；他又不像別的年輕人積極要求進步，只是吊兒郎當，自行其是，而且愣頭愣腦。余楠對年輕人一般都很敷衍，對羅厚只大咧咧地說：

「負責保管公家的書，夠麻煩的，而且責任重大。」憑他的口氣，他還是為人民服務呢！傅今那晚還要出去開會，他們不多耽擱，談完公事一起辭出。余楠近在隔鄰，大家順道送他回家。

羅厚氣憤憤地說：「圖書資料室主任倒是自己方便，也與人方便。」

彥成歎口氣說：「咱們總算達到目的了。」

麗琳只詫怪說：「那江滔滔晚飯也不回家吃嗎？」

羅厚說：「準在老河馬家呢。太好了！太好了！我只怕她在家，準兩個一起在家，咱們今天就沒這麼順利了。」

第二天早上，許彥成和杜麗琳同到辦公室，正好四個助手都已到齊，羅厚剛到朱千里家去跑了一趟趕來。姚宓為杜麗琳搬了個椅子，麗琳說聲謝謝就坐下了。彥成卻不願坐姜敏為他搬的椅子，善保同時也為他搬了個椅子，他倒不好意思坐了。他站在爐邊，兩手捧著煙筒管，從容說：

「昨天，我們……」

他剛說了這四個字，忽見余楠氣喘吁吁撞進辦公室，連說：「對不起，對不起，我來遲了！」他指指空椅子請彥成坐下。這姿態帶些命令的意思，彥成傻乎乎地坐下了。余楠就站在彥成站的地方，兩手也捧著煙筒管兒，咳嗽兩聲說：

「昨天，我們四個小組在傅今同志家開了一個小會。我們圖書資料室為了保證研究工作的順利進行，制定了一些規章。今天我來向大家宣布一下。」

彥成夫婦和羅厚都以爲事情又有變卦。可是余楠宣布的只是昨天商定的辦法。彥成恍然明白余楠只是來搶做主席，以圖書資料室主任的身分來執行他的任務。他感到意外的高興。覺得眞是羅厚所說的「太好了！太好了！」

余楠接著輕描淡寫地說，他們莎士比亞小組的書就集中在他家裡，把書櫥讓給夫妻組。善保可以在他家裡工作，他書房裡爲善保留著書桌呢。哪位同志要看他們小組的書，歡迎到他家去看。他又說，巴爾扎克小組的書大概書櫥裡還擠得下，擠不下的話，辦公室裡還可以搬進一個書架，反正他的小組一切退讓，盡量把空餘的地方讓給別的小組。

羅厚舉手說：「朱先生叫我說，他要求圖書室把我們小組需要的書凍結起來，不出借——也不是絕對不出借，只要求我們小組有優先權，出借的書如果我們有需要，就得收回。」

余楠點頭說：「好辦法！也省事。」

羅厚說：「余先生，你們組也可以學樣。」

余楠卻不贊成。他說：「昨天是四個小組和傅今同志一起討論之後，給圖書室制定了各小組集中圖書的辦法。現在雖然四個小組都有人在這裡，傅今同志卻沒有來。已經決定的事，不必再翻案了。各小組各有方便的辦法，不妨靈活著點兒，不必一律求同。好，就這樣了，你們照辦吧。」

他大衣都沒脫，說完就走了。

羅厚在姜敏背後縮著脖子做了一個大鬼臉。彥成假裝沒看見。

麗琳說：「怎麼辦？咱們就去把書都借來嗎？」

善保和羅厚都願意幫忙。

彥成考慮著說：「是不是讓女同志幹輕活兒，煩她們去辦借書手續。我們小夥子搬運。書單在組裡吧？」

姜敏萬想不到余楠會忽然跑來下這麼一道命令。他和妮娜沒有接頭嗎？還是故意找妮娜的碴兒？她昨天已經把書單給姚宓看了。姚宓說：「你收著吧，別讓我給丟了。」所以書單還在她手裡。她借的書都暗暗藏在一只大紙箱裡，紙箱藏在一個隱僻的地方。怎麼辦呢？

她趕忙說：「借書，我去！書單在我這兒呢。讓善保幫我搬書吧，好不好？」

彥成很識趣地說：「姜敏同志去借，善保幫她搬，羅厚去借個小推車，我幫著把書一起都運過來，順便還可以看看有什麼書忘了借。麗琳，你和姚宓同志管上架，怎麼樣？」

姚宓建議先把書櫥抹拭乾淨，她們倆就動手幹活兒。

姜敏很想問問妮娜余楠宣布的規章是怎麼回事。圖書室新近隔出小小一間圖書資料辦公室，可是妮娜並不經常上班，那天她恰恰不在。幸虧姜敏藏書的紙箱太大，沒存在妮娜的辦公室裡。

姜敏對付善保綽有餘力。她支使善保在借書櫃台前等待，自己先把書從紙箱裡三本五本地搬上櫃台，然後叫善保往外間搬，等待裝車。她暗藏的書沒敢扣留一本，怕彥成會追根究柢地找。

眾人齊動手，他們兩小組爲進行研究所需要的書，凡是圖書室所有的，當天都整整齊齊地排列在辦公室的書櫥裡了。

彥成惟恐麗琳瞧破他爲姚宓如此盡心，所以非常「機靈」，恰如其分的疏遠，恰如其分的冷淡。姚宓呢，她牢記著自己的警戒。而且，假如只是爲了「別對不起杜麗琳」，那麼，說不定會辜負另一個人。如今姚宓看到彥成的疏遠和冷淡，覺得自己只要做到「別做傻瓜」就行。雖然心上隱隱有些傷痛，她自己的「恰如其分」非常自然。麗琳開始相信自己確是神經過敏了，或者因爲她警覺，已經及時制止了丈夫的心猿意馬。

彥成說：「這些書都不准拿出去，就在辦公室裡使用。姜敏同志，你負責保管。」

姜敏心想：「好個體統差使！多承照顧了！」她並不推辭，也並不表示接受，只暗暗爲自己打主意。

第六章

姜敏曾對姚宓說：「你覺得嗎，姚宓，假如你要誰看中你，他就會看中你。」她自信有這股魅力。

姚宓只說：「我不知道。我也不要誰看中。」

姜敏覺得姚宓很不夠朋友，說不上一句體己話。

姜敏在大學裡曾有大批男同學看中她。不過，她意識到自己是個無依無靠的人，不能盲目談愛情，得計較得失利害。在她斤斤計較的過程裡，看中她的人或是看破了她，或是不願等著被「刷」而另又看中旁人。轉眼她大學畢業了，還沒找到合格的人，只博得個「愛玩弄男性」的美名。姜敏為此覺得委屈，也很煩惱。誰有閒情逸致「玩弄」什麼男性呀！她已經二十二歲，出身並不好，無論在舊社會或新社會都不理想。而離開了大學，結交男朋友的機會少了。她的自信也在減退。

她要善保看中她。可是善保這個新社會的好出身，不像舊社會的好出身，一點也不知情識趣，常使她感到「俏眉眼做給瞎子看」。當然，樸質是美德，可是太樸質就近乎呆木了。羅厚夠呆的，還比善保機靈些。姜敏煞費苦心把善保拉在身邊，管著他同學俄語，每天兩人同背生字。善保很佩服她，也感激她。可是，自從余楠提出他們小組研究用的書集中在他家裡，讓善保在他家工作和學習，善保就忙著按余楠開的書單把書從圖書室借出來，往余家送，連天沒到辦公室去。

姜敏幾次去找妮娜，都沒碰見。又過了幾天才在妮娜的圖書資料辦公室見到她。妮娜正在那裡生大氣。

妮娜兩天沒到辦公室，那天跑去，才知道姚家的藏書忽然一下子全搬空了。她覺得這是姚宓對付她的。她雖然嘀咕那些書占了一大間有用的房子，她只指望姚家早早把屋裡的書供大家利用。她丈夫對那批書抱著好大的興趣呢。誰料那麼一屋子的書呢，忽然一本都沒有了。這姚宓！夠奸的！她正在對姚宓咬牙切齒。

姜敏來探問圖書新規章的事，妮娜心不在焉，說余楠告訴她了，那是許彥成夫婦和羅厚一同去找了傅今提出來的。姜敏說，她懷疑這和姚宓有關，因爲她懷疑圖書室裡有她的耳目。這句話恰好撩起了妮娜的憤怒。她憤憤說：

「你那位貴友實在太神出鬼沒了！」她點上一支煙吸了一口，「咳」了一聲說：「你知道嗎？姜敏，把我嚇了好大一跳啊！」

「怎麼了?」

「她家那間藏書室不是老鎖著的嗎?她調到研究組去,就在門上又加上一道鎖。昨天下午我跑來,他們都告訴我,那屋裡的書全搬走了,屋子空了。我推開虛掩的門一看,可不是!裡面空蕩蕩的,我都傻了。咱們圖書室不是沒有人啊。郁好文說那天上午好像聽見點兒聲響,當時沒在意,後來也沒聲息了;下班出來看看,沒見什麼,也就不問了。方芳也聽見的,以爲那邊鬧鬼,嚇得只往人多的地方躲,也沒敢說。蕭虎什麼也沒聽見,因爲他在那邊工作,離得遠。他們告訴我,昨天上午,你那位貴友……」

姜敏不承認「那位貴友」是她的。可是妮娜不理會她的抗議,繼續說:「好神氣啊!帶著老傅和范凡一同進來,脫了鎖,交出了那間空房,她就走了。老傅告訴大家,那屋裡的書,按姚謇先生的遺命,已經捐贈給一個圖書館了,圖書館派了大卡車來拉書,都運走了。」

「準是高價出售了!」姜敏說。

「誰知道!連書架子也沒留下一個!」

「爲什麼不捐贈給自己社裡呢?」

「就是啊!我要知道了,我就不答應!所以她們家只敢鬼鬼祟祟呀!社裡對她還照顧得不夠嗎?同等學力!同什麼等?你也得拿出個名堂來呀!比如說,你是作家,有作品。比如說,你留洋進修了,有學問。只不過在圖書室裡編編書目!什麼學力!」

她又深深吸一口煙，吐出一大團煙霧，同時歎出一大口氣，說道：「現在是正氣不抬頭，邪魔外道還猖獗著呢！善本書偷偷兒拿出去賣錢，捐獻一間空屋子也算是什麼了不起的貢獻呢！老傅夠老實的，和范凡同志還特意一起到姚家去謝那位老太太呢。」

「聽說這個大院兒全是她們家的。」

「是剝削來的，知道嗎？剝削了勞動人民的血汗，還受照顧！」

姜敏聽了這話很快意，因爲伸張了她憤憤不平之氣。她是貨眞價實的大學畢業生，可是受照顧的都和她「同等學力」了，這不是對她的不公平嗎！她感慨說：

「反正一講照顧，就沒有公道。沒有文憑，也算大學畢業生。」

妮娜覺得這話未免觸犯了她，笑了半聲，說道：「有文憑又怎麼？還得看你的眞才實學啊！」

姜敏覺得自己說錯了話。不過話已出口，追不回來，只好用別的方式來挽救。她鼓著嘴，把睫毛扇了兩下，撒嬌說：「妮娜同志，我跟你做徒弟，你收不收？」

妮娜莞爾一笑。她嘴角一放鬆，得忙著用手去接住那半截染著一圈口紅的煙捲。煙灰簌簌地落在簇新的駝色綢子的絲棉襖上，落在緊裹著肚子的深棕色呢褲子上。她抬起那雙似嗔非嗔的眼睛瞅了姜敏一下：

「怎麼？夫妻組裡你待著不舒服？」

「憋氣!!」姜敏任性地說。「不是我狂妄，資產階級的老一套，我們在大學裡，還是外國博士親自教的，不用請教二毛子三毛子！我就不信他們夫妻把得穩正確的立場觀點。」

「哎，咱們都在摸索呢！」妮娜得意而自信地笑著。

「余先生至少還能虛心學習。」

妮娜說：「你願意到他們小組裡去嗎？可是你們那邊也少不了你呀。」

姜敏冷笑一聲：「讓咱們『那位貴友』發揮同等學力吧！」

妮娜把眼睛閉了一閉，厚貌深情地埋怨說：「姜敏，你當初不該退讓，該自己抓重點。」

「可是重點還在我的手裡呀！我說了，勃朗特的作品不多，英國十九世紀的時代背景等等都歸我抓吧。那都是綱領性的。她只管狄更斯幾部小說的分析研究。得等我先定下調子，她才能照著分析研究呀！我不動手，瞧她怎麼辦！我現在加班學俄語呢！脫產學俄語呢！」她看著妮娜會心地笑了。

「妮娜同志，你可得支持我！咱們說定了，你做我的導師，啊？」她半撒嬌半開玩笑地伸出手掌，要妮娜和她拍掌成交。妮娜像對付小孩子似地在她掌心輕輕拍了一下。姜敏不敢多占妮娜的時間，笑著起身走了。她還忙著要到余先生家去分發俄語速成教材呢。善保已有兩天沒見面了。

她沒進余家的門，就聽到裡面一陣陣笑聲。走近去，她聽出善保和余楠笑著搶背俄語生字，中間還有個女孩子的聲音。原來是余照在教他們基礎俄語。

余照是單眼皮，鼻子有點兒塌，嘴唇略嫌厚，笑起來有兩個大酒渦，都像她的媽。體格該算健美，身材很俏，大約余太太年輕的時候也是細溜的。她有一副自信而任性的神態。姜敏見過余照。姜敏一進門，余照就說：

「嘿！班長來了！我們正在說你呢！」

「說我什麼來著？」姜敏不好意思。

「說你要氣死了！」

姜敏聽著眞有點氣，可是她只媚笑著問：「爲什麼要氣死呀？」

「我新收了兩名徒弟。大徒弟名叫爸爸，二徒弟名叫陳哥兒。他們不當你的兵了！當我的徒弟了！」她又像開玩笑，又像挑釁。

余楠忙解釋：「我們覺得欲速則不達，速成則不成，還得著著實實，一步步慢著走。」

善保說：「速成俄語太枯燥，學了就忘，不如基礎俄語好學，也不忘記。」

姜敏強笑說：「好呀，我就做個三徒弟吧！」

余照一點不客氣說：「你不行！你太棒，我教不了。我是現買現賣的。」

余楠幫著女兒說：「我們是跟不上，只好蹲班。你和我們一起學沒意思，太冤枉了。你該趕在頭裡，加快學。等你速成班畢業，可以回過頭來教我們。」

善保的話更氣人。他說：「我們跟不上你，又得緊張。」

恰好孫媽端著一盤三碗湯糰進來，姜敏看清楚是三碗。余照的大嗓門兒，難道余太太沒聽見？這不是逐客嗎！

她忙說：「那麼，你們不用教材了，我就不打攪了。」她忙忙辭出，忍著氣，忍著淚，慢慢地回辦公室。

第七章

施妮娜在圖書資料室的小辦公室裡和姜敏談姚家那批書的時候，羅厚正在組辦公室和姚宓談同一件事。運書是前天的事。那天羅厚親自押送那批書到圖書館，然後還得照著書單對負責接收的人一一點交，傍晚才把書單和收據連同兩把鑰匙送交姚太太。昨天他又到那邊圖書館去了結些手續。今天再要回家去央求他舅舅，事情還沒完。

他告訴姚宓：「我巧施閃電計，嚇倒老河馬，倒是頂痛快的。可是替你們捐獻，卻獻得我一肚子氣。那批書偷偷兒從那間屋逃走，可以按我的閃電計。要把書送進那個了不起的圖書館，卻不能隨著我了。獻給國家！我問你，怎麼獻？國家比上帝更不知在哪兒呢！」

姚宓說：「你的意思我也懂，可是你連語法都不通了。」

「反正你懂就完了。我問你，你昨天把空屋交給社裡了嗎？」

「交了。媽媽說的，事情是你舅舅和馬任之同志接洽的，社裡不會知道，叫我去通知了他們，把空屋交出去。」

「老河馬見了你，怎麼樣？」

「她沒在。」

「等她知道，準唬得一愣一愣！」羅厚說到施妮娜，又得勁了。

「媽媽說你作弊了，不是半天搬完的，你們星期天偷偷兒進去幹了一整天的活兒呢！」

羅厚說：「那是準備工作呀，不算的。搬運正好半天。第一批，是書。一箱箱也不太大，也不太小，順序搬上卡車，鴉雀無聲！是我押著走的。第二批，書架子。不過是些木頭的書架子，好搬；當場點交了拉走了。那是二路指揮辦的。第三批是你的東西，書櫥大些，可是空的，才兩只，書又不多。你的書房是老郝帶人收拾的，都交給他了。他是殿後。」

姚宓笑說：「老郝說你們紀律嚴著呢，打噴嚏都不准。」

羅厚也笑了：「你調出了圖書室，那間屋子大概沒收拾過吧？積了些土。我們剛進去，大家都打噴嚏，幸虧那天這邊圖書室沒人。」

「打噴嚏怎麼能忍住不打呢？」

羅厚說：「誰叫你忍啊！打開窗子，掃去塵土，當然就不打了。我們約定不許出聲的。老郝告訴我，他臨走把連在門上的木板照舊掩上了，好像沒人進去過一樣。」

姚宓說：「我不懂，你收據都拿來了，還有什麼手續呢？」

羅厚歎了一口氣說：「我昨天把那邊的感謝信交給伯母了，那只是一份正式收據。我還瞞著些事情沒敢說。舅舅和馬任之當初講好的是把書專藏在一間屋裡，不打散，成立一間紀念室，就叫姚謇遺書或藏書室，還掛上一張像。可是點收的人說沒這個規矩，也辦不到。我另找人談，他以爲我是討價還價——姚宓，你知道，他們不了解爲什麼不要錢。我看了那幾個人的嘴臉不舒服。獻給國家，爲的是獻。可是接收的人，我覺得和老河馬夫妻沒多大分別。我心裡不塌實，好像沒獻上。」

姚宓沉默了一會兒說：「紀念館什麼的就不用了，你也別再爭。反正不要他們的錢就完了，隨他們怎麼想吧。」

「主要是，他們不懂爲什麼不要錢。姚宓，這話可別告訴伯母，等我舅舅再去找他們的頭兒談談。我總覺得我沒把事情辦好。——你那間小書房，我也去看了。老郝沒照我說的那樣布置，可是他說照我的安排放不下。你等天暖了再去整理，紙箱出空了可以疊扁，交給沈媽收著……」他還沒說完，很機警地忽然不說了，站起身要走。

原來是姜敏來了。她也不理人，嘴臉很不好看。羅厚也不理她，一溜煙地跑了。姜敏沉著臉說：「你們談什麼機密嗎？」

姚宓賠笑說：「他得到朱先生家去當徒弟呀。」

姜敏沒精打采地坐下，拿出俄語速成教材，大聲念生字，旁若無人。生硬的俄語生字，像傾倒一車車磚頭石塊。姚宓暗想，她要是天天這樣，可受不了。她以爲善保不來，姜敏也不念了呢。他們兩人一起念，輕聲笑話，還安靜些。姜敏念了一會兒，放下教材，換了一副臉問姚宓：「聽說你們家的書高價出賣了，是不是羅厚給你們跑腿的？」

姚宓靜靜地看著她，靜靜地問：「誰說的？」

這回是姜敏賠笑了：「好像聽說呀。」

「誰聽見的？聽見誰說了？」姚宓還是那麼靜靜地看著她。

姚宓這副神態，姜敏有點怕。她站起身說：「我不過問問呀！不能問嗎？」她不等回答就跑了。

姚宓暗想：「可惜不能告訴媽媽（她不願招媽媽生氣），經不起我們福爾摩斯和華生的推斷，準是她和老河馬造謠呢！」

姜敏那天受了余照的氣，滿處活動了一番，兩天後興匆匆地跑來找姚宓。

「姚宓，我請你幫個忙。你替我向咱們夫妻組長請個長假。」

「什麼長假？」

「長假。領導上批准我脫產學習俄語——速成班的俄語。余楠和善保兩個跟不上，半途退學了。因爲只我一個跟了上去，而且成績頂好，領導要我正式參加大學助教和講師的速成班，速成之後再鞏固一下，所以准了一個長假。兩位導師都讓你一人專利了！該謝謝我吧？」

「可是我怎麼能替你請假呢？得你自己去請呀。」

姜敏說：「假，不用請，早已准了。通知他們一下就行。」

「那也得你自己去通知呀。」

「你陪我去，幫我說說。」

姚宓說：「領導都准了，還用我幫什麼！」

姜敏斜睨著她說：「可是你還這麼拿糖作醋的，陪陪都不肯！」

「我從沒到他們家去過。」

姜敏大聲詫怪道：「是嗎？聽說你們家的鋼琴都賣給他們家了。」

「他們家老太太來問我媽媽借的，和我無關。」

「你這個人眞是！上海人就叫『死人額角頭』！我帶你到他們家去看看，走！」

姚宓笑著答應了，跟姜敏一起到許家。

許彥成出來應門，把她們讓進客堂，問有什麼事。

姜敏說：「我是來請假的，姚宓是陪我來的。」

彥成說：「你該向你的小組長請假呀。」他喊麗琳出來，又叫李媽倒茶，自己抽身走了。

麗琳從她的書房裡出來，滿面春風地請兩人坐。她聽姜敏說了請假的理由，一口答應，還鼓勵她快快學好俄語，回來幫大家做好研究工作。她說，兩位難得來，請多坐會兒大家談談；還拿出「起士林」咖啡糖請她們吃。她仔細問了姜敏長假的期限，問她分內的工作是否讓大家分攤等等。姜敏說她不能添大家的事，她窩的工，回來再補。

麗琳說：「領導上批准的假，當然不用我再去彙報，我只要告訴一聲就行吧？」

姜敏說：「除非您反對。」

「我當然贊成，十分贊成。只是，姚宓同志，你要少一個伴兒了。」

她們說笑了幾句，姜敏就和姚宓一同辭出。許彥成沒再露面，送都沒送。

過一天，姚宓傍晚回家，姚太太交給她一本蘇聯人編寫的世界文學史的中文譯本，說是彥成託她轉交的，叫姚宓仔細讀讀。

姚宓心想：「我到了他家，他正眼也沒瞧我一眼。可是，我們三人的談話，也許他都聽見，也許杜先生都搬給他聽了，反正他是關心的，準也理解姜敏存心刁難，以爲沒有她就沒法兒知道蘇聯的觀點了。」她不知道自己心上是喜歡還是煩惱。

彥成照例下午到姚家去。麗琳好像怕姚宓一人寂寞，常到辦公室去看她，因爲她知道羅厚和善保都不常到辦公室，尤其下午。姚宓是一個安靜的伴侶，麗琳不和她說話，她就不聲不響地只埋頭看書寫筆記。有一次，彥成竟到辦公室來接麗琳了。他說：「我知道你在這兒呢！回家吧。」他只對姚宓略一點頭，就陪著麗琳回家。以後麗琳天天下午到辦公室看書，許彥成來接，偶爾也坐下說幾句話，不過恰如其分，只是導師的話。

轉眼過了春節，天氣漸漸轉暖。姚宓趁星期天，想把小書房的書整理一下。她進門一看，吃了一驚。裡面整整齊齊、乾乾淨淨。滿地的紙箱都已出空，疊扁了放在角落裡。書都排列在書櫥裡。原先架上亂七八糟的書也撣乾淨了放得整整齊齊。門後掛著一把撣子，一塊乾布，一塊濕布。臨窗那張小書桌前面添了一只小圓凳，原是客堂裡的。是「他」幹的事吧？打開抽屜，裡面已墊上乾淨紙，幾支斷了頭的鉛筆都削尖了，半本拍紙簿還留在抽屜裡，紙上卻沒有一個字。她難道指望「他」留一兩句話嗎？她呆了一下，出來問媽媽：「誰到我的書房裡去過了！」

姚太太說：「彥成要求去看看書。他不怕冷，常去。我讓他去的。他沒弄亂你的書吧？」

姚宓裝作不介意，笑說：「我發現多了一只小圓凳。」她沒敢說許先生爲她整理了書，故意等過了兩天才把紙箱交沈媽搬走，好像書是她自己整理的。

她看著整潔的書房，心上波動了一下，不過隨即平靜下來。因爲她曾得到一點妙悟。她發現自己煩惱，並不是爲自己，只爲感到「他」在爲她煩惱，「他」對她的冷淡只是因爲遮掩對她的關切。這不是主觀臆想嗎？據她漸次推斷，許彥成對她的冷淡很自然，並非假裝。他的眼神不復射過來探索她的眼神。也許他看明了她的「誤解」，存心在糾正她。可是，他爲什麼又悄悄地爲她整理書房呢？也許是爲了自己方便，也許是對她的一種撫慰，不然，爲什麼不留下一兩句話呢？她本想在紙上寫個「謝謝」，表示知感，可是她抑制了自己。她不需要撫慰。

自從小書房裡的紙箱搬走以後，許彥成常揀出姚宓該讀的書放在小書桌上，有時夾上幾個小紙條，注明哪幾處當細讀。他是個嚴格的導師。姚宓一納頭鑽入書裡，免得字面上的影子時常打擾她。

大學放暑假的時候，研究社各組做了一個年中小結。傅今在全社小結會上表揚了各組的先進分子。姚宓因爲超額完成計畫，受到了表揚。

姚太太問女兒：「姜敏回來了嗎？她該吃醋了。」

姚宓說：「也表揚她了，因爲她學習俄語的成績很好。她回來了，只是還沒有回到小組裡來。」

第八章

夏天過了。綠蔭深處的蟬聲，已從悠長的「知了」「知了」變爲清脆而短促的另一種蟬聲，和乾爽的秋氣相適應。許彥成家的老太太帶著小麗在北京過完暑假，祖孫倆已返回天津。彥成夫婦鬆了一口氣。正値涼爽的好秋天，他們夫婦擅自放假到香山去秋遊並野餐。回家來麗琳累得躺在床上睡熟了。

照例這是彥成到姚家去聽音樂的時候。可是他很想念姚宓。雖然他們除了星期日每天能見面，卻沒有機會再像以前同在藏書室裡那樣親切自在。麗琳總在監視著，他不敢放鬆警惕，不敢隨便說話。姚宓又從不肯在上班的時候回家。她只是防人家說她家開音樂會嗎？這會兒趁麗琳睡熟，他想到辦公室去看看姚宓，他覺得有不知多少話要跟她說呢。

辦公室裡只姚宓一人。彥成跑去張望一下，只見她獨在窗前站著。他悄悄進屋，姚宓已聞聲回過頭來。

「阿宓！」彥成聽慣姚太太的「阿宓」，冒冒失失地也這麼叫了一聲。

姚宓並不生氣，滿面歡笑地說：「許先生，你怎麼來了？」

這就等於說：「你怎麼一個人來了？」她從心上掃開的只是個影子，這時襲來的卻是個眞人。

「我們今天去遊了香山。」他看見姚宓小孩兒似的羨慕，立即後悔了，忙說：「我現在到你家去，你一會兒也回去，好不好？破例一次。」

姚宓只搖搖頭，不言語。然後她若有所思地說：

「香山還是那樣吧？」說完自己笑了。「當然還是那樣——你們上了『鬼見愁』嗎？」

彥成歎氣說：「沒有。我要上去，她走不動了，坐下了。」

姚宓說：「我們也是那樣——我指五六年前——我要上去，他卻上不去了，心跳了。我呀，我能一口氣衝上一個山頭，面不紅、心不跳、氣不喘！『鬼見愁』！鬼才愁呢！」她一臉嫵媚的孩子氣，使彥成一下子減了十多歲年紀。

他笑說：「你吹牛！」

「眞的！不信，你——」她忙嚥住不說了。

「咱們同去爬一次，怎麼樣？」

姚宓沉靜的眼睛裡忽放異彩。她抬頭說：「眞的嗎？」

「當然眞的。」

「怎麼去呢？」姚宓低聲問。

辦公室裡沒有別人，門外也沒人。可是他們說話都放低了聲音。

「明天我算是到西郊去看朋友——借一本書。你騎車出去給你媽媽配藥——買西洋參。西直門外有個存車處……」

「我知道。」

「我在那兒等你。你存了車，咱們一同去等公共汽車。」

他們計議停當，姚宓就催促說：「許先生快走吧，咱們明天見。」

彥成知道她是防麗琳追蹤而來，可是不便說破麗琳在睡覺呢——也說不定她醒了會跑來。他也怕別人撞來，所以匆匆走了。

姚宓策劃著明天帶些吃的，準備早上騎車出門的路上買些。她整個夏天穿著輕爽的舊衣，入秋才穿上制服。這回她很想換一件漂亮的舊衣裳，可是怕媽媽注意，決計照常打扮。她撒謊說：聽說某藥鋪新到了西洋參，想去看看，也許趕不及回家吃飯。以前她至多只對媽媽隱瞞些小事，這回卻撒了謊，心上很抱歉。可是她只擔心天氣驟變，減了遊興。

姚宓很不必擔心，天氣依然高爽。她不敢出門太早，來不及買什麼吃的，只如約趕到西直門存車處，看見許彥成已經在那兒等待了。她下車含笑迎上去，可是她看見的卻是一張尷尬的臉。許彥成結結巴巴地說：

「對對對不起，姚宓，我忘忘忘了另外還還有要要緊的事，不能陪陪……」

姚宓刷的一下滿臉通紅，強笑說：「不相干，我也有別的事呢。」可是她臉上的肌肉不聽使喚，不肯笑，而眼裡的瑩瑩淚珠差點兒滾出來。她急忙扶著車轉過身去。

彥成呆站著看她推著車出去，又轉身折回來。他忙閃在一旁。只見她還是存了車，一人走出城門，往公共汽車站的方向走。彥成悄悄跟在後面。她走到站牌下，避開一群等車的人，背著臉低頭等車，並沒看見彥成。彥成很想過去和她解釋幾句。可是說什麼呢？昨晚他預想著和姚宓一同遊山的快樂，如醉如癡，因而猛然覺醒：不好！他是愛上姚宓了；不僅僅是喜歡她，憐惜她，佩服她，他已經沉浸在迷戀之中。當初麗琳向他求婚的時候，問他是否愛她。彥成說他不知道，因爲沒有經驗。這是眞話。他們結婚幾年了，他也從沒有這個經驗。近來他感覺到新奇的滋味，一向沒有細細品嘗和分辨。這回他忽然明白是怎麼回事了。假如他和姚宓同上「鬼見愁」，他拿不定自己會幹出什麼傻事來。姚宓還只是個稚嫩的女孩子，他該負責，及早抽身。他知道自己那番推卻實在不像話。可是怎麼解釋呢？

公共汽車開來了。彥成看見姚宓擠上了車。他不放心，忙從後門也擠上車。這輛車一路都很擠。到了終點站，姚宓下車又走向開往香山的公共汽車站。彥成不放心，還是遙遙跟著。他想勸她回家，又想陪她同遊。姚宓仍是背著臉低著頭等車，沒看見彥成。開往香山的車來了，他們兩人還是各從前後門上了車。彥成站在後面，看見姚宓在前排坐下了。這輛車不擠。他慢慢兒往前挨，心想，假如前去叫她一聲，她會又驚又喜嗎？可是他看見姚宓一直臉朝著窗外，不時拿手絹兒擦眼睛。彥成想到剛才看見她含著的淚，忙縮住腳，慢慢兒又退到後面去，不敢打攪她。

車到香山，他料定姚宓是前門下車。他從後門擠著下了車，急忙趕往前去找姚宓。可是車上的乘客從前後門全都下來了，卻不見姚宓，想必早已下車，走向香山公園去了。彥成在人叢裡尋找，直找到公園門口，不見蹤跡。他退回來又在汽車的周圍尋找，也不見蹤跡。她大概已經進園，獨自去爬「鬼見愁」了。彥成忙買了門票進園，忽忽若有所失。

往「鬼見愁」的遊客較少，放眼望去，不見姚宓；尋了一程，也不見她的影兒。他頹然坐下，心想偌大一個香山，哪裡去找姚宓呢。假如他等到天晚了回去，而姚宓還未到家，他怎麼向姚太太交代呢？她一個人諒必不會多耽擱，或許轉一轉就回家了。如果她還沒回家，早發現總比晚發現好。這麼一想，他又急不能待，要趕回城裡去。

彥成回城已是午後。他還空著肚子，卻不覺得餓。他跑到姚家，看見姚宓的自行車靠在大門內過道裡，心上放下一塊大石頭。姚宓反正是回家了。她準是看見了他而躲過了他。她還在家吧？沒去上班嗎？彥成見了姚太太，問起那輛自行車，知道姚宓照常回家吃過午飯，這時已去上班。據說她因為吃得太飽，要走幾步路消消食，所以沒騎車。

姚宓是快到香山臨下車才看見彥成的。她原是賭氣，準備一人獨遊；見了彥成，她橫下心絕不和他同遊。她擠在頭裡下車，一下車就急步繞過車頭，由汽車身後抄到汽車後門口，看見彥成下了車急急往前去找她。她等後門口的乘客下完，忙一鑽又鑽上車去，差點兒給車門夾住。售票員埋怨說：「這裡不上人，車掉了頭才上人呢。」

姚宓央求說：她有病，讓她早上來占個座兒。售票員看她和氣又可憐，就沒趕她下去，讓她蜷坐在後排角落裡，隨著車拐了一個大彎。她這樣就躲過了彥成。可是她心上又不忍，所以故意把自行車留在家裡。

她上午就趕回辦公室，不見一人。她覺得又渴又累，熱水瓶裡卻是空的。她正要去打水，恰巧碰見勤雜工秀英。秀英是沈媽的侄女兒，搶著給她打水。姚宓做賊心虛，正需要有人看見她上班，就把熱水瓶交給她，自己扶頭獨坐，暗下決心。她曾把心上的影兒一下子掃開，現在她乾脆得把眞人也甩掉。

她把羅厚求她校改的一份稿子整理好，準備交還他。她自己的一大疊稿子給善保借去了，因爲她受到了表揚，善保借去學習的，可是至今還沒有還她。她寫了一個便條，託羅厚轉交善保，催討稿子，因爲她自己要用了。然後她取出大疊稿紙，工工整整寫下題目，寫下一項項提綱，準備埋頭用功。假如「心如明鏡台」的比喻可以借用，她就要勤加拂拭，抹去一切塵埃。

可是過去的事卻不容易抹掉。因爲她低頭站在開往香山的公共汽車站牌下等車的時候，有人看見她了。不但看見她，也看見了許彥成。

第九章

余照和陳善保已交上朋友，經常一起學習，一起玩笑。恰逢這般好秋天，兩人動了遊興，約定同遊香山。余照到了北京，只到過頤和園，還沒遊過香山呢。他們避免星期日遊人太多，各請了一天假。宛英爲他們置備了糕點水果等等，特地還煮了茶葉蛋。她和余楠老兩口子看小女兒成對出遊，滿心歡喜。

余楠這個暑假也並不寂寞。他從妮娜處得知姜敏願意加入他的小組，不勝得意。年中工作小結會上姜敏得了表揚，余楠就去賀她。姜敏一扭頭似笑非笑說：

「我們不過是速成的呀！學完就忘了！」

「哎，」余楠拍著她的肩膀說：「學不進的才忘記。我不是早說了嗎，希望你快快學成，回過頭來教我們。老實告訴你吧，我慢班都沒跟上，現在都退學了。」

他把姜敏邀到家裡，滿口稱讚她，一面又探問她工作的計畫。姜敏當然不會白喝他的米湯。她帶著嬌笑回敬的米湯，好比摻和了美酒，灌得余楠醉醺醺地。他興致也高了，話也多了，自吹自責，又像從前在上海時款待他喜愛的女學生那樣。宛英只防姜敏媚惑善保，破壞余照的姻緣。現在余照和善保已經好上了，宛英不防她了。至於余楠，宛英是滿不在乎的。余照和善保現在不在身邊了，余楠覺得落寞，常到丁寶桂家去喝酒。如今來了個姜敏，平添了情趣。他們談工作，談批判，有時施妮娜和江滔滔也過來加入討論。整個夏天，余楠很少出門，姜敏經常來。有時兩人低聲談笑，有時熱烈地討論。宛英只聽到他們反覆提到什麼「觀點不正確」呀，「階級性不突出」呀，什麼「人性論」呀等等，也不知他們評論什麼。她曾悄悄問過善保，善保茫然不知。一次她聽見善保問姜敏，她和余先生討論什麼問題呢。姜敏說她是來幫余先生學習俄語，她自己也借此溫溫舊書。宛英覺得蹊蹺，不信自己竟那麼糊塗，連外國話和中國話都不能分辨。

余照和善保遊山歸來，宛英安排他們在飯間裡吃點心。余楠和姜敏正在書房裡談論他們的文章，立即放低了聲音。

余照大聲說：「媽，你知道我們碰見誰了？」

善保有心事似地不聲不響。

宛英問：「碰見誰了？」

「你猜！」

宛英說：「我怎麼知道呀。」

「姚宓啊！姚宓!!還有許彥成!!」

「你該稱姚姐姐和許先生——還有誰？」

「就他們兩個!!」

「別胡說！」宛英立即制止了余照，「你們哪兒碰見的？和他們說話了嗎？」

「去香山的汽車站上，兩人分兩頭站著！我們趕緊躲了。」

「你們準是看錯人了。」宛英一口咬定。

「善保先看見，他拉拉我，叫我看。我們趕緊躲開，遠遠地看著他們一個前門、一個後門上了車。」

宛英說：「幹嘛要一個前門、一個後門上車呢？」她不問情由，先得為姚宓闢謠。「遠遠看著像的，不知多少呢。像姚小姐那樣穿灰布制服的很多，她怎麼會和許先生一起遊山呢！你們在香山看見他們兩人了嗎？」

余照不服氣說：「香山那麼大，遊客那麼多，哪會碰見呢？」

「你們只遠遠看見一個人像姚小姐，又沒近前去看，就躲開了，卻把另一人硬說是和她一起的。你們準是看錯了人。」

余照覺得媽媽的話也有道理，承認可能是看錯了人。

善保卻固執地說：「是姚宓，我一眼就看出是她。我絕不會看錯。」

余照聽了這話不免動了醋意，因為她知道善保從前看中姚宓。她說：「哦！是姚宓，你就不會看錯！反正你眼睛裡只有一個姚宓！穿灰制服的都是姚宓！」

善保不爭辯，卻不認錯。宛英不許余照再爭。余照哪裡肯聽媽媽的話，嘀嘀咕咕只顧和善保爭吵。

他們的話，姜敏全聽在耳裡。她不好意思留在那裡隔牆聽他們吵嘴，藉故辭別出來。

姜敏相信善保不會看錯。她想到辦公室去轉轉，料想姚宓不會在那裡，不如先到姚家去看看。

她入門看見姚宓的自行車，就問開門的沈媽，姚宓是否在家。沈媽說：「沒回來呢。」姜敏自以為得到了證實，不便抽身就走，不免進去向姚伯母問好，說她回社後還沒正式上班，敷衍了幾句，有意無意地問：「姚宓還不回家？」

姚太太說：「她還不回來呢。」

姜敏暗想：不用到辦公室去了，且到許彥成家去看看。她辭了姚太太又到許家。

許彥成從姚家回來，就悶悶地獨在他的「狗窩」裡躺著。李媽出來開門，遵照主人的吩咐，說「先生不在家」。杜麗琳一聽是姜敏，忙出來接待。她恭喜姜敏學習成績優異，又問她有沒有什麼事。

姜敏說：想問問幾時開小組會。

麗琳說，沒什麼正式的會，他們小組經常會面，不過星期一上午他們都在辦公室碰頭，安排一星期的工作。她和姜敏閒聊了一會。姜敏辭出，覺得時間已晚，沒有必要再到辦公室去偵察。姚宓這時候即使跑到辦公室去工作，也不能證實她沒有遊山。她拿定自己偵得了一個大祕密。不過她很謹慎，未經進一步證實，她只把祕密存在心裡。

星期一，羅厚照例到辦公室去一趟（別的日子他也常去轉轉，問問姚宓有沒有什麼事要他辦的）。他跑去看見姚宓正在讀他請姚宓看的譯稿，就問：「看完了吧？看得懂嗎？」

姚宓說：「懂，當然懂。可是你得附上原文，也讓我學學呀。」

羅厚笑嘻嘻說：「原文寶貴得很，是老頭兒從法國帶回來的祕本，都不大肯放手讓我用。」

「那你怎麼翻譯呢？」

羅厚說：「不用我翻呀。他對著本子念中文，我就寫下來，這就是兩人合譯。我如果寫得一塌糊塗，他讓我找原文對對。我開始連原文都找不到，現在我大有進步了。」

「這也算翻譯？他就不校對了？」

「校對？他才不耐煩呢！所以我請你看看懂不懂。」

「發表了讓你也掛個名，稿費他一人拿？」

「名字多出現幾次，我不也成了名翻譯家嗎？」

兩人都笑了。

正說著，只見姜敏跑來。羅厚大聲說：「喲！你怎麼來了？你不是改在余先生家上班嗎？」

姜敏橫了他一眼：「誰說的？」

「還等傳今同志召開全體大會正式公布嗎？」羅厚說著扮了個鬼臉。

姜敏裝出無可奈何的樣兒說：「他們拉我呀。」

姚宓微笑著說：「聽說你天天教余先生俄語呢。」

姜敏忍不住了，立即回敬說：「聽說你某一天陪某先生遊香山了！」

姚宓的臉一下子轉成死白，連羅厚都注意到了。可是姚宓很鎮靜地說：「我沒有遊香山。」

「沒遊香山，遊了櫻桃溝吧？」姜敏一臉惡笑。

姚宓說：「我沒有遊櫻桃溝。我天天在這兒上班。」

這時候，姜敏等待著的許彥成和杜麗琳正好進門。姜敏只作不見，朗朗地說：「可是有人明明清清看見你們兩人去遊山了！你，還有一個人……」

羅厚深信姚宓說的是實話，所以豎眉瞪眼地向姜敏質問：「你親眼看見的？」

姜敏說：「有人親眼看見了，我親耳朵聽見的。」

他們大家招呼了許先生和杜先生。

姜敏接著說：「星期五上午，在去香山的汽車站上，你們一個在這邊，一個在那邊，一個前門上車，一個後門上車……」她瞥見許彥成臉色陡變，杜麗琳偷眼看著彥成。

羅厚指著姜敏說：「你別藏頭露尾的！誰親眼看見了？我會去問！我知道你說的是陳善保。

善保告訴我的，他星期五和朋友一同去遊香山。我會當面問他！」

姜敏鄙夷不屑地笑道：「我說了陳善保嗎？我一個字兒也沒提到他呀！反正姚宓在這兒上班呢，當然就是沒有遊山。遊山自有遊山的人。」她料定姚宓在撒謊。

許彥成和杜麗琳都已經坐下。麗琳笑著說：「姜敏同志，你說的是我們吧？」

「我說的是遊山的人。」

麗琳說：「就是我和彥成呀。我們倆，上班的時候偷偷出去遊香山了。彥成自不量力，一人爬上了『鬼見愁』。擠車回來，有了座兒還只顧讓我坐，自己站著，到家還興致頂高。可是睡一宵，第二天反而睡得渾身痠痛，簡直像個洩了氣的皮球，力氣全無。你來的時候他正躺著，我讓李媽說他不在家，讓他多歇會兒。誰看見我們的準是記錯了日子。我們遊山是星期四，不是星期五。」

姚宓仍靜靜地說：「不論星期四、星期五，我都在這裡上班。可以問秀英，她上下午都來給咱們打開水的。」

姜敏沒料到她拿穩的祕密卻是沒有根，忙見風轉舵說：

「羅厚，聽見沒有？人家說的準是星期四。假如是星期五，那就是陳善保和他的朋友。反正我聽見人家說，親眼看見咱們社裡有人遊香山了。我以爲是姚宓，隨便提了一句，你就這麼專橫！」

羅厚捲起自己的稿子，站起來說：「你們是開小組會吧？我也找我的導師去。」

他出門聽見姜敏在說：「他們拉我加入他們的小組。我不知該怎麼辦好……」

羅厚不耐煩，夾著稿子直往余楠家跑。

第十章

羅厚氣憤憤地到余楠家去找善保，正好是善保開的門。羅厚不肯進屋，就在廊下問善保：「你香山玩兒得好嗎？」

善保說：「玩得頂好，可是回來就吵架了。」

羅厚不問吵什麼架，只問：「你碰見姜敏了嗎？你跟她說什麼來著？」「什麼也沒跟她說呀。她在前屋和余先生討論什麼文章呢。」「聽她口氣，好像是你告訴她遊山看見了什麼人。她沒說你的名字。可是星期五遊香山的，不就是你嗎？她說，有人親眼看見了誰誰誰。」

善保急忙問：「她說了誰？」

「一個是姚宓，還有一個沒指名。可是姚宓說，她每天上下午都上班，沒有遊山。」羅厚隨即把姜敏、姚宓和杜麗琳在辦公室談的話一一告訴了善保。

善保說：「姜敏準是聽見我們吵架了——我說看見一個人像姚宓，還有一人像許先生——當然是我看錯了。余照就說不可能。我太主觀，不認錯。給你這麼一說，分明是我看錯了人。其實我自己都沒看清，也沒讓余照再多看一眼，我們趕緊躲開了。回來她說我看錯人了。她使勁兒說我錯，我就硬是不認錯。哎，我這會兒一認錯，覺得事情都對了，我渾身都舒服了。我現在服了，羅厚啊，一個人眞是不能太自信的。可是姜敏不該旁聽了我們吵架出去亂說，影響多不好啊！」

「她沒想到我會追根究柢，也沒想到許先生恰好前一天和杜先生遊了香山。她就趁勢改口，說她說的是星期四。」

善保說：「我一定去跟她講清楚。這話我該負責。姜敏不應該亂傳。可是錯還是我錯。而且錯得豈有此理，怎麼把姚宓和許先生拉在一起呢。看錯了人不認錯，還隨便說，也沒想到姜敏在那兒聽著。眞糟糕！我得了一個好大的教訓。我實在太主觀唯心了，還硬是不信自己會錯。一會兒我得和姜敏談談，她太輕率。」

余楠在屋裡伸著耳朵聽他們說話。如果許彥成和姚宓之間有什麼桃色糾紛，倒是個大新聞。可是他護著女兒，不願意看到女兒向善保認錯。現在聽來，分明錯在善保。善保已經滿口認罪，他抱定「不癡不聾，不作阿姑阿翁」的精神，對善保和羅厚的談話，故作不聞。他只顧專心幹他自己的事。

余楠的書房和客堂是相連的一大間，靠裡是書房，中間是客堂，後間吃飯。客堂的門是他家的前門。臨窗近門處有一張長方小几，善保常在那裡看書做筆記。余楠爲他安排的書桌在後厢房，是余照的書桌。善保雖然享有一只抽屜，總覺得不是他的書桌，他自己的書桌還在組辦公室裡。他喜歡借用客堂裡的小長方几。如有客來，外面看不見裡面，他隔著紗窗卻能看到外邊亮處來的人，他可以採取主動。

羅厚走了不多久，姜敏就來了。善保立即去開了門，對她做個手勢叫她在沙發上坐下。他自己坐在一只硬凳上，低聲說：

「你有事嗎？我有要緊話跟你說呢。」

姜敏對低頭工作的余楠看了一眼，大聲回答：「說吧，反正你的事總比別人的要緊。」

善保怕打攪余楠，說話放低了聲音。姜敏卻高聲大氣。只聽得她說：

「我早知道呀！我知道羅厚準來挑撥是非了。」

善保低聲不知說了什麼話。她聲音更高了：

「我說錯了嗎？星期四，許先生杜先生遊了香山。星期五，你和你的對象去遊了香山。工作時間，咱們社裡的人遊山去了！這是我亂傳的謠言嗎？倒是我輕率了！」

善保又說了不知什麼。她回答說：

「我扯上姚宓了！又怎麼？她說了我一句，我不過還她一句罷了！她說我天天教余先生俄語，我就說她某一天陪某先生遊山。」

善保說：「可是她沒有陪某先生遊山呀！」
姜敏說：「請問，我教余先生俄語了嗎？」
善保的聲音也提高了：「那是你自己說的呀！」
姜敏說：「她陪某先生遊山，不也是你自己說的？」
善保大聲說：「我在告訴你，是我看錯了人。」
姜敏說：「我也告訴你，是我看錯了事。我不知道余先生不學俄語了。你傳我的話，是慎重！是負責！我傳你的話，是輕率！是不負責任！」
善保氣得站起來說：「咳！姜敏同志，你眞是利嘴！你明明知道自己錯了，卻把錯都推在我身上。你、你、你——簡直可怕！」他忘了自己是在余先生家，氣呼呼跑出門去，砰一下把門關上。
姜敏抖聲說：「自己這麼蠻橫！倒說我可怕！」她噓下一口氣，簌簌地掉下淚來。
余楠已放下筆，在她身邊坐下。
姜敏抽噎著說：「他護著一個姚宓，盡打擊我！」
余楠聽她和善保說一句，對一句，雖然佩服，也覺得她厲害，善保這孩子老實，不是她的對手。可是看到她底子裡原來也脆弱，不禁動了憐香惜玉的心。他不願意派善保不是，只拍著姜敏的肩膀撫慰說：

「姜敏，別孩子氣！他護不了姚宓！姚宓有錯，就得挨批，誰也袒護不了！她的稿子在咱們手裡呢！由得咱們一篇篇批駁！」

他把姜敏哄到自己的書房那邊，一起討論他們的批判計畫。

且說陳善保從余家出來，心上猶有餘怒。不過他責備自己不該失去控制，當耐心說理。對資產階級的小姐做思想工作不是容易。他還不知道姚宓會怎樣嗔怪呢。

善保發現姚宓一個人在辦公室靜靜地工作。她在摘錄筆記。善保找個椅子在她對面坐下說：「羅厚告訴我，你氣得臉都白了。我很抱歉……」

姚宓說：「我沒有生氣。事情都過去了，別再提了。」

「我太豈有此理，看見一個人像你，就肯定是你，而且粗心大意，沒想想後果，就隨便說。我以爲和余照在她家裡說話，說什麼都不要緊，沒想到還有人聽著。」

姚宓說：「善保，你看見了誰，我不能說你沒看見。可是我眞的沒有遊山。」

「當然眞的。我自己看錯了人，心上頂彆扭。聽羅厚一說，才知道都是我錯了。可是，姚宓，你沒看見那個人，和你眞像啊！我沒看完一眼，就覺得一定是你，絕沒有錯，不但沒看第二眼，連第一眼都沒看完。」

姚宓又慚愧又放了心，笑個不了。她說：「也許眞的是我呢！」

善保一片天眞地跟著笑，好像姚宓是指著一隻狗說「也許牠眞的是我」一樣可笑。

接著善保言歸正傳，向姚宓道歉，說她要討還的那份稿子還在余先生那裡。

姚宓急得睜大了眼睛。「你交給余先先了？我以爲你是拿回宿舍去看看。」

善保著急說：「要緊嗎？他說我該向你學習，是他叫我問你借的。後來他也要看看，可是他拿去了那麼久，也許還沒看呢。我問他要了幾回，他有時說，還要看，有時說，不在他手裡，傅今同志在看。」

姚宓不願意埋怨善保，也不忍看他抱歉，反安慰他說：「不要緊，反正你記著催催，說我要用。」她心上卻是很不安，不懂余先生爲什麼扣著她的稿子不還，還說要給傅今看。這事，她本來可以和許先生談談，現在她只可以悶在心裡了。

第十一章

杜麗琳和許彥成那天從辦公室一路回家，兩人沒說一句話。吃罷一頓飯，麗琳瞧許彥成還是默默無言，忍不住長歎一聲說：

「咳，彥成，我倒爲你睜著眼睛說瞎話，你卻一句實話都沒有。」

「說我爬上『鬼見愁』是瞎話。這句瞎話很不必說。」

「那就老實說你一老早出門看朋友去了？」

「我是看朋友去了。」

「得乘車到香山去看！」

「我的朋友不在香山。我看什麼朋友，乘什麼車，走什麼路，有必要向那個小女人一一彙報嗎？」

「可是她看見你們兩人了，你怎麼說呢？」

「她並沒有看見。」

「有人看見了。一個你，一個她。」

「笑話！壓根兒沒說我。她點的人已經證明自己沒去遊山，你叫我怎麼和她一起遊山呢。」

「姜敏看透那位小姐在撒謊。」

「撒謊？除非她有分身法。有人看見她在辦公室上班，怎麼又能和我一起遊山呢？」

「你很會護著她呀！可惜你們倆都變了臉色，不打自招了。我給你們遮掩，你還不知好歹。」

彥成歎氣說：「隨你編派吧。我說的是實話，你硬是不信，叫我怎麼說呢。」

麗琳更深深地歎了一口氣說：「你的心，我也知道。我知道自己笨，不像人家聰明。我是個俗氣的人，不像人家文雅。我只是個愛出風頭的女人，不像人家有頭腦。」

「我幾時說過這種話嗎？」彥成覺得委屈。

「還用說嗎？我笨雖笨，你沒說的話，我還聽得出來啊。」

彥成覺得麗琳眞是個「標準女人」。他忍氣說：「她怎麼怎麼，都是你自己說的，我只不過沒跟你分辯，這會兒都栽到我頭上來了。」

「都說在你心坎兒上了，還分辯什麼！」

彥成覺得她無可理喻，悶聲不響地鑽入他的「狗窩」去。

麗琳在外用英語說：「我現在也明白了。你欠我的那三個字，欠了我五六年也不想還，因爲你不願意給我，因爲我不配。現在你找到了配領你那三個字的人了。我恭喜你！」

彥成心上隱隱作痛。麗琳很會剖析他的心。他感覺到而不敢對自己承認的事，總由麗琳替他抉發出來。他臉色非常難看，耐著性子跑出來，對麗琳說：「好容易媽媽她們走了，咱們才清靜了幾天，你又自尋煩惱，扯出這些沒頭沒腦的話來。」

麗琳很不合邏輯又很合邏輯地說：「感情是不能勉強的，我並不強求。我只要求你履行諾言。你答應我永遠對我忠實，永遠對我說眞話。可是你說了哪一句眞話呀！」她憤憤走入臥房，嗚嗚咽咽地哭了。

彥成最怕女人哭。像姚宓那樣悄悄地流淚悄悄抹掉，會使他很感動。可是用眼淚作武器就使他非常反感，因爲這是他媽媽的慣技。他遲疑了一下，還是耐著性子跟進臥房，悄悄地說：「麗琳，你知道李媽在外邊說的話嗎？『先生太太說外國話，就是吵架了。』」

麗琳帶著嗚咽，冷笑一聲說：「你倒也怕人家閒話！」

彥成懇切地說：「麗琳，我對你說的確實是眞話。我並沒有和別人去遊山。」

麗琳扭頭說：「我不愛看你虛僞。」

她坐在鏡台前，對著自己的淚臉，慢慢用手絹拭去淚痕，用粉撲拂去淚光。

彥成從鏡子裡看到麗琳很有節制，絕不像他媽媽那樣任性。他忍住氣，再次向她陳情：

「麗琳，我爲的是對你眞誠……」

麗琳睜著她淚濕的美目，注視著彥成，沒好氣地冷笑一聲說：「那麼請你問問自己，我說你愛上了別人，我說錯了嗎？」

彥成以退爲進說：「你從來沒有錯！錯的終歸是我。」

麗琳轉過身，背著鏡子，一臉嚴肅地說：「彥成，你聽我講。我有一個大姐，一個二姐，我是最小的妹妹。我大姐夫朝三暮四……」

彥成笑說：「你意思是『朝秦暮楚』吧？」

麗琳沒一絲笑容：「對不起，我出身買辦階級，不比人家書香門第，家學淵源。我留學也不過學會了說幾句英語，我是沒有學問的人。謝謝你指點。『朝秦暮楚』——我以前以爲只有我姐夫那種人是那樣的——我大姐向來睜一隻眼，閉一隻眼。香港美人多，我料想他們現在還是老樣兒。我二姐離婚兩次，現在帶著個女兒靠在娘家，看來也不會再找到如心的丈夫。她知道自己是家裡的背累，只是個多餘的人，有氣只往肚裡嚥。我看了她們的榜樣，自以爲學聰明了。我不嫁紈袴公子，不嫁洋場小開，嫁一個有學問、有人品的書生。我自己也爭口氣，不靠娘家，不靠丈夫。可是，唉，看來天下的老鴉一般黑！至少，我們杜家的女兒，個個是討人厭的……」

彥成打斷她說：「何必這樣大做文章呢？我又沒有『朝秦暮楚』，又沒有和你離婚……」

「隨你怎麼說，反正我心裡明白。我生著三隻眼睛呢！閉上兩隻，還有一隻開著！我也知道怎麼保護自己，不會隨人擺布！」她起身把彥成推出門，一面說：「鑽你的狗窩去！想你的情人吧！」她把彥成關在門外。

彥成躺在他「狗窩」裡的小板床上，獨自生氣。他當初情不自禁，約了姚宓遊山。只爲了麗琳，爲了別對不起她，臨時又取消了遊山之約，幾乎是戲弄了姚宓。想不到麗琳只圖霸占著他，不容他有一點祕密，一點自由。他說的「眞話」當然不盡不實，可是牽涉到第三者呢，他不能出賣了第三者呀。他並沒有要求麗琳像姚宓那樣嫻靜深沉，卻又溫柔嫵媚，不料她竟這樣生硬狰獰。他也知道麗琳沒有幽默，可是一個人怎會這樣沒趣！

「好吧！」他憤憤地想，「你會保護自己，我也得保護自己！我也不會隨你擺布！」

他交叉著兩手枕在後腦下，細想怎樣向姚宓請罪。不論她原諒不原諒，他必須請罪。

他起來寫了一封信，夾在隨身攜帶的記事本裡，到姚家去聽音樂，順便到姚宓的小書房去翻書，就在小書桌上的書裡夾一個簽條，注明參看某書某頁。他就把寫給姚宓的信取出來，撫平了摺成雙摺，夾在那本書的那一頁裡。信是這樣寫的：

姚宓：

我不敢爲自己辯護，只求你寬恕。請容我向你請罪。

假如我能想到自己不得不取消遊山之約，當初就不該約你。假如我能想到自己不得不尾隨著你，我又不該取消這個約。約你，是我錯；取消這個約，是我錯；私下跟著你，是我錯。你如果不能寬恕，那麼我只求你不要生氣，別以爲我是戲弄你。因爲我錯雖錯，都是不得已。

你可以回答一聲嗎？或者，就請你把這張雙摺的信疊成四摺，夾在原處，表示你不生我的氣了，可以嗎？

許彥成

又及

彥成臨走還對姚太太說：「伯母，請告訴姚宓，她要參考的書，我揀出來了，在她的小書桌上。」

過了一天，彥成到了姚家，又到姚宓的小書房去，急忙找出那本書來，翻來翻去，那張雙疊的信壓根兒不見了。

彥成把小書桌抽屜裡的拍紙簿撕下一頁，匆匆寫了以下一封短信。

姚宓：

我誠惶誠恐地等待著，請把這張紙雙疊了，也一樣。

彥成

過一天，這張紙也沒有了。彥成就擅自把一張白紙雙摺了夾在書裡。又過一天，他發現這張白紙還在原處。他就在紙上寫道：

姚宓：

紙雖然不是你摺的，你隨它疊成雙摺了，可以算是默許了吧？

彥成

彥成自己覺得有幾分無賴。果然惹得姚宓發話了。她已把信抽走，換上白紙，上面沒頭沒尾地只寫了八個字：「再糾纏，我告訴媽媽。」

彥成覺得慚愧，彷彿看到姚宓拿著一把小剪刀說：「我扎你！」「我鉸你！」他不能接受這個威脅。他就在這張紙的背面草草寫了幾行字：

假如你告訴媽媽，那就好極了，因爲我要和麗琳離婚，正想請她當顧問，又不敢打攪她。我離婚之前，不能暢所欲言，只能再次求你不要生氣。急切等看你告訴伯母。

這回姚宓急著回答了。話只短短兩句。

許先生：

請不要打攪我媽媽，千萬千萬。顧問可請我當。

姚宓

彥成回信如下：

姚宓：

感謝你終於和我說話了。遵命不打攪伯母。那麼，我們在什麼地方可以會談呢？你家從前藏書的屋子聽說至今還空著。後門的鑰匙還在你手裡嗎？

許彥成

彥成又在信尾寫了幾個小字：

顧問先生：我的信請替我毀了吧，謝謝。

他把信夾在書裡，吐了一大口氣，一片癡心等待姚宓回信。

第十二章

姚宓簡直沒有多餘的心情來關念她那份落在余楠手裡的稿子。她不願意增添善保心上的壓力，也不願意請教許先生該怎麼對付，暫時且把這件事撇開不顧。

當初，年中小結會上姚宓受了表揚，余楠心上很不舒服，因爲他的小組沒有出什麼成果。他叫善保把這份稿子借來學習，其實是他自己要看。他翻看了一遍。恰好施妮娜到他家去，他把善保支開，請施妮娜也看看。兩人發現問題很多，都是當前研究西方文學的重要問題。

妮娜認爲姚宓的主導思想不對頭，所以一錯百錯，一無是處。應該說，他們那個小組出了廢品。妮娜不耐煩細看，一面抽煙，一面推開稿子說：「該批判。」

余楠問：「你們來批嗎？」他的「你們」指未來的蘇聯組。

「大家來，集體批。不破不立，破一點就立一點。」她夾著香煙的手在稿子上空畫了一個圈說：「這是一塊肥沃的土壤，可以綻放一系列的鮮花呢。將來這一束鮮花，就是咱們的成果。」

花當然可以變果。可是余楠有一點顧慮，不能不告訴妮娜。這份稿子是善保借來的，善保已經幾次問他討回。如要批判，就得瞞著善保。集體批，不能集體同時看一部稿子；稿子在集體間流通，就很難瞞人。他遲疑說：「滔滔同志要看看這部稿子嗎？」

妮娜乾脆說：「不用！姜敏閒著呢，叫她摘錄了該批的篇章，複寫兩份或三份。反正我們倆只要一份。余先生你是快手，你先起個稿子，我們再補充。」「我們倆」和「我們」當然是指她和江滔滔。

「姜敏沒來，得你去吩咐她，她不聽我的指揮。」余楠乖巧地說。

妮娜把手一揮，表示沒問題。他們暫時擬定的題目是《批判西洋文學研究中的資產階級的老一套》（一）。題目上的「（一）」，表示還有（二）、（三）、（四）等一系列文章。

姜敏還未明確自己究竟屬於余楠的小組，還是屬於尚未成立的蘇聯組。她對妮娜自有她的估價，她自信自己能支配妮娜。妮娜這樣指揮她，她很不樂意。不過她急要顯顯本領，而且是批判姚宓，所以很賣力。余楠搖動大筆，立即寫出一篇一萬多字的批判文章。妮娜認為基調不錯，只是缺乏深度和學術性。她提出應該參考的書，江滔滔連抄帶發揮補充許多章節，寫成一篇洋洋灑灑四五萬字的大文章。姜敏在俄語速成班上結識了好些大學裡的助教和講師，就由她交給他們去投給大學的學刊發表。因為是集體創作，四個作者的名字簡化為三個字的假名：「汝南文」。

他們盼了好久，文章終於發表了，只是給編者刪去很多字，只剩了九千多字。江滔滔為此很生氣。可是姜敏認為登出來已經不容易，還是靠她的面子。妮娜覺得幸好題目上的「（一）」字沒有去掉，刪節的部分下一篇仍然可用。他們自以爲爆發了一枚炸彈。不料誰也不關心，只好像放了一枚啞爆仗。

姜敏給幾個研究組都寄了一份，除掉外文組沒寄，料想外文組一定會聽到反響。圖書室裡也給了兩份。可是好像誰都沒看見，誰都不關心。江滔滔說：「咱們該用眞名字。」余楠也這麼想。妮娜說：「可能是題目不驚人。下次只要換個題目，『汝南文』慢慢兒會出名的。」姜敏卻不願意再寫第二篇了。摘錄，複寫，謄清，校對，都是她。滔滔寫的字又潦草難認，上下文都不接氣，她一面抄，一面還得修改，還不便說自己擅自修改了。她本來以爲讀者都會急切打聽誰是「汝南文」，現在看來，連姚宓本人都在睡大覺呢，誰理會呀！

她說：「乾脆來個內部展覽，把姚宓的稿子分門別類展覽出來，一個錯誤一個標題。紅綠紙上寫幾個大字標題就行。從前姚謇的藏書室不是空著嗎，放兩排桌子就展開了。」

妮娜笑說：「這倒有速效，展一展就臭了。」

姜敏說：「不是咱們搞臭她，只是爲了改正錯誤。改正了，大家才可以團結一致地工作呀。」

妮娜也贊成。可是隔著紗窗帘能看到余楠支使出去的善保回來了。他們約定下次再談，就各自散去。

其實他們那篇文章確也有人翻閱的，不過並不關心罷了。關心的只有羅厚。他在文章發表了好多天之後，一個星期六偶然在報刊室發現的。新出的報刊照例不出借，他看見有兩份，就擅自拿了一份，準備星期一上午給姚宓許彥成夫婦等人看了再歸還。

這個星期天，姚家從前藏書的空屋裡出了一件大事——或細事，全社立即沸沸揚揚地傳開了。談論的，猜測的，批評的，說笑的，無非是這一件事。人家見了面就問：

「聽說了嗎？」

「咳！太不像話了！」

「捉住了一雙嗎？」

「跑了一個，沒追上，那一個又跑了。」

「那傻王八出來喊捉賊，把人家都叫出來了，他又扭住老婆打架。」

「在他們家嗎？」

「不，在圖書室。」

「喲！是圖書室的人吧？」

「你說那傻王八嗎？他是外頭的，不住這宿舍。」

「我問的是姦夫。」

「遮著臉呢。說是穿一身藍布制服，小個子，戴著個法國面罩。」

「什麼是法國面罩呀？」

誰都不知道。

各種傳聞和推測漸漸歸結成一個有頭有尾的故事。原來方芳每個星期日上午到圖書室加班。她丈夫動疑，跟蹤偵察，發現搬空的藏書室反鎖著門，裡面有笑聲。他繞到後門，看出門上釘的木板是虛掩著的，闖進去，就捉住了一雙。可是方芳抱住丈夫死也不放。那男的乘間從後門跑了。方芳的丈夫掙脫身追出去，一面喊「捉賊」。方芳穿好衣服，開了前門，悄悄兒溜出來，不防恰被大喊「捉賊」的丈夫看見，一把扭住了問她要人。夫妻相罵相打，鬧得人人皆知。方芳脫身跑了，她丈夫還在指手畫腳地形容那個逃跑的男人。究竟那人是誰，還是個謎，因爲他很有先見，早已做了準備，聽到有人進屋，立即戴上一個塗了墨的牛皮紙面罩，遮去面部。罩上挖出兩個洞，露出眼珠子。他穿好衣服逃出門，當然就除去面罩，溜到不知哪裡去了。

大家紛紛猜測，嫌疑集中在兩人身上。一個是汪勃，因爲方芳和汪勃親密是人人知道的。雖然汪勃不穿藍布制服，而且他是中等身材。可是穿上藍布制服，也許會顯得個兒小。不過據知情人說，方芳已經和汪勃鬧翻，還打了他一個大耳光。關於這點，又是眾說紛紜。有的說是因爲汪勃又和別的女人好上了，有的說汪勃是「老實孩子」，雖然喜歡和女人打打鬧鬧，卻有個界限，「遊人止步」的地方他從不逾越。丁寶桂先生卻搖頭晃腦說：「非不爲也，是不能也。他偏又喜歡玩兒戀愛，吃一下耳光正是活該。」另一個受嫌疑的是小個兒，也穿藍布制服。他是社裡一個稍有地位的人，人家只放低聲音暗示一兩個字。

朱千里只有灰布制服。那天他因爲前夕寫稿子熬夜，早上正在睡懶覺。他老婆上街回來，聽說了「法國面罩」和「小個子」，就一把耳朵把他從被窩裡提溜出來，追究他哪裡去了。

「我不是正睡覺呢嗎？」

老婆不信，定要他交出法國面罩。朱千里在家說話，向來不敢高聲。可是他老婆的嗓門兒可不小。左鄰右舍是否聽見，朱千里拿不穩。他感到自己成了嫌疑犯。他越叫老婆低聲，她越發吵鬧。朱千里憋了一天氣，星期一直盼著羅厚到他家去，羅厚說不定會知道那男的是誰。可是左等右等不見羅厚，他就冒冒失失地找到辦公室去。他要問出一個究竟，好向老婆交代。

辦公室裡，羅厚正同許彥成和杜麗琳說話。姚宓在看一本不厚不薄的刊物。

羅厚見了朱千里，詫異說：「朱先生怎麼來了？」

朱千里想說：「你們正在談傻王八吧？」可是他看著不像，所以改口說：「你們談什麼呢？」

羅厚把姚宓手裡的刊物拿來，塞給朱千里，叫他讀讀。朱千里立即伸手掏摸衣袋裡的煙斗。可是他氣糊塗了，竟忘了帶。他一目十行地把羅厚指著給他看的文章看了一遍，還給羅厚說：「全是狗屁！」

許彥成笑了。杜麗琳皺著鼻子問：「作者叫什麼名字？」

朱千里說：「管他是誰！我兩個腳趾頭夾著筆，寫得還比他好些！」

羅厚翻看了作者的名字說：「汝南文。」

朱千里立即嚷道：「假名字！假之至！一聽就是假的。什麼『乳難聞』，牛奶臭了？」

彥成問：「余楠的『楠』嗎？」

羅厚說：「去掉『木』旁。」

彥成問：「三點水一個女字的『汝』嗎？文章的『文』嗎？」

羅厚點頭。

姚宓微笑說：「有了，都是半邊。」

彥成欽佩地看了她一眼，忙注目看著麗琳。

羅厚說：「對呀！老河挨著長江，『楠』字去『木』，『敏』字取『文』。」

朱千里傻頭傻腦地問：「誰呢？」

麗琳知道「老河」就是施妮娜，想了一想，也明白過來了。她說：「哦！江滔滔的『水』，施妮娜的『女』，余楠的『南』，姜敏的『文』，四合一。」

朱千里呵呵笑道：「都遮著半個臉！」

許彥成說：「很可能這是背著傅今幹的，不敢用眞名字。矛頭顯然指著我們這小組。」

羅厚問：「姚宓，你幾時說過這種話嗎？」

「你指他們批判的例證嗎？那些片段都是我稿子裡截頭去尾的句子。」

「你的稿子怎麼會落在他們手裡呢？」羅厚詫異地問。

姚宓講了善保借去學習，余楠拿去不還的事。

麗琳建議讓姚宓寫一篇文章反駁他們。

姚宓說：「他們又沒點我的名，我的稿子也沒有發表過。他們批的是他們自己的話。隨他們批去，理他們呢！」

彥成氣憤說：「這份資料是給全組用的。有意見可以提，怎麼可以這樣亂扣帽子，在外間刊物上發表了攻擊同組的人呢！太不像話了！得把這篇文章給傅今看看，瞧他怎麼說。」

羅厚豎起眉毛說：「先得把稿子要回來！倒好！歪曲了人家的資料，寫這種破文章，暗箭傷人！他們還打算一篇篇連著寫呢！咱們打夥兒去逼著余楠把稿子吐出來。」

朱千里幾番伸手掏摸煙斗，想回家又不願回家，這時忍不住說：「他推託不在手邊，在傅今那兒呢。你們怎麼辦？」

彥成說：「還是讓善保緊著問他要。咱們且不提『汝南文』的破文章，壓根兒不理會。等機會我質問傅今。」

姚宓不願叫善保爲難，也不要許先生出力，也不要羅厚去吵架。她忙說：「乾脆我自己問余楠要去。假如他說稿子在傅今那兒，我就問傅今要。」

大家同意先這麼辦，就散會了。

朱千里看見大家要走，忙說：「對不起，我要請問一件事。你們知道什麼是法國面罩嗎？」

彥成說：「你問這個幹嘛？」

「戴面罩的是誰，現在知道了嗎？」朱千里緊追著問。

羅厚說：「朱先生管這個閒事幹嘛？」

「什麼閒事！我女人硬說是我呢！」

大家看著哭喪著臉的朱千里，忍不住都笑起來。

彥成安慰他說：「反正不是你就完了。事情早晚會水落石出。」

麗琳說：「朱先生，你大概對你夫人不盡不實，所以她不信你了。」

「誰要她信！她從來不信我！可是她鬧得街坊都懷疑我了。人家肚子裡懷疑，我明知道也沒法兒為自己辯護呀！我壓根兒沒有藍布制服，連法國面罩都沒見過，可是人家又沒問我，我無緣無故地，怎麼聲明呢？」

麗琳說：「咳，朱先生，告訴你夫人，即使她明知那人是你，她也該站在你一邊，證明那人不是你。」

朱千里歎氣說：「這等賢妻是我的女人嗎？羅厚，我是來找你救命的。她信你的話。你捏造一個人名出來就行。」

羅厚說他得先去還掉偷出來的刊物，隨後就到朱先生家去。他們兩個一同走了。許杜夫婦也走了。姚宓默默地坐了一會兒，獨自到余楠家去討她的稿子。

第十三章

余楠知道每星期一許彥成、杜麗琳的小組在辦公室聚會。他也學樣，星期一上午在家裡開個小會談談工作。其實善保壓根兒沒什麼工作。他也在脫產學俄語，不過學習俄語之外，在余楠的指導下，對照著中譯本精讀莎士比亞的一個劇本。他不習慣待在余家，漸漸地又回到辦公室去。所以一周一次的聚會也有必要。

姜敏並沒有脫離許彥成和杜麗琳的小組。她覺得自己作爲未來的蘇聯組成員，每個小組開會她都有資格參加。只是「汝南文」的批判文章發表之後，她有點心虛，怕原來的小組責問她或圍攻她，所以也跑到余家去開會。開會只是隨便相聚談論。談了一點工作，余楠又坐到自己的書桌前去幹他自己的事，隨姜敏和善保一起比較他們學習俄語的進程。

余楠隔著紗窗帘忽見姚宓走進他家院子。他非常警惕，立即支使善保到圖書室去借書。善保剛出門，余楠對姜敏使個眼色，姜敏就跟出去。他們劈面碰見姚宓，姜敏說：「姚宓，找我們嗎？」姚宓說她找余先生。姜敏回身指著屋裡說：「余先生在家呢。」她催著善保說：「走吧，我也到圖書室去。」余楠就這樣把善保支使出去了。

余楠也許感到自己是從善保手裡騙取了姚宓的稿子，所以經常防著善保。他卻是一點也沒有提防宛英。善保一次兩次索取這份稿子，宛英都聽見。余楠和施妮娜計畫批判姚宓，余楠對姜敏說姚宓得挨批等等，宛英都聽在耳裡，暗暗爲姚宓擔心。後來又聽說要辦什麼展覽，搞臭姚宓，宛英更著急了。她想，假如能把稿子偷出來還給姚宓，事情不就完了嗎。可是她滿處尋找，找不到姚宓的什麼稿子。假如她找到了，假如她偷出去還給姚宓，余楠追究，怎麼說呢？

宛英想出一個對付楠哥的好辦法。她也找到了姚宓的稿子。

她有一天忽然靈機一動，想起余楠那只舊式書桌的抽屜後面有個空處；余楠提防善保，很可能把姚宓的稿子藏在那裡。她趁余楠歇午，輕輕抽出抽屜，果然發現一個牛皮紙袋，裡面是一大疊稿子，第一頁上姚宓寫著自己的名字呢。她急忙把牛皮紙袋取出，塞在書架底層的報紙和刊物底下。這是她按計畫行事的第一步。

這天善保到余家開會，宛英有點擔心，怕善保看見那個牛皮紙袋，說不定會橫生枝節。善保和姜敏走了，她聽見余楠請進一個客人，正是姚宓。

余楠開了門，滿面堆笑，鞠躬說：「姚宓同志！請進！請進！請坐！不客氣，請坐呀！」

姚宓不坐，進門站在當地說：「余先生，我有一份資料性的稿子，善保說是余先生在看。余先生看完了吧？」

余楠說：「姚宓同志，請坐，請坐下……」

姚宓說：「不敢打攪余先生，余先生請把稿子還我就完了。」

余楠沒忘記丁寶桂的話：「最標致的還數姚小姐。」他常偷眼端詳。她長得確是好，只是顏色不鮮豔，態度不活潑，也沒有女孩子家的嬌氣。她笑的時候也嬌憨，也嫵媚，很迷人。可是她的笑實在千金難買。余楠往往白賠著笑臉，她正眼也不瞧，分明目中無人。余楠有點恨她，總想找個機會挫辱她一下。她既然請坐不坐，他做主人的也得站著不坐嗎？

「姚宓同志，你不坐，我可得坐下了。」

「余先生請先把稿子還我。」

「姚宓同志，請坐下聽我說。」他自己坐下了，隨姚宓站著。「你的稿子，我已經拜讀了，好得很。可是呢，也不是沒有問題，所以傅今同志也要看看呢。」

「傅今同志要看，可以問我要。不過這份稿子只是半成品，得寫成了再請領導過目。」

「你太客氣了，怎麼是半成品呢。年中小結會上，你們小組不是報了成績嗎？既然是你們小組的成績，領導總可以審閱啊。」

「當然得請領導審閱。可是我還要修改呢，還沒交卷呢。」姚宓還站著，臉上沒一絲笑容。

余楠舒坦地往沙發背上一靠，笑說：「姚宓同志，別著急，等領導審閱了，當然會還你。」

「可是余先生怎麼扣著我的稿子不還呢？」姚宓不客氣了。

余楠帶些輕蔑的口吻說：「姚宓同志，你該知道，稿子不是你的私產，那是工作時間內產生的，我不能和你私相授受。」

姚宓冷靜地看著余楠說：「稿子是我借給陳善保的。」

余楠呵呵笑著說：「別忘了，善保是咱們的組祕書啊！」

姚宓「哦」了一聲，頓了一頓說：「那麼我得問傅今同志要去了。再見，余先生。」

余楠也不起身，只說：「那是你的事。不過，我奉勸你，還是別著急。」

姚宓憋著一肚子氣出門。她知道余楠和傅今勾結得很緊，傅今的夫人和她的密友對自己又不知道哪來的滿腔敵意。她不敢冒冒失失地找傅今告狀。她不願告訴媽媽添她的煩惱。她這時也不便向許彥成求救。羅厚未必能幫忙。她只好聽取余楠的勸告「不著急」，暫且忍著。

余楠和姚宓的一番話宛英聽得清清楚楚，覺得事不宜遲。她已經揚言要找裁縫，預先把衣料和一件做樣子的衣服用包袱包上。這天飯後，她等余楠上床午睡，立即把姚宓的一袋稿子塞入衣包，抱著出門。

她慌慌張張趕到姚家，沈媽正吃飯，開門的恰好是姚宓。宛英神色倉皇，關上門，就拿出那袋稿子交給姚宓說：「你要的是這個吧？」

姚宓點看了一下，喜出望外。她詫異地說：「余先生讓您送來的嗎？」

宛英向前湊湊，低聲說：「我給你偷來的！千萬千萬，誰也別告訴；除了媽媽，誰也別告訴。」她看到姚宓遲疑，忙說：「你放心，我會對付，叫他沒法兒怪人，誰也不會牽累。你好好兒藏著，別讓他們害你。記著別說出去就是了。」

姚宓感激得把宛英抱了一抱，保證不說出去。宛英不敢耽擱，她卸掉賊贓，不復慌張，輕快地走了。

姚宓回房，姚太太問誰來了。姚宓緊張得好像自己做了賊，喘了兩口氣，才放下手裡的稿子，把善保借看，余楠扣住不還等等，一一告訴。她也講了「汝南文」的文章和宛英說的「別讓他們害你」。

姚太太聽完說：「怪道呢，我說你這一陣子好像有什麼心事似的。」她連聲讚歎：「宛英眞好！你只給她揉了幾下肚子，她竟這樣護著你！」她叫姚宓快把稿子藏好。

姚宓快活的是稿子回來了。可是她暗暗慚愧，也暗暗擔心。媽媽看出她的心事！她的心事就爲這一疊稿子嗎？她說不出話，只把臉偎著媽媽。

且說宛英回家，余楠正拉出抽屜，伸手在空處摸索，又歪著腦袋，覷著眼望裡張望。他對宛英說：

「我這裡有一包東西不見了。」

宛英說：「一個牛皮紙袋兒吧？」

余楠忙問：「你拿了嗎？」他舒了一口氣。

宛英說：「那天我因爲抽屜關不上，好像有東西頂著。我拉開抽屜，摸出個骯髒的紙袋，裡面都是字紙——不是你的稿子，也不是信，大約是書桌的原主落下的……」

「你擱哪兒了？」

「擱書架底層了。」她說著就去找，把書架底層的報刊雜誌都翻了一遍。余楠也幫著找。

宛英說：「我拿了出來，放在這裡的。」她用手拍著她塞那袋稿子的地方。

「你幾時拿出來的？」

「是你的嗎？有用的嗎？」

余楠不願回答。他的抽屜向來整齊，也不塞得太滿，東西絕不會落到抽屜後面去。爲什麼那袋稿子會在抽屜後面呢？他不便說，只重複追問：「你幾時拿出來的？」

宛英想了想：「好多日子了吧，都記不起了，是什麼要緊東西嗎？」

「當然要緊！」余楠遮蓋不了他的滿面怒色。

「喲！」宛英著急說：「別讓孫媽當廢紙賣了。」

原來余楠持家精明，廢紙都賣了錢收起來。

宛英叫了孫媽來問。孫媽說：「沒看見，不知道，反正都是先生扔在書架底層的，賣的錢都交給太太了。」

孫媽認爲賣廢紙的錢應該歸她。東家連賣廢紙的錢都收去，那麼，她即使多賣了些廢紙，她又沒撈到什麼油水，還不是東家自己得的好處嗎！

宛英反倒埋怨說：「是什麼要緊文件嗎？啊呀，你怎麼不告訴我一聲。」

余楠不願多說，只揮手把宛英和孫媽都趕走，自己耐心又把書架底層細細整理一過，稿子確實沒有了。

他暗暗咒罵宛英，咒罵孫媽。以後善保再來追索這份稿子，他怎麼推諉呢？妮娜要批判這份稿子，姜敏要展覽這份稿子，他怎麼說呢？他得動動腦筋。

第十四章

姚宓想：假如她約了人在她家從前的藏書室密談，而方芳和她的情人由前門闖入，那該是多麼尷尬的局面呀！不過她當時立即回信拒絕了許彥成，認爲沒有必要；當顧問，紙上談也許比當面談方便些。

接著她以顧問的身分說：

我媽媽常說：「彥成很會護著他的美人。儘管兩人性情不很相投，彥成畢竟是個忠誠的好丈夫。」如果你要離婚，媽媽一定說：「夫妻偶爾有點爭執，有點誤會，都是常情，解釋明白就好了，何至於離婚呢！」我也是這個意思。

（信尾她要求許先生別把信帶出書房，請扔在書桌的抽屜裡，她自會處理。）

彥成到辦公室去接麗琳，經常見到姚宓。她總是那麼淡淡的，遠遠的。彥成暗想：「她只是我的顧問嗎？她還在生我的氣嗎？」最初他們不甚相熟的時候，他們的眼神會在人叢中忽然相遇相識。現在他們的眼神再也不相遇了。她是在逃避，還是因為知道自己是在嚴密的監視下呢？

彥成得爲自己辯解。他忙忙寫了一信。

姚宓：

你錯了。我和麗琳之間，不是偶爾有點爭執，有點誤會，遠不是。我自己也錯了。我向來以爲自己是個隨和的人，只是性情有點孤僻，常悶悶不樂，甚至懷疑自己有憂鬱症，並且覺得自己從出世就是個錯，一言一行，事後回想總覺不得當。我什麼都錯。爲什麼要有我這個人呢？

我現在忽然明白了一件大事。我鬱鬱如有所失，因爲我失去了我的另一半。我到這個世上來是要找「她」，我終於找到「她」了！什麼錯都不錯，都不過是尋找過程中的曲折。不經過這些曲折，我怎會找到「她」呢！我好像摸到了無邊無際的快樂，心上說不出的甜潤，同時又害怕一脫手，又墮入無邊無際的苦惱。我得掙脫一切束縛，要求這個殘缺的我成爲完整。這是不由自主的，我怎麼也不能失去我的「她」——我的那一半。所以我得離婚。

（他照舊要求姚宓把信毀掉，也遵命把姚宓的信留在書桌的抽屜裡。）

姚宓的回信只是簡短的三個問句：

一、「杜先生大概還不知道你的意圖，如果知道了，她能同意嗎？」

二、「你的『她』是否承認自己是你的『那一半』？」

三、「你到這個世界上來，只是爲了找一個人嗎？」

彥成覺得苦惱。她好冷靜呀！她還沒有原諒他嗎？他不敢敞開胸懷，只急忙回答問題。

姚宓：

你問得很對。我到這個世上來當然不是爲了找一個人，我是來做一個人。可是我找到了「她」，才了解自己一直爲找不到「她」而惶惑鬱悶。沒有「她」，我只能是一個殘缺的人。

我把「她」稱爲自己的「那一半」是個很冒昧的說法。我心上只稱她爲「ma mie」（請查字典，不是拼音）。我還沒有離婚，我怎能求「她」做我的「那一半」呢。

我還不知道麗琳是否會同意離婚。她求婚的事，你諒必知道。我沒有按規矩說「我愛你」，因爲我沒有這個感情，她也沒有勉強我，只要求我永遠對她忠實，對她說眞話。那麼，我現在不就該老實把眞話告訴她嗎？假如我不告訴她，就是對她不忠實；假如老實告訴她，她難道就會覺得我忠實嗎？

我當初不該隨順了她。可是，難道我這一輩子，就該由她做主嗎？

許彥成

姚太太看出女兒有心事，正是姚宓收到這封信的時候。

姚宓還是留心以顧問的身分回信。

許先生：

你的事，經我反覆思考，答覆如下。

說不說老實話，乍看好像是個進退兩難的問題，其實早已不成問題。杜先生無非要求你對她忠實。你對她已不復忠實。而且，從她那天對朱先生說的話裡，聽得出她壓根兒不信你的話了。你呢，也不是爲了忠實而要告訴她眞情，你只是爲了要求離婚，不是嗎？

我料想杜先生初次見到你的時候，準以爲找到了她的「那一半」。她一心專注，把你當作她不可缺少的「那一半」。她曾爲了滿足你媽媽的要求，耽誤了學業。她爲了跟你回國，拋棄了親骨肉。她一直小心周密地保衛著「她和你的整體」。你要割棄她，她就得撕下半邊心，一定受重傷，甚至終身傷殘。

你不會爲了滿足自己的要求而聽不到自己對自己的譴責。你不是那種人。你會抱歉，覺得對不起她。你會慚愧，覺得自己道義有虧。你對自己的爲人要求嚴格，你會爲此後悔。後悔就遲了。

我作爲你的顧問，不得不爲你各方面都想到。我覺得除非杜先生堅持要離婚，你不能提出離婚。當然，這並不是說，你一輩子該由她做主。

彥成把姚宓的話反覆思忖，不能不承認她很知心，說得都對，也很感激她把自己心上的一團亂麻都理清了。可是他沒法兒冷靜下來，只怨她「好冷靜」。

他寫信感謝姚宓為他考慮周到，承認自己的確會對麗琳抱歉，也會自己慚愧，也會鄙薄自己而後悔。但是他說：「我是從頭悔起。」

他接著說了兩句願望的話：「可是，顧問先生，你好比天上的安琪兒，只有一個腦袋，一對翅膀。我卻是個有血有肉的凡人，有一顆凡人的心。要我捨下『她』——或者，要是『她』鄙棄我，就是撕去我的半邊心，叫我終身傷殘。」

他又覺得不該胡賴，忙又轉過來說：他知道人世間的缺陷無法彌補，可以修補的是人。他會修改自己來承受一切，只求姚宓不要責怪。隨她有什麼命令，他都甘心服從。

他到姚家去把信帶在身上。他和姚太太同聽音樂，心上只想著這封信，料想這是他和姚宓之間末一次通信了。他悶悶從姚家出來，往辦公室去接麗琳，走到半路才想起忘了把信送入姚宓的書櫥。他不便再退回去，心想反正立刻會見到姚宓，設法當面傳遞吧。

辦公室裡只有外間生個爐子，麗琳和姚宓同坐在爐邊看書。彥成跑去站在一邊，問問她們看的什麼書，隨即走入裡間，從書櫥裡找出一本書，大聲說：「姚宓，你看了這本書嗎？」他隨就把信夾在書裡交給姚宓。麗琳看見書裡夾著些紙，伸手說：「什麼書？我也看看。」姚宓忙著點頭，一面把指頭夾在書裡說：「讓我先記下頁數，別亂了。」她把書拿到書桌上去，翻出紙筆記完，立即遞給麗琳。彥成看見書裡仍然夾著些紙，心想：「糟了！糟了！」屋裡並不熱，他卻直冒汗。可是他偷眼看見麗琳偷偷兒從書裡抽出來的只是一張白紙。姚宓像沒事人兒一樣。彥成覺得姚宓眞是個「機靈」的知心人；姚宓想必已經原諒他了。

過一天，他到了姚家，帶著幾分好奇，到書房去看看姚宓是否回信。他夾信的書裡有一張紙條兒，上寫「隨你有什麼命令，我也甘心服從」。

彥成想：「她說得好輕鬆！她知道我對她服從，多麼艱難痛苦嗎？」他也有幾分氣惱，又有幾分失望，覺得她不是個有血有肉的人。他憋不住從拍紙簿上撕下一頁白紙，也寫了一句話：「假如我像你的未婚夫那樣命令你，你也甘心服從嗎？」他回家後自覺孟浪，責備自己不該使氣。他只希望姚宓還沒有來得及看見，他可以趁早抽回。可是姚宓已把字條拿走了。

姚宓只爲彥成肯接納她的意思，對他深有同情。她寫那句話，無非表示她很滿意，並未想到其他。經他一點出，自覺魯莽；可是仔細想想，她爲了彥成，什麼都願意，什麼都不顧，只求他不致「傷殘」。所以她只簡單回答一句話：「我就做你的方芳。」

彥成看到她的回答，就好像林黛玉聽寶玉說了「你放心」，覺得「如轟雷掣電」，「比肺腑中掏出來的還懇切」。他記起他和姚宓第二次在那間藏書室裡的談話，如今她竟說願意做他的方芳！他心上攪和著甜酸苦辣，不知是何滋味。不過他要求的不是偷情；他是要和她日夜在一起，永遠在一起。

他回到自己的「狗窩」裡去寫回信，可是他幾次寫了又撕掉，只寫成一封沒頭沒尾的短信：「我說不盡的感激，可是我怎麼能叫你做我的方芳呢。我心上的話有幾里長，至少比一個蠶繭抽出的絲還長，得一輩子才吐得完，希望你容許我慢慢地吐。」

他和姚宓來往的信和字條兒，姚宓沒捨得毀掉，都夾在一張報紙裡，豎立在書櫥貼壁。自從「汝南文」的批評文章出現後，姚宓不復勤奮工作，儘管她讀書還很用功。她每天上班之前，總到她的小書房去找書。每天——除了星期日，總在辦公室上班。看信寫信，在辦公室比在家方便。

第十五章

余楠丟失了姚宓的稿子，有點心神不安。過了好多天之後，他的憂慮漸漸澄清。他覺得自己足智多謀，這點子小事是不足道的。善保容易打發，他如果再開口討這份稿子，就說姚宓已經親自向他索取。他不用說稿子還了沒有，反正這事姚宓已經和他直接聯繫，不用善保再來干預。如果施妮娜或姜敏建議要批判或展覽這部稿子，他只要說，姚宓親自來索還了。他得留心別把話說死，閃爍其詞，好像已經還了。如果姚宓自己再來索取呢，那就得費些周折。不過他看透這個姚宓雖然固執任性，究竟還嫩，經不起他一唬，就退步了。她顯然沒敢向傅今去要。對付她可以用各種方法推諉，或者說不記得放在哪兒，或者說，記得已經還了，或者，如果她拉下臉來，就乾脆說，稿子已經歸還，她不妨到他家來搜尋。看來她碰了一次釘子，不會再來。

他不知道姚宓和她媽媽商量之後，確是說，稿子已經歸還她了。不然的話，羅厚會捏著拳頭吵上門去，許彥成也會向傅今去告狀。

姚宓的稿子即使沒有丟失，余楠也懶得再寫什麼批判文章。他爲那篇文章很氣惱。因爲施妮娜大手大腳，擅自把稿費全部給了姜敏，只事後通知余楠一聲，好像稿費全是她施妮娜的。儘管沒幾個錢，余楠覺得至少半數應該歸他。文章是他寫的，江滔滔加上許多不必要的抄襲，結果害他余楠的原稿都給斫掉二三千字。事務工作姜敏是做了不少，施妮娜除了出出主意，卻是出力最少的一個。「汝南文」四人裡，姜敏是工資最低、最需要稿費的人。可是，如要把稿費都給姜敏，也該由他余楠來賣這個情面呀！可笑姜敏又小姐架子十足，好像清高得口不言錢，謝都沒謝他一聲。余楠覺得當初幸虧也沒有用心寫，因爲是集體的文章，犯不著太賣力。現在他打定主意，關於姚宓的事，他能不管就撒手不管了。只是對施妮娜他不敢得罪，她究竟是傅今夫人的密友。

這天施妮娜來找他，他忙叫宛英沏上妮娜欣賞的碧螺春，一面拿出他最好的香煙來敬客。施妮娜臉色不怎麼好看，可是見到余楠的殷勤，少不得勉強敷上笑容。她讓余楠爲她點上了煙，坐在沙發上歎了一口長氣，說道：

「余先生，要年終總結了。我聽了聽老傅的口氣，咱們圖書資料室的事不用提了。」

「什麼事？」余楠茫然。他只覺得圖書資料室的事妮娜應該先和他談。

「就是方芳鬧的事，圖書室是咱們管的。不過這是屬於私生活的事，還牽涉到有面子的人呢，乾脆不提了。老傅也同意我的意見。問題只在咱們外文組，報不出什麼像樣的成果。說來說去，只有姚宓那一份寶貝資料嗎？」

「傅今同志對『汝南文』的批評文章怎麼說呢?」
「我叫滔滔給他看看。滔滔乖,先不說是誰寫的。他一看不是什麼最高學府的刊物,就瞧不起,看了幾眼,說『一般,水平不高』。滔滔就沒說破『汝南文』是誰。反正只那麼一篇,不提就不提吧。沒有成果也不要緊,只是得先發制人,別等人家來指摘,該自己先來個批評。」
「批評誰呢?」
「自我批評呀!該批評的就挨上了。你說吧,要是大家眼望一處看,勁兒往一處使,一部《簡明西方文學史》早寫出來了,至少,出一本《文學史大綱》沒有問題。」
余楠附和說:「要大家一條心可不是容易啊。」
「依我說,也並不難,」她夾著香煙一揮手,煙灰掉了一地。「多一個心眼兒只是白費一份力氣!蘇聯的世界文學史也不是每一部都頂用,出版的日期新,理論卻是舊的!外行充不得內行。自作聰明,搞出來的東西少說也是廢品!不展覽也得批評。老傅卻說什麼『算了,不必多此一舉了』。好!放任自流嗎?讓腐朽思想氾濫嗎?」
余楠暗想,準是傅今沒有採納她的意見。他試探說:「做領導也不容易。」
「就是這個話呀!老傅現在是代理社長,野心家多的是,總結會上,由得他們提出這個缺點,那個錯誤。得要抓緊風向,掌握火勢,燒到該燒的地方去,別讓自己撩上。你不整人,人家就整你。老傅真是書生氣十足,說什麼『你不整人,人不整你』。那是指方芳的事呀。姚宓他們那個小組也碰不得嗎？」
余楠很有把握地說：「他們反正是走不通的。」
「完全脫離現實，脫離人民。抗美援朝，全國熱火朝天，他們卻死氣沉沉。我和滔滔都在沸騰了。我對姜敏說：『我要是做了你，我就投軍去。不上前線，留在後方也可以審訊俘虜。』她，到底是嬌小姐，覺悟不高。知識分子不投入火熱的鬥爭，沒法兒改造靈魂。我們倆可是坐不住了。我們打算下鄉土改去，或者在總結前，或者總結以後。」
「你們不投軍嗎？」
妮娜笑了。「我老了，滔滔身體又那麼弱，能上前線嗎？留在後方審俘虜，我們不會說英語，不比姜敏呀。」
余楠笑說：「我行嗎？」
妮娜大笑，笑得直咳嗽：「你得太太跟去伺候呢！」
他們轉入說笑，妮娜的惱怒也消了。
余楠從妮娜的話裡辨清風向，按自己的原計畫，像模像樣地寫了一份小組工作的年終總結，親自去交給傅今，傅今看了很滿意。余楠順便說起，姚宓的那份資料，好多人認爲有原則性錯誤，應當批判。可是他認爲已經肯定的成績，不必再提，當作廢品就完了。這只怪小組長把關不嚴，卻不該打擊年輕人的積極性。他建議傅今作爲外文組的組長，在合適的時候，向小組長指出他的職責就行，不要公開批判，有傷和氣——當然他不主張一團和氣，可是外文組只是個很小的組，除了傅今同志，還沒有一個有修養的黨員，恐怕還不具備批評——自我批評的精神，目前是團結至上，盡量消除可以避免的矛盾。

一席話，說得傅今改容相敬，想不到他竟是個顧全大局的熱心人。這就好比《紅樓夢》裡賈寶玉挨賈政毒打以後，王夫人聽到了襲人的小報告，想不到這個丫頭倒頗識大體。余楠自己大約也像襲人一樣，覺得自己盡忠盡責，可以無愧於心。

傅今的年終總結會開得很成功，他肯定了成績，例如基本上完成了什麼什麼工作，寫出了多少字的初稿等；同時指出缺點，例如政治學習不勤呀，工作紀律鬆弛呀，思想上、生活上存在資產階級思想的腐蝕呀等等。總的說來，欠缺出色的成果。因此他提出如何改進工作的幾點建議和幾點希望。會開得相當順利，誰也沒有非難他。

至於方芳的事，她曾在一個極小的小會上作了一個深刻的檢討，承認自己「情欲旺盛」而「革命意志薄弱」，和她的丈夫恰恰相反。以後她不能向自己的苦悶低頭，要努力向她的丈夫學習。范凡認爲她是誠懇而老實的。方芳也承認自己是主動的一方，所以被動的那方只寫了一個書面檢討，范凡向他提出勸誡和警告，沒有公開批評。傅今總結裡所說的「生活上存在資產階級的腐蝕」就指這件事。

倒楣的是朱千里，他沒法向老婆證明自己不是方芳的情人，羅厚也沒能確切證實是誰。不過朱千里自己說：「反正我也蝨多不癢了。不管哪個女人跟我說一句話，她就是我的姘頭。」

新年以後，各組進一步明確了工作計畫，大家繼續按計畫工作。只許彥成在春分前後接到天津家裡的電報，說老太太病重。他和杜麗琳一同請假到天津去住了些時候。

第十六章

羅厚記得姚宓有幾本法文小說的英譯本，想借來對照著讀原文。姚宓卻反對這樣學外文，說羅厚偷懶，不踏實。她主張每個生字都得親自查字典，還得認認這個字上面和下面有關的字，才記得住。羅厚不和她爭辯，趁她不在家，私下見了姚伯母，就到姚宓的小書房去找書。自從他幫姚家搬書以來，他曾進去過幾次，看見裡面收拾得整齊乾淨，他並沒在意。他沒有站在書櫥前瀏覽閱讀的習慣，所以難得去。

他要的書沒找到，卻發現了許彥成和姚宓來往的信和字條兒，夾在摺疊的報紙裡，塞在書櫃靠邊。因為不像一般情書，他拿來就看了幾頁。原來兩人秋遊確有其事！他一口氣讀完，自己縮縮脖子，伸伸舌頭。好傢伙！姚宓瘋了嗎？要做方芳了！媽媽都不顧了！老許也瘋了嗎？要離婚！咳，這是從何說起呢。信上沒有日期，看來後面還有長信，可是姚宓準是藏在別處了。姚家的事他向來關心，許彥成和他也夠朋友，他該找姚宓切實談談，又覺得不好開口，還是等老許回來，男人和男人好說話。不過這種事，他能介入嗎？

許彥成離京很匆促，他向領導請了假就急忙和麗琳同回天津。姚太太過了兩天才接到他的信，說是他媽媽得了胃癌，正待開刀。他沒留地址，只說過些時再寫信。過了很久，他又來信，說他媽媽已經動過手術，很順利。他每次給姚太太寫信，也給領導寫信，所以善保知道他的情況。外文組辦公室裡都知道。

許老太太安然出院，雖然身體虛弱，恢復得很快。她還是堅決不願意到北京來。小麗還是不肯離開奶奶，也不肯離開她的姑姑，對父母總是陌生，不肯親近。彥成夫婦不能再多耽擱，辭別了天津的家人又回北京。

他們是臨晚到北京的。彥成當晚就要到姚家去送包子，麗琳說：「咱們先得向領導銷假，再看朋友。」彥成說，領導那裡反正早有信續假了。麗琳說，這麼晚姚太太該已休息了，不能爲幾個包子去打擾她。麗琳說的都對，彥成無可奈何。他已經多時不見姚宓，也無法通信，只能在給姚太太的信尾附筆問候一句，他實在想念得慌。他知道麗琳是存心不讓他見到姚宓。如果明天白天去拜訪姚太太，姚宓在上班呢，他見不到。

他們倆明早到傅今的辦公室去向傅今銷假。傅今問了許老太太的病情，就給他們看一份社裡的簡報。彥成還在和傅今談話，麗琳看了簡報，立即含笑向傅今道賀。原來他已由代理社長升做正社長了。范凡當了副社長。彥成接過簡報看下去，古典組成立了《紅樓夢》研究小組，由汪勃任小組長。另一個小組是「古籍標點注釋小組」，丁寶桂是小組長。外文組由余楠和施妮娜分別擔任正副組長，原先的四個小組完全照舊，傅今不再兼任組長。彥成看完用手指點著給麗琳看。

傅今正留意看他們夫婦的反應。他承認自己多少失去了點兒平衡，太偏向余楠了。可是余楠靠攏組織，接受新事物的能力也比較強，對立場觀點方面的問題掌握得比較穩，和妮娜也合作得好。社裡人事更變的時候正逢彥成夫婦請假，組長一職就順順當當由余楠擔任了。不過傅今覺得這事還需解釋一番，所以賠笑說：

「我考慮到許先生學問淵博，組長該由許先生當。可是我記得上次請許先生當圖書資料室主任，許先生表示對行政工作不大感興趣。余先生呢，對行政事務很熱心。他年紀大些，人事經驗也豐富些。我想，請許先生當組裡的顧問或許更合適些，沒事不打攪，有事可以請教。」

彥成說：「我現成是小組長，又當什麼顧問呢？」

傅今說：「小組長只管小組，顧問是全組的。」

彥成笑說：「不必了，小小一個外文組，正副兩個組長，再加四個小組長，官兒已夠多，還要什麼顧問！」

傅今偷看了他一眼，忙說：「這樣：領導小組的擴大會議，請許先生出席。」他覺得女同志也得照顧，接下說：「社裡現在成立了婦女會，正會長是一位老大姐，我想再加一位副會長，請杜先生擔任。」

麗琳忙搖手說：「算了，我不配。我連小組長都要辭呢，單我一個人，成什麼小組。不過我不懂，別的組只有一個組長，為什麼我們組要一正一副呀？」

傅今忙解釋：「研究外國文學得借重蘇聯老大哥的經驗。蘇聯組因為缺人，還沒成立單獨的組，暫時屬於外文組，當然該還它相當的地位。」

麗琳表示心悅誠服，不過她正式聲明婦女會的副會長絕不敢擔當，請傅今同志別建議增添什麼副會長。許彥成鄭重申明他不當組裡的顧問，他如有意見，會向組長提出；領導核心小組的擴大會議如要他參加，他一定敬陪末座（他想：反正我旁聽就是了）。傅今惟恐他們鬧情緒，看樣子他們不很計較，外文組的人事更動算是妥帖了。他放下了一件大心事，居然一反常態，向麗琳開玩笑說：「小組長你可辭不得。你們不是夫妻組嗎？取消了妻權，豈不成了大男子主義呢！」

麗琳不願多說，含糊著不再推辭。

他們倆回到家裡，彥成長歎了一口氣。

麗琳說：「趁咱們不在，余楠升了官，咱們在他管下了——也怪你不肯巴結，開會發言，只會結結巴巴。」

彥成只說：「傅今！唉！」他搖頭歎氣。

麗琳埋怨說：「請你當顧問，幹嘛推？」

彥成說：「這種顧問當得嗎？」

「掛個名也好啊。」

彥成說：「你幹嘛不當婦女會的副會長呢？」

兩人默然相對。麗琳歎息說：「這裡待不下去了。」

彥成勉強說：「其實，局面和從前也差不多。」

「現在他們可名正言順了！我說呀，咱們還是到大學裡教書去，省得受他們排擠。」

「可是大學裡當教師的直羨慕咱們呢。不用備課，不用改卷子，不用面對學生。現在的學生程度不齊，要求不一，教書可不容易！不是教書，是教學生啊。咱們夠格兒嗎？你這樣的老師，不說你散布資產階級毒素才怪！況且咱們教的是外國文學。學生問你學外國文學什麼用，你說得好嗎？」

「咱們也只配做做後勤工作，給人家準備點兒資料。」麗琳洩了氣。「他們要怎麼利用，就供他們利用。」

「他們兩眼漆黑，知道咱們有什麼可供利用的嗎！只要別跟他們爭就完了。咱們只管種植自己的園地。」

麗琳不懂什麼「種植自己的園地」。彥成說明了這句話的出處，麗琳說她壓根兒沒有「自己的園地」。她呆呆地只顧生氣。彥成在自己的「狗窩」裡翻出許多書和筆記，坐在書堆裡出神。

飯後三四點鐘，麗琳跟著彥成去看望姚太太，並送些土儀。他們講起外文組的新班子。姚太太說，據阿宓講，余楠已經占用了辦公室的組長辦公桌，天天上午去坐班，年輕人個個得按時上班，羅厚只好收緊骨頭了。麗琳問起姚宓，姚太太說她在亂看書，正等著你們兩位回來呢。

彥成想多坐一會兒，等姚宓回家，因爲他寫了一個便條要私下交給她。他不能讓姚太太轉交，也沒有機會去塞在小書房裡；即使塞在小書房裡，怎麼告訴姚宓有個便條等著她呢。麗琳卻不肯等待，急要回家。彥成不便賴著不走，只好怏怏隨著她辭出。

可是他們出門就碰見姚宓騎著自行車回來。她滾鞍下車說：「許先生杜先生回來了！」她扶著車和他們說了幾句話。

彥成趁拉手之便，把搓成一卷的便條塞給姚宓。麗琳的第三隻眼睛並沒有看見。

第十七章

許彥成請姚宓星期日上午準十點爲他開了大門虛掩著，請姚宓在小書房裡等他。天氣已經和暖，爐火早已撤了，可是還沒有大開門窗。他可以悄悄進門，悄悄到姚宓的書房裡去。

姚宓惴惴不安地過了兩天。到星期日早上，她告訴媽媽要到書房用功去，誰來都說她不在家。那天風和日麗，姚家的小院裡，迎春花還沒謝，紫荊花和榆葉梅開得正盛。她聽見先後來了兩個客人。將近十點，姚太太親自送第二個客人出門。姚宓私幸沒把大門開得太早。她從半開的一扇窗裡，看見她媽媽送走了客人回來，扶杖站在院子裡看花。姚宓直著急，如果媽媽站著不進屋，她怎麼能去偷開大門呢？她不開門，叫許彥成傻站在門口，怎麼行呢？

她跑出來說：「媽媽，別著涼！」

媽媽說：「不冷！這麼好太陽，你也不出來見見陽光——陸姨媽特意挑了星期天來，爲的是要看見你（陸姨媽是羅厚的舅媽），可是我替你撒謊了。」

姚宓一面聽媽媽講陸姨媽，一面焦急地等著一分鐘一分鐘過去。十點了，許彥成在門口嗎？

姚宓假裝聽見了什麼，抬頭說：「誰按鈴了嗎？」她家門口的電鈴直通廚房，院子裡聽不眞。

姚太太說：「沒有。你不放心，躲著去吧。」

姚宓說：「悄悄兒的，讓我門縫裡張張。」

她從門縫裡一張，看見有人站在門外，當然是許彥成來了。她怕許彥成不知道她媽媽在院子裡，一開門，就大聲叫：「媽媽，許先生來了。」她關上門，自己回書房去，心上卻打不定主意。她該出來陪客呢？還是在書房等待？許彥成也許以爲她是故意借媽媽來擋他，那麼，他就不會到書房來了。假如她出來陪客，她不是早對媽媽說過，什麼客都不見嗎。

姚太太帶著彥成一同進屋。彥成禮貌地問起姚宓。

姚太太說：「這孩子，變成個死用功了！她是好強？還是跟不上呀？」

彥成問：「她在忙什麼？」

姚太太說：「一大早對我說，她要用功，誰來都說不在家。」

彥成想：「她是在等我。」心上一塊石頭落地。他說：「我看看她去，行不行？」

姚太太點頭說：「你是導師，叫她放鬆點兒吧。」

她拿起一本新小說，靠在躺椅裡看。大概書很沉悶，她看不上幾頁就瞌睡了，也不知睡了多久，等她睜眼，眼前的人不是許彥成，卻是杜麗琳。

麗琳惶恐說：「伯母，把您吵醒了——沈大媽說彥成沒有來，待會兒他如果來了，請伯母叫他馬上回家去，有人等著他呢。」

姚太太說：「彥成來了，在阿宓的書房裡。」她指指窗外說：「半開著一扇窗的那裡。」她一面想要起身。

麗琳忙說：「伯母不動，我找去。」

「你去過嗎？靠大門口，穿過牆洞門，上台階。」

麗琳說她會找，向姚太太連連道歉，匆匆告辭，獨自找到牆洞門口。她曾看見牆洞門後有個破門，門上鎖著生鏽的大鐵鎖，書房想必就在那裡。她輕悄悄穿過牆洞門，輕悄悄走上台階，看見門上的鐵鎖不見了，就輕輕地開了門，輕輕地推開。

她站在門口，凝成了一尊鐵像。

許彥成和姚宓這時已重歸平靜。他們有迫切的話要談，無暇在癡迷中陶醉。不過他們覺得彼此間已有一千年的交情，他們倆已經相識了幾輩子。

小書房裡只有一張小小的書桌，一只小小的圓凳。這時許彥成坐在小書桌上，姚宓坐在對面的小圓凳上，正親密地說著話兒。她的臉靠在他膝上，他的手搭在她臂上。彥成抬頭看見了麗琳，姚宓回頭一看，兩人同時站起來。

姚宓先開口。她笑說：「杜先生，請進來。」她笑得很甜，很嫵媚。麗琳覺得那是勝利者的笑。

彥成說：「我們有話跟你談呢。」

麗琳走進書房鐵青了臉說：「談啊。」

姚宓說：「杜先生先請坐下，好說話。」她請麗琳坐在小圓凳上，彥成還坐在桌上，姚宓拉過帶著兩層台階的小梯子，坐在底層上。她鄭重說：

「杜先生，我只有一句話，請你相信我。我絕不走到你們中間來，絕不破壞你們的家庭。」

彥成說：「我絕不做對不起你、對不起她、對不起姚伯母的事。我也請你相信我。」

麗琳沒準備他們這麼說。可是這種話純是廢話罷了。她不想和姚宓談判，這裡也不是她和彥成理論的地方。她一聲不吭，只對彥成說：「家裡有人找你，姚伯母說，你在這裡呢。」

「誰找我？」

「要緊的人，要緊的事，我才趕出來找你的。」

姚宓說：「杜先生、許先生快請回吧！」

彥成還要去和姚伯母說一聲。姚宓說：「不用了，我會替你們說。」

麗琳說：「我已經告訴姚伯母了。」

彥成一出門就問麗琳：「真的有人找嗎？」

麗琳冷笑說：「我是順風耳朵千里眼？聽到你們談情說愛，看到你們necking，就趕來了？」

彥成不服氣說：「你看見我們了，是necking嗎？」

「還有沒看見的呢！從看到的，可以猜想到沒看見的。」

「別胡說，麗琳，你親眼看見了，屋子裡還開著一扇窗呢。」

「可是書房比院子高出五六尺，開著窗，外邊也看不見裡邊。況且開的是西頭的窗，你們倆都在東頭——眞沒想到，姚家還有這麼一個幽會場所！」

彥成說：「我可以發誓，這是我第一次在那兒和姚宓見面。」

「見面！你們別處也見面啊！在那屋裡，何止見面呀！」

彥成生氣說：「哦！你是存心來抓我們的？」

麗琳說：「眞對不起，打攪了你們。我要早知道，就識趣不來了——剛才是余楠來看我們。」

「他還等著我嗎？」

「他親自來請咱們吃飯，專請咱們倆。一會兒咱們到他家去。」

「你答應他了？」

「好意思不答應嗎？他從前請過，你不領情。現在又不去，顯得咱們鬧情緒似的。組長賞飯，吃他的就完了。」

「有朱千里嗎？」

「沒說，大概沒有。」

「哼，又是他的手段，拉攏咱們倆，孤立朱千里。」

他們說著話已經到家。麗琳一面找衣服，一面歎氣說：「我眞得向你們兩位道歉，打斷了你們的綿綿情話。可是，她已經走到咱們中間來了，你們還說那些廢話幹嘛呢？」

「我們是一片至誠的話。」

「『我們』!!你們兩個成了『我們』了，我在哪兒呢？不是在你們之外嗎？還說什麼『不走到你們中間來』！多謝你們倆的『一片至誠』！我不用你們的『一片至誠』！她想破壞咱們的家庭嗎？叫她試試！你想做對不起人的事嗎？你也不妨試試！我會去告訴傅今，告訴范凡，告訴施妮娜、江滔滔，叫他們一起來治你！」

彥成氣得說：「你一個人去吃飯吧，我不去了。」

麗琳已經換好鞋襪，洗了一把臉，坐在妝台的大圓鏡子前面，輕巧地敷上薄薄一層脂粉，唇上塗些天然色唇膏，換上衣服，對著穿衣鏡扣扣子。她瞧彥成賭氣，就強笑說：

「我都耐著氣呢，你倒生我的氣！咱們一家人不能齊心，只好讓人家欺負了。」

「你不是和別人一條心嗎？我等著你和別人一起來治我呢！」

「難道你已經幹下對不起人的事了，怕得這樣！你這會兒不去，算是掃我的面子呀？反正我的心你都當廢物那樣扔了，我的面子，你還會愛惜嗎——還說什麼對得起、對不起我！」

彥成心上隱隱作痛，深深抱愧，沉默了一會兒，他說：「我對不起你。」

麗琳覺得這時候馬上得出門做客，不是理論的時候。況且他們倆的事，也不是三言兩語就說得完的。說得不好，彥成再鬧彆扭，自己下不來台。她瞥了彥成一眼，改換了口氣說：「你不用換衣裳，照常就行。」

彥成忽見麗琳手提袋裡塞著一盒漂亮的巧克力糖，他詫怪說：「這個幹嘛？」

「他家有個女兒啊，只算是送她的。你好意思空手上門嗎？」

彥成乖乖地跟著麗琳出門。他心上還在想著姚宓，想著他們倆的深談。

第十八章

許彥成回來幾天了。羅厚已經等待好久，準備他一回來就和他談話。可是事到臨頭，羅厚覺得沒法兒和許彥成談，乾脆和姚宓談倒還合適些。

余楠定的新規章，每星期一下午，他的小組和蘇聯組在他家裡聚會——也就是說，善保和姜敏都到他家去，因爲施妮娜和江滔滔都下鄉參與土改了。辦公室裡只剩了羅厚和姚宓兩人。

羅厚想，他的話怎麼開頭呢？他不知從何說起，只覺得很感慨，所以先歎了一口氣說：

「姚宓，我覺得咱們這個世界是沒希望的。」

姚宓詫異地抬頭說：「喲，你幾時變得悲觀了呀？」

「沒法兒樂觀！」

「怎麼啦？你不是樂天派嗎？」

「你記得咱們社的成立大會上首長講的話嗎？什麼要同心協力呀，爲全人類做出貢獻呀，咱們的使命又多麼多麼重大呀……」

「沒錯啊。」

「首長廢話！」

「咳，羅厚！小心別胡說啊！」

「哼！即小見大，就看看咱們這個小小的外文組吧。這一兩年來，人人爲自己打小算盤，誰和誰一條心了？除了老許，和你……」

姚宓睜大了眼睛，靜靜地注視著他。

「可是你們倆，只不過想學方芳！」

羅厚準備姚宓害臊或老羞成怒。可是她只微笑說：「哦！我說呢，你幹嘛來這麼一套正經大道理！原來你到我書房裡去過了。去亂翻了，是不是？還偷看。」

羅厚揚著臉說：「我才不偷看呢，我也沒亂翻。我以爲是什麼正經東西。我要是知道內容，請我看都不要看。我是關心你們，急著要知道是怎麼回事。只怪我自己多事，知道了你們的心思又很同情。偏偏能幫忙的，只有我一人。除了我，誰也沒法兒幫你們。我一直在等老許回來和他談。現在他回來了，我又覺得和他談不出口，乾脆和你說吧。」

「說啊。可是我不懂你能幫什麼忙，也不懂這和你的悲觀主義有什麼相干。」

「就因爲幫不了忙，你們的糾纏又沒法兒解決，所以我悲觀啊！好好兒的，找這些無聊的煩惱幹什麼！一個善保，做了『陳哥兒』，一會兒好，一會兒『吹』，煩得要死。一個姜敏更花樣了，又要打算盤，又要耍政治，又要抓對象。許先生也是不安分，好好兒的又鬧什麼離婚。你呢，連媽媽都不顧了，要做方芳了！」

姚宓還是靜靜地聽著。

羅厚說：「話得說在頭裡。我和你，河水不犯井水。我只是為了你，倒楣的是我。」他頓了一下說：「我舅舅舅媽——還有你媽媽，都有一個打算——你不知道、我知道——他們要咱們倆結婚。你要做老許的方芳，只好等咱們結了婚，我來成全你們。我說明，我河水不犯你井水。」

姚宓看著他一本正經的臉，聽著他荒謬絕倫的話，忍不住要大笑。她雙手捧住臉，硬把笑壓到肚裡去。她說：「你就做『傻王八』？」

「我是為你們誠心誠意地想辦法，不是說笑話。」羅厚很生氣。

姚宓並沒有心情笑樂，只說：「可你說的全是笑話呀！還有比你更荒謬的人嗎？你仗義做烏龜，你把別人都看成了什麼呢？——況且，你不是還要娶個粗粗壯壯、能和你打架的夫人嗎？她不把我打死？」

羅厚使勁說：「我不和你開什麼玩笑，這又不是好玩兒的事。」

姚宓安靜地說：「你既然愛管閒事，我就告訴你，羅厚，我和許先生——我們昨天都講妥了。我們當然不是只有一個腦袋、一對翅膀的天使，我們只不過是凡人。不過凡人也有癡愚的糊塗人，也有聰明智慧的人。全看我們怎麼做人。我和他，以後只是君子之交。」

羅厚看了她半天，似信不信地說：「行嗎？你們騙誰？騙自己？」

「我們知道不容易，好比攀登險峰，每一步都難上。」

羅厚不耐煩說：「我不和你打什麼比方。你們明明是男人女人，卻硬要做君子之交。當然，男女都是君子，可是，君子之交淡如水，你們能淡如水嗎？——不是我骨董腦袋，男人女人做親密的朋友，大概只有外國行得。」

「看是怎麼樣兒的親密呀！事情困難，就做不到了嗎？別以為只有你能做英雄好漢——當然，不管怎樣，我該感謝你。許先生也會感謝你。可是他如果肯利用你，他成了什麼了呢！」

羅厚著慌說：「你可別告訴他呀！」

姚宓說：「當然，你這種話，誰聽了不笑死！我都不好意思說呢。況且，『若要人不知，除非己莫為』，誰也幫不了忙。我認為女人也該像大丈夫一樣敢作敢當。」

「你豁出去了？」羅厚幾乎瞪出了眼睛。

姚宓笑說：「你以為我非要做方芳嗎？我不過是同情他，說了一句癡話。現在我們都講好了。我們互相勉勵，互相攙扶著一同往上攀登，絕不往下滑。真的，你放心，我們絕不往下滑。我們昨天和杜先生都講明白了。」

「告訴她幹嘛？氣她嗎？」

姚宓不好意思說給她撞見的事，只說：「叫她放心。」

羅厚說：「啊呀，姚宓，你眞傻了！她會放心嗎？好，以後她會緊緊地看著你，你再也別想做什麼方芳了！我要護你都護不成了。」

姚宓說：「我早說了不做方芳，絕不做。你知道嗎，『月盈則虧』，我們已經到頂了，滿了，再下去就是下坡了，就虧了。」

羅厚疑疑惑惑對姚宓看了半晌說：「你好像頂滿足，頂自信。」

姚宓輕輕吁了一口氣，搖搖頭說：「我不知道。我也沒有自信。」

羅厚長吁短歎道：「反正我也不懂，我只覺得這個世界夠苦惱的。」

他們正談得認眞，看見杜麗琳到辦公室來，含笑對他們略一點頭，就獨自到裡間去看書，直到許彥成來接她。四個人一起說了幾句話，又講了辦公室的新規章，兩夫婦一同回去。

羅厚聽了姚宓告訴他的話，看透許杜夫婦倆準是一個人監視著另一個。等他們一走，忍不住對姚宓做了一個大鬼臉，蹺起大拇指說：「姚宓，眞有你的！不露一點聲色。善保和姜敏假如也在這兒，善保不用說，就連姜敏也看不破其中奧妙，還以爲他們兩口子親密得很呢！」他瞧姚宓咬著嘴唇漠無表情，很識趣地自己看書去了。

且說許杜夫婦一路回家，彼此並不交談。

昨天他們從余楠家吃飯回家，彥成說了一句「余太太人頂好」。麗琳就冷笑說：「余楠會覺得她好嗎？」彥成就封住口，一聲不言語。

麗琳覺得彥成欠她一番坦白交代。單單一句「我對不起你」，就把這一切豈有此理的事都蓋過了嗎？他不忠實不用說，連老實都說不上了。她等了一天，第二天他還是沒事人一般。

彥成卻覺得他和姚宓很對得起杜麗琳。姚宓曾和他說：「咱們走一步，看一步，一步都不准錯。走完一步，就不准縮腳退步，就是決定的了。」彥成完全同意。他們一步一步理論，一點一點決定。雖然當時她的臉靠在他膝上，他的手搭在她臂上，那不過是兩人同心，一起抉擇未來的道路。

彥成如果早聽到麗琳的威脅，準照樣回敬一句：「你也試試看！」她要借他們那幫人來挾制他，他是不吃的。他雖然一時心軟，說了「我對不起你」，卻覺得他和姚宓夠對得起她的。姚宓首先考慮的是別害他辜負麗琳。麗琳卻無情無義，只圖霸占著他，不像姚宓，爲了他，連自身都不顧。所以彥成覺得自己理長，不屑向麗琳解釋。況且，怎麼解釋呢？

他到家就打算鑽他的「狗窩」。

麗琳叫住了他說：「昨天的事，太突兀了。」

她向來以爲戀愛掩蓋不住，好比紙包不住火。從前彥成和姚宓打無線電，她不就覺察了嗎。遊香山的事她動過疑心，可是她沒抓住什麼，只怕是自己多心。再想不到他們倆已經親密到那麼個程度了！好陰險的女孩子！她那套灰布制服下面掩蓋的東西太多了！麗琳覺得自己已經掉落在深水裡，站腳不住了。彥成站在「狗窩」門口，一聲不響。

麗琳乾脆不客氣地盤問了：「她到底是你的什麼？」

「你什麼意思？」彥成瞪著眼。

「我說，你們是什麼關係？她憑什麼身分，對我說那種莫名其妙的話？」

彥成想了一想說：「我向她求婚，她勸我不要離婚。」

「我不用她的恩賜！」麗琳忍著氣。

彥成急切注視著她，等待她的下一句。可是麗琳並不說寧願離婚，只乾笑一聲說：「我向你求婚的時候，也沒有她那樣嗲！」

彥成趕緊說：「因為她在拒絕我，不忍太傷我的心。」

「拒絕你的人，總比求你的人好啊！」麗琳強忍著的眼淚，簌簌地掉下來。

彥成不敢說姚宓並不是不願意嫁他而拒絕他。他看著麗琳下淚，心上也不好受。他默默走進他的「狗窩」，一面捉摸著「我不用她的恩賜」這句話的涵義。她是表示她能借外力來挾制他嗎？不過他又想到，這也許是她灰心絕望，而又感到無所依傍的賭氣話，心上又覺抱歉。

麗琳留心只用手絹擦去頰上的淚，不擦眼睛，免得紅腫。她不願意外人知道。她是愛面子的。不過彥成如要鬧離婚，那麼，瞧著吧，她絕不便宜他。

他們兩人各自一條心，日常在一起非常客氣，連小爭小吵都沒有，簡直「相敬如賓」。彥成到姚家去聽音樂，免得麗琳防他，乾脆把她送到辦公室，讓她監守著姚宓。他從姚家回來就到辦公室接她。不知道底裡的人，準以爲他們形影不離呢。

不過他們兩人這樣相持的局面並不長。因爲「三反」運動隨後就轉入知識分子的領域了。

第三部

滄浪之水清兮

第一章

朱千里懵懵懂懂地問羅厚：「聽說外面來了個『三反』，反奸商，還反誰？」

「三反就是三反。」羅厚說。

「反什麼呢？」

「一反官僚主義，二反貪汙，三反浪費。」

朱千里抽著他的臭煙斗，舒坦地說：「這和我全不相干。我不是官，哪來官僚主義？我月月領工資，除了工資，公家的錢一個子兒也不沾邊，貪汙什麼？我連自己的薪水都沒法浪費呢！一個月五塊錢的零用，煙捲兒都買不起，買些便宜煙葉子抽抽煙斗，還叫我怎麼節約！」

因此朱千里泰然置身事外。

群眾已經組織起來，經過反覆學習，也發動起來了。

朱千里只道新組長的新規章嚴厲，羅厚沒工夫到他家來。他缺了幫手，私賺的稿費未及匯出，款子連同匯票和一封家信都給老婆發現。老婆向來懷疑他鄉下有妻子兒女，防他寄家用。這回抓住證據，氣得狠狠打了他一個大嘴巴子，順帶抓一把臉皮，留下四條血痕。朱千里沒面目見人，聲稱有病，躲在家裡不敢出門。

他漸漸從老婆傳來的話裡，知道四鄰的同志們成天都在開會，連晚上都開，好像三反反到研究社來了。據他老婆說，曾有人兩次叫他開會，他老婆說他病著，都推掉了。朱千里有點兒不放心。最近又有人來通知開緊急大會，叫朱先生務必到會。朱千里得知，忽然害怕起來，想事先探問一下究竟。

他臉上的傷疤雖然脫掉了，紅印兒還隱約可見，只好裝作感冒，圍上圍巾，遮去下半部臉，出來找羅厚。辦公室裡不見一人，據勤雜工說，都在學習呢。學習，爲什麼都躲得無影無蹤了呢？他覺得蹊蹺。

他和丁寶桂比較接近，想找他問問，只不知他是否也躲著學習呢。他跑到丁家，發現余楠也在。

朱千里說：「他們年輕人都在學習呢。學習什麼呀？學習三反嗎？咱們老的也學習嗎？」

丁寶桂放低了聲音詫怪說：「你沒去聽領導同志的示範檢討嗎？」

朱千里說他病了。

余楠說：「沒來找你嗎？朱先生，你太脫離群眾了。」

朱千里懊喪說：「我老伴說是有人來通知我的，她因爲我發燒，沒讓我知道。」

余楠帶些鄙夷說：「明天的動員報告，你也不知道吧？」余楠和朱千里互相瞧不起，兩人說不到一塊兒。這時朱千里只好老實招認，只知道有個要緊的會，卻不知道究竟是什麼會。

丁寶桂說：「老哥啊，三反反到你頭上來了，你還在做夢呢！」

「反我？反我什麼呀？」朱千里摸不著頭腦，可是瞧他們惶惶不安的樣子，也覺得有點惶惶然。

據丁寶桂和余楠兩人說，社裡的運動開始得比較晚了些。不過，傅今和范凡都已經做過示範檢討。傅今檢討自己入黨的動機不純。他因爲追求資產階級的女性沒追上，爭口氣，要出人頭地，想入黨做官。群眾認爲他檢討得不錯，挖得很深，挖到了根子。范凡檢討自己有進步包袱，全國解放後脫離了人民，忘了本，等等。群眾對兩位領導的檢討都還滿意。理論組的組長檢討自己自高自大，目無群眾，又爲名爲利，一心向上爬。現當代組的組長檢討自己好逸惡勞，貪圖享受。群眾還在向他們提意見。後一個是不老實，前一個是挖得不深。古典組和外文組落後了，還沒有動起來。因爲丁寶桂不過是個小組長（古典組的召集人已由年輕的組祕書擔任）。他也並沒有意識到自己該做什麼檢討。汪勃是兼職，運動一開始就全部投入學校的運動了。外文組的余楠是新任的組長，范凡並沒有要求他做檢討。圖書資料室也沒動，施妮娜還和江滔滔同在鄉間參加土改，一時不會回來。據說運動要深入，下一步要和大學裡一個模式搞。所以要召開動員大會。

丁寶桂嘀咕說：「我又沒有追求什麼資產階級女性，叫我怎麼照模照樣的檢討呢？我也沒有自高自大，也不求名，也不求利，也不想做官……」余楠打斷他說：「你倒是頂美的！你那一套是假清高，混飯吃！」

丁寶桂歎氣說：「我可沒本事把自己罵個狗血噴頭。我看那兩個示範的檢討準是經過『核心』罵來罵去罵出來的。只要看看理論組組長和現當代組組長的檢討，都把自己罵得簡直不堪了，群眾還說是『不老實』，『很不夠』。」

余楠原是為了要打聽「大學裡的模式」是怎麼回事。丁寶桂有舊同事在大學教課，知道詳情。可是丁寶桂只說：

「難聽著呢！叫什麼『脫褲子，割尾巴』！女教師也叫她們脫褲子！」

朱千里樂了。他說：「狐狸精脫了褲子也沒有尾巴，要喝醉了酒才露原形呢。」

丁寶桂說：「喲！你倒好像見過狐狸精的！」

余楠不願意和他們一起說怪話。和這一對糊塗蟲多說也沒用，還是該去探問一下許彥成夫婦。他覺得許彥成雖然落落難合，杜麗琳卻還近情。上次他請了一頓飯，杜麗琳不久就還請了。他從丁家辭出，就直奔許家。

杜麗琳在家。如今年輕人天天開會，外文組的辦公室裡沒人坐班了，余楠自己也不上班了。麗琳每天下午也不再到辦公室去。她和彥成暫且除去前些時候的隔閡，常一同捉摸當前的形勢，討論各自的認識。

余楠來訪，麗琳禮貌周全地讓座奉茶，和悅地問好。余楠問起許彥成，麗琳只含糊說他出去借書了。余楠懷疑麗琳掩遮著什麼。可是問到大學裡的三反，她很坦率地告訴余楠，叫「洗澡」。每個人都得洗澡，叫做「人人過關」。至於怎麼洗，她也說不好，只知道職位高的，校長院長之類，洗「大盆」，職位低的洗「小盆」，不大不小的洗「中盆」。全體大會是最大的「大盆」。人多就是水多，就是「澡盆」大。一般教授，只要洗個「小盆澡」，在本系洗。她好像並不焦心。

余楠告辭時謝了又謝，說如果知道什麼新的情況，大家通通氣。麗琳不加思考，一口答應。

彥成這時候照例在姚家。不過這是他末了一次和姚太太同聽音樂。姚太太說：

「彥成，現在搞運動呢。你得小心，別到處串門兒，看人家說你『摸底』，或是進行什麼『攻守同盟』。」

這大概是姚宓透露的警告吧？他心虛地問：「人家知道我常到這兒來嗎？」

「總會有人知道。」

「那我就得等運動完了再來看伯母了，是不是？」

姚太太點頭。

彥成沒趣，坐了一會兒就起身說：「伯母，好好保重。」

姚太太說：「你好好學習。」

彥成怏怏辭出，默默回家。他沒敢把姚太太的話告訴麗琳。不過，他聽麗琳講了余楠要求通通氣，忙說：

「別理他。咱們不能私下勾結。」

麗琳說：「咱們又沒做賊，又沒犯罪。」

彥成說：「反正聽指示吧。該怎麼著，明天動員報告，領導會教給咱們。」麗琳瞧他悶悶地鑽入他的「狗窩」，覺得他簡直像挨了打的狗，夾著尾巴似的。

第二章

范凡做了一個十分誠摯的動員報告。大致說：

「新中國把舊知識分子全部包下來了，指望他們認眞改造自我，努力爲人民做出貢獻。可是，大家且看看這一兩年的成績吧。大概每個人都會感到內心慚愧的。質量不高，數量不多，錯誤卻不少。這都是因爲舊社會遺留下來的封建思想和資產階級思想使我們背負著沉重的包袱，束縛了我們的生產力，以致不能充分發揮作用，爲當前的需要努力。大家只是散亂地各在原地踏步。我們一定要拋掉我們背負的包袱，輕裝前進。

「要拋掉包袱，最好是解開看看，究竟裡面是什麼寶貝，還是什麼骯髒東西。有些同志的舊思想、舊意識，根深柢固，並不像身上背一個包袱，放下就能扔掉，而是皮膚上陳年積累的泥垢，不用水著實擦洗，不會脫掉；或者竟是肉上的爛瘡，或者是暗藏著尾巴，如果不動手術，爛瘡挖不掉，尾巴也脫不下來。我們第一得不怕醜，把骯髒的、見不得人的部分暴露出來；第二得不怕痛，把這些部分擦洗乾淨，或挖掉以至割掉。

「這是完全必要的。可是要做到這一點，首先得本人自覺自願。改造自我，是個人對社會的負責，旁人不能強加於他。本人有覺悟，有要求，群眾才能從旁幫助。如果他不自覺，不自願，捂著自己的爛瘡，那麼，旁人儘管聞到他的臭味兒，也無法為他治療。所以每個人首先得端正態度。態度端正了，旁人才能幫他擦洗垢汙，切除或挖掉腐爛骯髒或見不得人的部分。」

他接下講了些端正態度的步驟。他組織幾位老知識分子到城裡城外的幾所大學去聽些典型報告，讓他們照照鏡子，看看榜樣。然後開些座談會交流心聲。然後自願報名，請求幫助和啓發。

動員大會是在大會議室舉行的。滿座的年輕人都神情嚴肅，一張張臉上漠無表情，顯然已經端正態度，站穩立場。丁寶桂覺得他們都變了樣兒：認識的都不認識了，和氣的都不和氣了。朱千里本來和大家不熟，只覺得他們嚴冷可怕。就連平日和年輕人相熟的許彥成，也覺得自己忽然站到群眾的對立面去了。他們幾個「舊社會過來的知識分子」覺得范凡的話句句是針對他們說的。這雖然不能表明他們知罪，至少可見那些話全都正確。他們還未及考慮自己是否問心有愧，至少都已覺得芒刺在背。

大會散場，丁寶桂不敢再和朱千里胡說亂道，怕他沒頭沒腦地捅出什麼話來。朱千里也有了戒心，對誰都提防幾分。余楠更留心不和他們接近。他們這一夥舊社會過來的資產階級知識分子馴服地按照安排，連日出去旁聽典型報告。不僅聽本人的自我檢討，也聽群眾對這些檢討提出來的意見。意見都很尖銳，「幫助」大而肯定少。還時時聽到群眾逢到檢討者「頑抗」而發出憤怒的吼聲。這彷彿威脅著他們自己，使他們膽戰心驚。

丁寶桂私下對老伴兒感歎說：「我現在明白了。一個人越醜越美，越臭越香。像我們這種人，有什麼可檢討的呢。人越是作惡多端，越是不要臉，檢討起來才有話可說，說起來也有聲有色，越顯得覺悟高，檢討深刻。不過，也有個難題。你要是打點兒偏手，群眾會說你不老實，狡猾，很不夠。你要是一口氣說盡了，群眾再擠你，你添不出貨了，怎麼辦呢？」

朱千里覺得革命群眾比自己的老婆更難對付。他私賺了稿費，十次裡八次總能瞞過。革命群眾卻像千隻眼，什麼都看得見。不過，守在他身邊的老婆都能對付，革命群眾諒必也能對付。兵來將擋，水來土掩，走著瞧吧。

余楠聽了幾個典型報告，十分震動，那麼反動的思想，他們竟敢承認，當然是不得不承認了。他余楠可以把自己暴露到什麼程度呢？他該怎麼招供呢？

許彥成和杜麗琳認眞學習，一面聽報告，一面做筆記。每聽完一個報告，先在筆記上寫下自己的批語，如老實不老實，深刻不深刻等等。不過他們認爲誠懇深刻的，群眾總說不老實，狡猾。下一次再聽這人重做檢討，總證實他確實不夠坦白，的確隱瞞了什麼。兩人回家討論，不免心服群眾水平高，果然是眼睛雪亮。好在群眾眼睛雪亮，可以信任他們。夫婦倆互相安慰說：「反正咱們老老實實把包袱底兒都抖摟出來就完了。」

他們聽了好些檢討和批判，范凡就召集他們開一個交流心得的座談會。除了他們幾個「老知識分子」，旁聽的寥寥無幾。

余楠第一個發言，說他看到資產階級知識分子的醜惡，震撼了靈魂。他從沒有正視過自己，不知道自己有多臭多髒。他願意在群眾的幫助下，洗個乾淨澡，脫胎換骨。

丁寶桂因爲到會的人不多，而且不是什麼檢討會，只是交流心得，所以很自在。他改不了老脾氣，只注意人家字眼兒上的毛病，脫口說：「哎，洗個澡哪會脫胎換骨呀！——我是說，咱們該實事求是。」

朱千里打圓場說：「這不過是比喻，不能死在句下。洗澡是個比喻，脫胎換骨也是比喻。只是比在一起，比混了。我但願洗個澡就能脫胎換骨呢！」

余楠生氣說：「我建議大家嚴肅些！咱們這時候還有心情開玩笑說這些無原則的話嗎？」

杜麗琳忙插口表白自己和余楠有同樣的感受，要求洗心革面，重新做人。

彥成很眞誠地說：「我常看到別人這樣不好、那樣不好，自己卻是頂美的。現在聽了許多自我檢討和群眾的批判，才看到別人和我一樣地自以爲是，也就是說，我正和別人一樣地這樣不好、那樣不對。我得客觀地好好檢查自己，希望能得到群眾的幫助。」

丁寶桂忽然明白，這是個表態的會，忙也說，他贊成「洗心革面」的詞兒，說他聽了這許多檢討和批判，感到非常惶恐，自慚糊塗半生，一向沒有認識自己，渴望群眾給他幫助，讓他自新。

朱千里忙也鄭重聲明：他需要群眾的幫助和啓發，讓他能找到自新的途徑。

范凡贊許了各位先生的覺悟，宣布散會。散會後，他和到會旁聽的幾人磋商一番，安排怎麼給予幫助和啓發。

第三章

也許丁寶桂的問題最簡單，也許丁寶桂的思想最落後，他是第一個得到啓發和幫助的人。

會仍在會議室開。到會的人不多，只坐滿了中間長桌的周圍。幾個等待洗澡的「老先生」都到了。他們沒看見一個同組的熟人。參加這個會的都只在大會上見過幾面，大約都是些理論組和現當代組的進步幹部。丁寶桂看著一個個半陌生的臉都漠無表情——不僅冷漠，還帶些鄙夷，或者竟是敵意，不免惴惴不安。

主席是一位剃了光頭的中年幹部，丁寶桂也不知他的姓名。他說明這個會是應丁先生的要求，給他點兒啓發和幫助的。丁寶桂對「幫助」二字另有見地。他認爲幫助就是罵，就是圍攻，所以像一頭待宰的豬，抖索索地等待開刀。

經過一番靜默，一個微弱的聲音遲遲疑疑提出一個問題：「丁先生對共產黨是什麼看法？」

丁寶桂暗暗鬆了一口氣，忙回答說：「共產黨是全國人民的大救星。」

長桌四周一個個冷漠的臉上立刻凝出一層厚厚的霜。

丁寶桂以爲自己回答太簡略，忙熱情歌頌一番，連「推倒一座大山」都背出來。可是誰也不理他。誰都沒有表情。

丁寶桂慌了。他答得對嗎？「很不夠」嗎？他停頓了一下說：「請再問吧。」好像他是面對著一群嚴峻的考官。

主席說：「行了，丁先生顯然不需要啓發或幫助。散會。」

丁寶桂著急說：「請不吝指教，給我幫助呀。」

主席說：「丁先生，你還沒有端正態度，你還在抗拒。」

長桌周圍的人都合上筆記本，紛紛站起來。

丁寶桂好似丈八的金剛，摸不著頭腦。他想：「你們問我，我馬上回答了，還是抗拒嗎？該怎麼著才算端正態度呀？」當然他只是心上納悶，並不敢問。

余楠忙說：「請在座的給我一點啓發和幫助吧？」

杜麗琳也說：「我們都等待幫助和啓發呢。」

主席做手勢叫大家坐下。

沉默了一會兒，一個聲音詫怪說：「聽說有的夫妻，吵架都用英語。」

許彥成瞪著眼問：「誰說的？」

沒人回答。合上的筆記本壓根兒沒打開，到會的人都呆著臉陸續散出，連主席也走了。剩下五個骯髒的「浴客」面面相覷。

麗琳埋怨說：「彥成，你懂不懂？這是啓發。」

余楠也埋怨說：「瞧，好像我們都在抗拒似的。」

朱千里很聰明地聳聳肩，做了個法蘭西式的姿勢，表示鄙夷不屑。

五個人垂頭喪氣，四散回家。

過了一天，才第二次開會。這次是啓發和幫助余楠。到會的人比幫助和啓發丁寶桂的那次會上多。沿牆的椅子都坐滿了。外文組的幾個年輕人都出席，只是一個也沒有開口。主席仍舊是那位剃光頭的中年幹部。余楠表示自己已端正了態度，要求同志們給予啓發和幫助。

第一個啓發，和丁寶桂所得的一模一樣。余楠點點頭，在自己的筆記本上寫下。

有人謹慎地問：「余先生也是留美的？」

余楠好像參禪有所徹悟，又點點頭記下。

「聽說余先生是神童。」

余楠得意得差點兒要謙遜幾句，可是他及時制止了自己，仍然擺出參禪的姿態，一面細參句意，一面走筆記下。

忽有人問：「余先生是什麼時候到社的？」

余楠覺得一顆心沉重地一跳，不禁重複了人家的問句：「什麼時候到社的？」問的人不多說，只重複一遍：「什麼時候到社的？」

余楠不及點頭，慌忙記下。

好像給他的啓發已經夠多，沒人再理會他。

就在這同一個會上，接下受啓發的是朱千里。很多人踴躍提問：「朱先生哪年回國的？」

「朱先生爲什麼回國？」

「朱先生有很多著作吧？」

「什麼時候寫的？」

「朱先生是名教授，啊？」

「朱先生對抗美援朝怎麼看法？」

「朱先生還有個洋夫人呢，是不是？」

「朱先生的稿費不少吧？」

朱千里從容一一記下。他收穫豐富，暗暗得意。

有人對許彥成和杜麗琳也提出一個問題，問他們爲什麼回國。

以後大家便不說話了。

丁寶桂哭喪著臉對自己辯解說：「我上次不是抗拒。」可是誰也不理他。

這天的會，就此結束。

許彥成回家說：「我還是不懂。當然我也沒有開口。『爲什麼回國？』這又有什麼奧妙？夫妻吵架用英語，又怎麼著？咱們這一程子壓根兒沒吵架。準是李媽聽見咱們說英語，就胡說咱們吵架。」

麗琳說：「我想他們準來盤問過咱們的李媽。因爲我聽說他們都動員愛人幫助洗澡。他們沒來動員我，大約咱們是同在一組，對我來問這問那，怕露了底。」

彥成皺眉說：「也不知李媽胡說了些什麼。」

麗琳說：「他們要提什麼問題，總是拐彎兒抹角地提一下，叫你好好想想。反正每一句話裡，都埋著一款罪狀，叫你自己招供。」

彥成忽有所悟：「我想，麗琳，『吵架也用英語』和『月亮也是外國的圓』一個調兒。就是說，咱們是『洋奴』——這話我可不服！咱們倒是洋奴了！」

「留學的不是洋奴是什麼？」

「洋奴爲什麼不留在外國呢？」

「留在外國無路可走，回國有利可圖，還可以撈資本，冒充進步。」

彥成想一想說：「哦！進步包袱！」

他歎氣想：「爲什麼老把最壞的心思來冤我們呢？」

麗琳說：「你不是要求客觀嗎？你得用他們的目光來衡量自己——你總歸是最腐朽骯髒的人。」

「資產階級沒有好人。爭求好，全是虛假，全是騙人！」彥成不服氣。

麗琳忽然聰明了。「也許他們沒錯。比如我吧，我自以爲美，人家卻覺得我全是打扮出來的。這裡描描，那裡畫畫，如果不描不畫，不都是醜嗎？我自己在鏡子裡看慣了，自以爲美。旁人看著，只是不順眼。」

彥成聽出她的牢騷，賭氣說：「旁人是誰？」

麗琳使氣說：「還是我自己的丈夫呢！」

「這可是你冤我。」

「我冤你！你不妨暫時撇開自己，用別人的眼光來看看自己呀。你是忠實的丈夫！你答應對我不撒謊的！可是呢……」

彥成覺得她聲音太高，越說越使氣，立刻改用英語爲自己辯解。

麗琳沒好氣地笑說：「可不是吵架也用英語？」

彥成氣呼呼地，一聲不響。

過兩天，在他們倆的要求下，單爲他們開了一個小會，給了些啓發和幫助。回家來彥成說：

「洋奴是奴定了。還崇美恐美——這倒也不冤枉。我的確發過愁，怕美國科學先進，武器厲害。」

麗琳說：「看來我比你還糟糕。我是祖祖輩輩吸了勞動人民的血汗，吃剝削飯長大的。我是『臭美』，好逸惡勞，貪圖享受，混飯吃，不問政治，不知民間疾苦，心目中沒有群眾……」

彥成說：「他們沒這麼說。」

「可我得這麼認啊！」

「你也不能一股腦兒全包下來。」

「當然不，可是我得照這樣一椿椿挖自己的痛瘡呀。」

彥成忽然說：「我聽人家議論，現當代組那個好逸惡勞的組長，檢討了幾次還沒通過，好像罪名也是什麼資產階級思想。他是好出身，又是革命隊伍裡的，哪來資產階級思想呢？難道是咱們教給他的？」

麗琳想了想說：「不用教，大概是受了咱們這幫人的影響，或是傳染……」

「這筆賬怎麼算呢？都算在咱們賬上？」

兩人呆呆地對看著。

第四章

朱千里回到家裡，他老婆告訴他：「他們要我『幫助』你，我可沒說什麼。咱們胳膊折了往裡彎！我只把你海罵了一通。」

「海罵？罵什麼呢？」

「家常說的那些話呀。」

「哪些話？」

他老伴兒扭過頭去，鼻子裡出氣。「瞧！天天說了又說，他都沒聽見。」

朱千里沒敢再問。想來，稿費呀什麼的，就是他老婆說的。

他雖然從群眾嘴裡撈得不少資料，要串成一篇檢討倒也不是容易。他左思右想，東挖西掘，睡也睡不穩，飯也吃不下。他原是個瘦小的人，這幾天來消瘦得更瘦小了。原先灰白的頭髮越顯灰白，原來昏暗的眼睛越發昏暗，再加失魂落魄，簡直像個活鬼。他平日寫文章，總愛抽個煙斗，這會子連煙斗都不抽了。他老婆覺得事態嚴重，連「海罵」都暫時停止。

朱千里覺得怎麼也得洗完澡，過了關，才鬆得下這口氣。權當生了重病動手術吧，得咬咬牙，拚一拚。

專門幫助他的有兩三人。他們找他談過幾次話。「幫助」和「啓發」不是一回事。「啓發」只是不著痕跡地點撥一句兩句，叫聽的人自己覺悟。「幫助」卻像審問，一面問，一面把回答的話仔細記下，還從中找出不合拍的地方，換個方向突然再加詢問。他們對僞大學教授這個問題尤其幫助得多。他們有時兩人，有時三人，有「紅面」，也有「白面」，經過一場幫助就是經過一番審訊。

朱千里從審訊中整理出自己的罪狀，寫了一個檢討提綱，分三部分：

1. 我的醜惡。下面分(1)現象；(2)根源。

2. 我的認識。

3. 我的決心。

他按照提綱，對幫助他的兩三人談了一個扼要。憑他談的扼要，大體上好像還可以。也許還不大夠格，不過他既有勇氣要求在大會上做檢討，他們就同意讓他和群眾思想上見見面。他們沒想到這位朱先生愛做文章，每個細節都不免誇張一番，連自己的醜惡也要誇大其辭。

他先感謝革命群眾不唾棄他，給他啓發，給他幫助，讓他能看到自己的眞相，感到震驚，感到厭惡，從此下決心痛改前非。於是他把桌子一拍說：

「你們看著我像個人樣兒吧？我這個喪失民族氣節的『準漢奸』實在是頭上生角，腳上生蹄子，身上拖尾馬的醜惡的妖魔！」

他看到許多人臉上的驚詫，覺得效果不錯，緊接著就一口氣背了一連串的罪狀，夾七夾八，凡是罪名，他不加選擇地全用上。背完再回過頭，一項項細說。

「我自命爲風流才子！我調戲過的女人有一百零一個。我爲她們寫的情詩有一千零一篇。」

有人當場打斷了他，問爲什麼要「零一」？

「實報實銷，不虛報謊報啊！一人是一人，一篇是一篇。我的法國女人是第一百名，現任的老伴兒是一百零一。她不讓我再有『零二』——哎，這就說明她爲什麼老摳著我的工資。」

有人說：「朱先生，你的統計正確吧？」

朱先生說：「依著我的老伴兒，我還很不老實，我報的數字還是很不夠的。」

有人笑出聲來，但笑聲立即被責問的吼聲壓沒。

有人憤怒地舉起拳頭來喊口號：「不許朱千里胡說亂道，戲弄群眾！」

群眾齊聲響應了一兩遍。

另一人憤怒地喊：「不許朱千里醜化運動！」

接著是一片聲的「打下去！打下去！」

朱千里傻站著說不下去了。幫助他的那幾個人尤其憤怒。一人把臉湊到他面前說：

「你是耍我們玩嗎？你知道我們爲了研究你的問題，費了多少時間和精力嗎？」

朱千里抱歉說：「我爲的是不辜負你們的一片心，來一個徹底的交代呀。」

五年十年以後，不論誰提起朱千里這個有名的檢討，還當作笑話講。可是當時的朱千里，哪會了解革命群眾的眞心誠意呢！哪會知道他們都經過認眞的學習，不辭煩勞地搜集了各方揭發的資料，結合他本人的政治表現，來給予啓發和幫助，叫他覺悟，叫他正視自己的骯髒嘴臉，叫他自覺自願地和過去徹底決裂，重做新人。朱千里當時遠沒有開竅，以爲使出點兒招數，就能過關。大火燒來，他就問羅刹女借一把芭蕉扇來扇滅火焰，沒知道竟會越扇越旺的。他儘管自稱來個徹底檢查，卻是扁著耳朵，夾著尾巴，給群眾趕下來。

憤怒的群眾說：「朱千里！你回去好好想想！」

朱千里像雷驚的孩子，雨淋的蛤蟆，呆呆愣愣，家都不敢回。

第五章

余楠雖然沒有跟著革命群眾喊口號，或喝罵朱千里，卻和群眾同樣憤怒。這樣嚴肅的大事，朱千里跑來開什麼玩笑嗎？真叫人把知識分子都看扁了。

他苦思冥想了好多天。自我檢討遠比寫文章費神，不能隨便發揮，得處處扣緊自己的內心活動。他茶飯無心，只顧在書房裡來回來回地踱步。每天老晚上床，上了床也睡不著，睡著了會突然驚醒，覺得心上壓著一塊石頭。他簡直像孫猴兒壓在五行山下，怎麼樣才能巧妙地從山石下脫身而出呢？

他聽過幾次典型報告之後，有一個很重要的心得。他告訴宛英，怎麼也不能讓群眾說一聲「不老實」，得爭取一次通過。最危險的是第一次通不過再做第二次。如果做了一次又做一次，難保前後完全一致；如有矛盾，就出現漏洞了，那就得翻來覆去地挨罵，做好幾次也通不過。

他很希望善保來幫助他。可是這多久善保老也不到他家來，遠遠看見他也只呆著臉。大概群眾不讓善保來，防他向善保摸底。他多麼需要摸到個著著實實的底呀！可是他只好暗中摸索。幫助他的小組面無表情，只叫他再多想想。等他第三次要求當眾檢討，他們沒有阻撓。余楠自以爲初步通過了。

幫助他的小組曾向宛英做思想工作，宛英答應好好兒幫助余楠檢查，所以她很上心事，要余楠把檢討稿先給她看看。她看完竟斗膽挑剔說：

「你怎麼出身官僚家庭呢？我外公的官，怎麼到了你祖父頭上呢？」

余楠不耐煩說：「你的外公，就等於我的祖父，一樣的。你不懂。這是我封建思想、家長作風的根源。」

宛英說：「他們沒說你家長作風。」

「可是我當然得有家長作風啊——草蛇灰線，一路埋伏，從根源連到冒出來的苗苗，前後都有呼應。」

他不耐煩和死心眼兒的宛英討論修辭法，只乾脆提出他最擔心的問題。

「我幾時到社的？當然是晚了些。爲什麼晚？問題就在這裡。怎麼說呢？」

「你不是想出洋嗎？」宛英提醒他。

余楠瞪出了眼睛：「你告訴他們了？」

「我怎會告訴他們呢。」

「那就由我說。我因爲上海有大房子，我不願意離開上海。我多年在上海辦雜誌，有我的地盤。這都表現我貪圖享受，爲名爲利，要做人上人——這又聯到我自小是神童……」

余楠雖然沒有像朱千里那樣變成活鬼，卻也面容憔悴，穿上藍布制服，不復像豬八戒變的黃胖和尚——黃是更黃些，還帶灰色，胖卻不胖了，他足足減掉了三寸腰圍。他比朱千里有自信，做檢討不是什麼「咬咬牙」「拚一拚」。因爲他自從到社以來，一貫表現良好，向來是最要求進步的。他自信政治嗅覺靈敏過人，政治水平高出一般。每次學習會上，他不是第一個開炮定調子，就是末一個做總結發言。這次他經過深刻反省，千穩萬妥地寫下檢討稿，再三斟酌，覺得無懈可擊，群眾一定會通過。他吩咐宛英準備點兒好酒，做兩個好菜。今晚吃一頓好晚飯慰勞自己。

那次到會的人不少，可算是不大不小的「中盆澡」。余楠不慌不忙，擺出厚貌深情的姿態，放出語重心長的聲調，一步一檢討，從小到大，由淺入深，每講到痛心處，就略略停頓一下，好像是自己在胸口捶打一下。他萬想不到檢討不到一半，群眾就打斷了他。他們一聲聲地呵斥：

「余楠！你這頭狡猾的狐狸！」

「余楠！你把自己包裹得嚴嚴密密，卻拿些雞毛蒜皮來搪塞！」

「余楠休想蒙混過關！」

「群眾的眼睛是雪亮的！」

「余楠！你滑不過去！」

「不准余楠捂蓋子！」

余楠覺得給人撕去了臉皮似的。冷風吹在肉上只是痛，該怎麼表態都不知道了。

忽有人冷靜地問：「余楠，能講講你爲什麼要賣五香花生豆兒嗎？」

余楠轟去了魂魄，張口結舌，心上只說：「完了，完了。」

他回到家裡，猶如夢魘未醒。宛英瞧他面無人色，忙爲他斟上一杯熱茶。不料他接過來豁啷一聲，把茶杯連茶摔在地下，砸得粉碎。他眼裡出火說：

「我就知道你是個糊塗蛋！群眾來釣魚，你就把魚缸連水一起捧出來！」

宛英說：「我什麼都沒告訴他們，只答應盡力幫助你。」

「賣五香花生誰說的？除了你還有誰？」

宛英呆了一呆，思索著說：「你跟阿照說過嗎？或者咱們說話，她在旁邊聽見了？」

余楠立即冷下來——不是冷靜而是渾身寒冷。他細細尋思，準是女兒把爸爸出賣給男朋友了。人家是解放軍出身，能向著他嗎？非我族類呀！

他忽然想到今晚要慶祝過關的事，忙問宛英：「阿照知道你今晚爲我預備了酒菜嗎？」

宛英安慰他說：「不怕，只說我爲你不吃不睡，哄你吃點子東西，補養精神。」

余楠又急又怕，咬牙切齒地痛罵善保沒良心，吃了他家的好飯好菜，卻來揭他的底。他不知道該怪自己在姜敏面前自吹自擂闖下了禍。可憐善保承受著沉重的壓力。姜敏怨恨他，說他是余楠選中的女婿，不但自己該站穩立場，還應該負責幫助余楠改造自我。她聽過余楠的吹牛和賣弄，提出余楠有許多問題。她不知道詳情，善保應該知道。善保只好探問余照。他和余照都是一片眞誠地投入運動，要幫助余楠改造思想。余楠卻是一輩子也沒有饒恕陳善保。他始終對「年輕人」「怕得要死，恨得要命」，從來不忘記告誡朋友對「年輕人」務必保持警惕。善保終究沒有成爲他家的女婿，不過這是後話了。

余楠經宛英提醒，頓時徹骨寒冷。余照最近加入了青年團，和家裡十分疏遠。而且，余楠幾乎忘了，他還有兩個非常進步的兒子呢。賣五香花生的話，他們兄弟未必知道。可是他們知道些什麼，他實在無從估計。

宛英親自收拾了茶杯的碎片和地上一攤茶水。兩口子說話也放低了聲音。可憐余楠在宛英面前都矮了半截。

第六章

革命群眾不斷地號召資產階級知識分子：別存心僥倖，觀望徘徊，企圖蒙混過關；應該勇敢地跳進水裡，洗淨垢汙，加入人民的隊伍；自外於人民就是自絕於人民，絕沒有好結果。

杜麗琳雖然在大學裡學習遠遠跟不上許彥成，在新社會卻總比彥成搶前一步。該說什麼，該做什麼，她從不像彥成那樣格格不吐，遲遲不前。她改不了的只是她那股子「帥」勁兒。她近來的打扮稍稍有所改變：不穿裙子而穿西裝長褲，披肩的長髮也逐漸剪短。她早已添置了兩套制服，只是不好意思穿。幫助她「洗澡」的小組有一位和善的女同志，曾提問：「爲什麼杜先生叫人不敢接近？」「爲什麼杜先生和我們中間總存著一些距離？」麗琳立即把頭髮剪得短短的，把簇新的制服用熱肥皂水泡上兩次，看似穿舊的，穿上自在些。小組的同志說她有進步，希望她表裡如一。她們聽過她的初步檢討，提了些意見，就讓她當眾「洗澡」。

麗琳鄭重其事，寫了個稿子，先請彥成聽她念一遍，再給幫助她的小組看。

彥成聽了她的開頭：「我祖祖輩輩喝勞動人民的血，騎在他們頭上作威作福，飯來開口，衣來伸手，只貪圖個人的安逸，只追求個人的幸福，從不想到自己對人民有什麼責任。我只是中國人民身上的一個大毒瘤；不割掉，會危害人民。」

彥成咬著嘴唇忍笑。

麗琳生氣說：「笑什麼？這是眞心話。」

「我知道你眞心。可是你這個『大毒瘤』和朱千里的『醜惡的妖魔』有什麼不同呢？」

「當然不一樣。」

「不一樣，至多是五十步與一百步的區別，都是誇張的比喻呀！」

「那麼，我該怎麼說呢？」

彥成也不知道。他想了想，歎口氣說：「大概我也得這麼說。大家都這麼說，不能獨出心裁。」

「又不是做文章。反正我只按自己的覺悟說眞話。」

彥成說：「好吧，好吧，念下去。」

「我從沒有意識到自己有什麼對不起人民的地方。我覺得自己的享受都是理所當然。這是因爲我的資產階級出身決定了我的立場觀點，使我只覺得自己有理，看不見自己的醜惡。」

彥成又笑了：「所以都不能怪你！」

「那是指我還沒有覺悟的時候呀。我的出身造成了我的罪過。」

她繼續念她的稿子：「我先得向同志們講講我的家庭出身和我的經歷，讓同志們不但了解我的病情，還知道我的病根，這就可以幫助我徹底把病治好。

「我祖上是開染坊的，父親是天津裕豐商行的大老闆，我是最小的女兒，不到兩歲就沒了母親。我生長在富裕的家庭裡，全不知民間疾苦，對勞動人民沒什麼接觸，當然說不到對他們的感情了。我從小在貴族式的教會學校上學，只知道崇洋慕洋。我的最高志願是留學外國，最美的理想是和心愛的人結婚，有一個美滿的家庭。我可算都如願以償了。

「祖國解放前夕，我父親去世，我的大哥——他大我十九歲——帶著一家人逃往香港。我的二哥——他大我十七歲，早在幾年前就到美國經商，很成功，已經接了家眷。我們夫婦很可以在美國住下來。那時候，我對共產黨只有害怕的份兒，並不願意回國。我也竭力勸彥成不要回國。可是他對我說：『你不願意回去，你就留下，我不能勉強你，我可是打定主意要回去的。』

「我抱定愛情至上的信念，也許還有殘餘的封建思想，『嫁雞隨雞，嫁狗隨狗』吧——我當然不是隨雞隨狗，丈夫是我自己挑的，他到哪裡，我當然一輩子和他在一起。所以我拋下了我的親人和朋友，不聽他們的勸告，跟許彥成回國了。我不過是跟隨自己的丈夫，不是什麼『投奔光明』。」

麗琳停下來看著彥成。「我說的都是實情吧？」

「人家耐煩聽嗎？」彥成有點兒不耐煩。

「這又不是娛樂，我是剖開眞心，和群眾竭誠相見。」

「好呀，說下去。」

麗琳看著彥成，故意說：「我回國後才逐漸發現，我的信念完全錯誤，我的理想全是空想。」

彥成正打了半個呵欠，忙閉上嘴，睜大眼睛。

麗琳接下去說：「愛情至上的資產階級思想把我引入歧途。愛情是最靠不住的，欺騙自己，也欺騙別人，即使是眞正的愛情，也經不了多久就會變，不但量變，還有質變，何況是勉強敷衍的愛情呢！而且愛情是不由自主的，得來容易就看得輕易，沒得到的，或者得不到的，才覺得稀罕珍貴。」

彥成說：「你是說教？還是控訴？還是發牢騷？」

「我不過說我心裡的話。」

「你對幫助你的小組也是這麼說的嗎？」

麗琳嫣然一笑說：「我這會兒應應景，充實了一點兒。」她把稿子扔給彥成。「稿子上怎麼說，你自己看吧。」

彥成賭氣不要看。他說：「你愛怎麼檢討，我管不著。你會說心裡話，我也會說心裡話。」

麗琳說：「瞧吧，你老實，還是我老實。」

彥成氣呼呼地不答理。可是他有點後悔，也有點不安，不知麗琳借檢討要控訴他什麼話。他應該先看看她的稿子。

麗琳的檢討會上人也不少。主持會議的就是那位和善的女同志。她是人事處的幹部，平時不大出頭露面。她說了幾句勉勵和期待的話，大家靜聽杜麗琳檢討。

杜麗琳穿一套灰布制服，方頭的布鞋，頭髮剪得短短的，臉色黃黃的。她嚴肅而膽怯地站起來，念她的檢討稿。開場白和她念給彥成聽的差不多，只是更充實些。彥成眼睛盯著她，留心聽她念。她照著原稿直念到回國以後，她一字不說愛情至上的那一套，只說：

她看到新中國朝氣蓬勃，和她記憶中那個腐朽的舊社會大不相同了。她得到了合適的工作，分得了房子，成立了新家庭，一切都很如意。可是她漸漸感到，她和新社會並不融洽。她感到旁人對她側目而視，或另眼相看，好像帶些敵意，或是帶些鄙視。她憑一個女人的直覺，感到自己在群眾眼裡並不是什麼美人，而是一個標準的『資產階級女性』。她淺薄，虛榮，庸俗，渾身發散著濃郁的資產階級氣息。當然，並沒有誰當面這麼說，不過她相信自己的了解並沒有錯。因爲她自己也看到了自己的淺薄、庸俗和虛榮。她也能看到樸素的、高尚的、要求上進的女同志是多麼美，只是她不願意承認。

彥成豎起了耳朵。

她卻並不多加發揮，只接著說，外表體現內心。她的內心充滿了資產階級的信念，和她的外表完全一致。在她，工作不過是飯碗兒，工作的目的是爲了賺錢，學識只是本錢。她上大學、留學、讀學位都是爲了累積資本，本錢大，就可以賺大錢。這都是說明自己是惟利是圖的資產階級，斤斤計較的都是爲自己的私利。

彥成這時放鬆警惕，偷眼四看。他同組的幾個年輕人：姜敏、羅厚、姚宓、善保挨次坐在後排，都滿面嚴肅，眼睛只看著做檢討的人。

麗琳談心似地談。她說：「我從沒想到爲誰服務。我覺得自己靠本事吃飯，沒有剝削別人。我父親靠經營資本賺錢也沒有榨取什麼血汗，許多人還靠他養家活口呢。所以我總覺得不服氣，心上不自在，精神上也常有壓抑感。三反開始，我就從親戚朋友那邊聽到好些人家遭殃了，有人自殺了。我心上害怕，只自幸不是資本家，而是知識分子。可是，三反運動又轉向知識分子——要改造知識分子了。我又害怕，又後悔，覺得千不該、萬不該，不該跟許彥成回來。當時他並沒有勉強我，是我硬要跟著他的。現在可怎麼辦呢？我苦苦思索，要爲自己辯護——就是說，我沒有錯，沒有改造的必要。可是我想來想去，我的確是吃了農民種的糧食，的確是穿了工人織的衣料，的確是靠解放軍保衛國家，保障了生活的安寧，而我確實對他們毫無貢獻。我謀求的只是個人的安逸，個人的幸福。我苦惱了很久，覺得自己即使自殺了，也無法償還我欠人民的債。

「我有一天豁然開朗，明白群眾並不要和我算什麼賬，並不要問我討什麼債。他們不過是要挽救我，要我看到過去的錯誤，看明白自己那些私心雜念的可恥，叫我拋去資產階級和封建社會留給我的成見，鏟除長年累積在我心上的腐朽卑鄙的思想感情，投身到人民的隊伍中來，一心一意為人民服務。」

她接著批判自己錯誤的人生觀，安逸的生活方式等等，說她下定決心，不再迷戀個人的幸福，計較個人的得失，要努力頂起半邊天，做新中國的有志氣的女人。

彥成覺得麗琳很會說該說的話，是標準的麗琳。她確也說了真話，她的決心也該是真的，不過彥成認為只是空頭支票。她的認識水平好像還很膚淺幼稚。她的檢討能通過嗎？

主席說：「杜先生的檢討，雖然不夠全面，卻是誠懇的。她敢於暴露，因為她相信群眾，也體會到黨和人民要挽救她的一片苦心。能把錯誤的、髒的、醜的亮出來，就是因為認識到那是錯誤的，或是髒的醜的，而決心要拋棄它。儘管杜先生的覺悟還停留在表面階段，她的決心還有待鞏固，她能自願改造自己是可喜的，值得歡迎。同志們有什麼問題，不妨提出來給她幫助。」

有人說：「杜先生對過去雖有認識，批判卻遠遠不夠。」

有人說：「抽象的否定，不能代替切實的批評。」

有人說：「杜先生對於靠剝削人民發財的父親和投機取巧的哥哥，好像還溫情脈脈，並沒有一點憎恨。」

有人問：「是不是脫去一套衣服，就改換了靈魂的面貌？」

主席讓麗琳回答。

麗琳說：問題提得好！都啓發她深思。她不敢撒謊，她對自己的親人，仇恨不起來，足見她的思想感情並沒有徹底改變。她只能保證，從此和他們一刀兩斷，劃清界線。

她說著流下眼淚——眞實的痛淚。這給大家一個很好的印象。她是捨不得割斷，卻下了決心，要求站穩立場。

主席總結說：「自我改造，不是一朝一夕的事，不是一下子就能改好的。我們人人都需要長期不懈地改造自己。杜麗琳先生決心要拋棄過去腐朽骯髒的思想感情，願意洗心革面，投入人民的隊伍，我們是歡迎的。讓我們熱烈鼓掌，表示歡迎。（大家熱烈鼓掌）杜先生，談談你的感受吧！」

麗琳在群眾的掌聲中激動得又流下淚來。這回不是酸楚的苦淚而是感激的熱淚。她說，第一次感受到群眾的溫暖，這給了她極大的鼓舞。希望群眾繼續關心她，督促她，她也一定努力爭求不辜負群眾的期望。

幾個等待「洗澡」的「浴客」沒有資格鼓掌歡迎，只無限羨慕地看她過了關。

第七章

幫助「洗澡」的幾個小組召集「待浴」的幾位先生開個小會，談談感想。

余楠仍是哭喪著臉。他又灰又黃，一點兒也不像黃胖和尚，卻像個待決的囚犯，許彥成憂憂鬱鬱，不像往日那樣嬉笑隨和。朱千里瞪出兩隻大眼，越見得瘦小乾癟。丁寶桂還是惶惶然。不過他聽了杜麗琳的檢討，大受啓發。會上他搖頭擺腦，表現他對自己的感受舔嘴咂舌的欣賞，覺得開了竅門。

他說：「我受了很深的教育。以前，我以爲『啓發』是提問題，『幫助』是揭我的短，逼我認罪，或者就是『襯拳頭』，打我『落水狗』。現在我懂了。幫助是眞正的幫助。」他很神祕地不再多說，生怕別人抄襲了他獨到的體會。他只說：「我現在已經了解群眾對我的『啓發』，也接受了群眾給我的幫助，準備馬上當眾洗個乾淨澡。」

朱千里瞪著眼，伸出一手攔擋似地說：「哎，哎，老哥啊，我渾身濕漉漉的，精著光著，衣服都不能穿，讓我先洗完了吧。」

彥成幾乎失笑，可是看到大家都很嚴肅——包括朱千里，忙及時忍住。

余楠鄙夷不屑地說：「朱先生談談自己的感受呀。」

朱千里也鄙夷不屑地看了他一眼說：「感受嘛，很簡單。咱們如果批判得不深刻，別人還能幫助。主要是自己先得端正態度，老實揭發問題。」

余楠氣短，沒敢回答。

但有人問：「朱先生上次老實嗎？」

朱千里說：「我過於追求效果，做了點兒文章。其實我原稿上都是眞話，幫助我的幾位同志都看過的。我爲的是怕說來不夠響亮，臨時稍微渲染了一點兒。我已經看到自己犯了大錯誤，以後決計說眞話，句句眞話，比我稿子上的還眞。」

有人說：「這又奇了，比眞話還眞，怎麼講呢？」

朱千里耐心說：「眞而不那麼恰當，就是失眞。平平實實，一分不多，一分不少，是我現在的目標。」

這次會上，許彥成只說自己正在認眞檢查。余楠表示他嚴肅檢查了自己，心情十分沉重，看見杜先生洗完了澡，非常羨慕，卻是不敢抱僥倖的心，所以正負痛摳挖自己的爛瘡呢。

會後朱千里得到通知，讓他繼續做第二次檢討，並囑咐他不要再做文章。

朱千里的第二次檢討會上，許多人跑來旁聽。朱千里看見到會的人比上次多，感到自己的重要，心上暗暗得意。他很嚴肅地先感謝群眾的幫助，然後說：

「我上次做檢討，聽來好像醜化運動，其實我是醜化自己。我爲的是要表示對自己的憎恨，借此激發同志們對我的憎恨，可以不留餘地，狠狠地批判我。我實在應該恰如其分，不該過頭。『過猶不及』呀。我要增強效果，只造成了誤會，我由衷向革命群眾道歉。」

有人說：「空話少說！」

朱千里忙道：「我下面說的盡是實話了。我要把群眾當作貼心人，說貼心的實話。」他瞪出一雙大眼睛，不斷地抹汗。

主席溫和地說：「朱先生，你說吧！」

朱千里點點頭，透了一口氣說：「我其實是好出身。我是貧下中農出身——不是貧農，至少也是下中農。我小時候也放過牛。這是我聽我姑媽說的，我自己也記不得了，只記得我羨慕人家孩子上學讀書。我父親早死，我姑夫在鎮上開一家小小的米店，是他資助我上學的。我沒能夠按部就班地念書，斷斷續續上了幾年學。後來我跟鎮上的幾個同學一起考上省城的中學，可是我別說學費，到省城的路費都沒有。恰巧那年我姑媽養蠶收成好，又碰到一個好買主，她好比發了一筆小財。」

有人說：「朱先生，請不要再編《一千零一夜》的故事了。」

朱千里急得說：「是眞的，千眞萬眞的眞事！我就不談細節吧，不過都是眞事。不信，我現在爲什麼偷偷兒爲我外甥寄錢呢！我老婆懷疑我鄉下有前妻和兒女，防得我很緊。我只能賺些外快背著她寄。因爲我感激我的姑夫和姑媽——他們都不在了，有個外甥在農村很窮。我想到他，就想到自己小時候，也就可憐他。」

「可是朱先生還自費留法呢？是眞的嗎？」有人提問。

朱千里說：「舊社會，不興得說窮。我是變著法兒勤工儉學出去的。可是我只說自費留法。錢是我自己賺的，說自費還是眞實的。我在法國三四年——不，不止，四五年吧？或是五六年——我從來記不清數字，數字在記憶裡會增長——好像是五六年或六七年。我後來乾脆說『不到十年』。因爲實在是不到十年。不過隨它五年八年十年，沒多大分別，只看你那幾年用功不用功。我是很用功的。有人連法語都不會說，也可以混上十幾年呢。」

又有人提問：「不懂法語，也能娶法國老婆吧？」

朱千里說：「對法國女人，只要能做手勢比畫，大概也能上手。說老實話，我沒娶什麼法國老婆，誰正式娶呀！不過是臨時的。那也是別人，不是我。我看著很羨慕罷了。我連臨時的法國姘頭都沒有。誰要我呀！」

「這是實話了。」

「是啊！我也從來沒說過有什麼法國老婆，只叫人猜想我有。因爲我實在沒有，又恨不得有，就說得好像自己有，讓人家羨慕我，我就聊以自慰。我現在的老婆是花燭夫妻。她是我從前鄰居的姑娘，沒有文化，比我小好多歲。她也沒有什麼親人，嫁了我老懷疑我鄉下還有個老婆，還有兒子女兒，其實我只是個老光棍。」

「這都是實話嗎？」

「不信，查我的履歷。」

「履歷上你填的什麼出身？」

「我爹早死，十來歲我媽也沒了。資助我上學的是我姑夫，他開米店，我填的是『非勞動人民』。」

「可是你還讀了博士！」

朱千里很生氣，爲什麼群眾老打斷他的檢討，好像不相信他的話，只顧審賊似地審他。他又只好回答。

「我沒有讀博士，不過，我可以算是得了博士，還不止一個呢！我從來沒說過自己是博士。假如你們以爲我是博士，那是你們自己想的。我只表示，我自恨不是法國的國家博士。我又表示瞧不起大學的博士。也許人家聽著好像我是個大學博士而不自滿。其實呢，我並沒有得過大學博士。」

「你又可以算是得了博士，還不止一個！怎麼算的呢？」

「就是說，到手博士學位的，不是我，卻是別人。」

「那麼，你憑什麼算是博士呢？」

「憑眞本領啊！我實在是得了不止一個博士。我們——我和我的窮留學朋友常替有錢而沒本領的留學生經手包寫論文。有些法國窮文人專給中國留學生修改論文，一千法郎保及格，三千法郎保優等，一萬保最優等。我替他們想題目，寫初稿，然後再交給法國人去修改潤色。我拿三百五百到六七百。他們再花上幾千或一萬，就得優等或最優等。有一個闊少爺花了一萬法郎，還得了一筆獎金呢，只是還不夠撈回本錢。當然，我說的不過是一小部分博士。即使花錢請人修改論文，口試還得親自挨剋。法國人鬼得很，口試剋你一頓，顯得他們有學問，當眾羞羞你，學位終歸照給。你們中國人學中國文學要靠法國博士做招牌，你們花錢讀博士，我何樂而不給呢！」

有人插話：「朱先生不用發議論，你的博士，到底是眞是假呢？」

朱千里直把群眾當貼心人，說了許多貼心的眞話，他們卻只顧盤問，不免心頭火起，發怒說：

「分別眞假不是那麼簡單！他們得的博士是眞是假呢？我只是沒花錢，沒口試，可是坐著旁聽，也怪難受的，替咱們中國人難受啊。」

「朱先生不用感慨，我們只問你說的是句句眞話呢？還是句句撒謊呀？」

「我把實在的情況一一告訴你們，還不是句句眞話嗎？」

「你不過是解釋你爲什麼撒謊。」

「我撒什麼謊了！」朱千里發火了。

「還把謊話說成眞話。」

「你們連眞假都分辨不清，叫我怎麼說呢？」

「是朱先生分不清眞假，還是我們分不清眞假？告訴你，朱千里，群眾的眼睛是雪亮的！」

朱千里氣得說：「好！好！好個雪亮的群眾！好個英明的領導！」

有人發問了：「朱千里，你怎麼學習的？英明的領導是群眾嗎？你說說！」

朱千里嘟囔說：「這還不知道嗎！共產黨是英明的領導。」

有人忍笑問：「群眾呢？」

「英明的尾巴！」朱千里低聲嘟囔，可是存心讓人聽見。

有人高聲喊：「不許朱千里誣衊群眾！」

「不許朱千里鑽空子向黨進攻！」

「打倒朱千里！」

忽有人喊：「打倒千里豬！」笑聲裡雜亂著喊聲：

「千里豬？只有千里馬，哪來千里豬？」

「豬冒牌！」

「豬吹牛！」

「打倒千里豬！打倒千里豬!!」許多人齊聲喊。有人是憤怒地喊，有人是忍笑喊，一面喊，一面都揮動拳頭。

朱千里氣得不等散會就一人衝出會場。他含著眼淚，渾身發抖，心想：「跟這種人說什麼貼心的眞話！他們只懂官話。他們空有千隻眼睛千隻手，只是一個魔君。」他也不回家，直著眼在街上亂撞，一心想逃出群眾的手掌。可是逃到哪裡去呢？他走得又餓又累，身上又沒幾個錢；假如有錢，他便買了火車票也沒處可逃呀。

他拖著一雙沉重的腳回到家裡，老婆並不在家。正好！他草草寫下遺書：「士可殺，不可辱！寧死不屈！——朱千里絕筆。」然後他忙忙地找出他的安眠藥片，只十多片，倒一杯水一口吞下。他怕藥力不足，又把老婆的半瓶花露水，大半瓶玉樹油和一瓶新開的腳氣靈藥水都喝下（因爲瓶上都有「外用，不可內服」字樣），廚房裡還有小半瓶燒酒，他模糊記得酒能幫助藥力，也一口氣灌下，然後回房躺下等死。

可是花露水、玉樹油、腳氣靈藥水和燒酒各不相容，朱千里只覺得噁心反胃，卻又是空肚子。他嘔吐了一會，不住地乾噦，半晌筋疲力竭，翻身便睡熟了。

朱千里的老婆買東西回家，看見留下的午飯沒動，朱千里倒在床上，喉間發出怪聲，床前地下，拋散著大大小小的好些空瓶子，喊他又不醒，嚇得跑出門去大喊大叫。鄰居跑來看見遺書，忙報告社裡，送往醫院搶救。醫院給洗了胃，卻不肯收留，說沒問題，睡一覺就好。朱千里又給抬回家來。

他沉沉睡了一大覺，明天傍晚醒來，雖然手腳癱軟，渾身無力，精神卻很清爽。他睜目只見老婆坐在床前垂淚，對面牆上貼著紅紅綠綠的標語：

「朱千里！你逃往哪裡去？」

「朱千里！休想負嵎頑抗！」

「奉勸朱千里，不要耍死狗！」

他長歎一聲，想再閉上眼睛。可是——老婆也不容許他。

第八章

朱千里自殺，群眾中有人很憤慨，說他「耍死狗」。可是那天主持會議的主席卻向范凡自我檢討，怪自己沒有掌握好會場，因爲他是臨時推出來當主席的，不知道朱千里的底細。他責備自己不該讓朱千里散布混淆眞假的謬論，同時也不該任群眾亂提問題，尤其是「打倒千里豬」的口號，顯然不合政策。關於這點，羅厚一散會就向主席提出抗議了。范凡隨後召開了一個吸取經驗的會，提請注意勿造成失誤，思想工作應當細緻。

丁寶桂看到朱千里的檢討做得這麼糟糕，嚇得進退兩難。他不做檢討吧，他是搶先報了名的。小組叫他暫等一等，讓朱千里先做。他不能臨陣逃脫。做吧，說老實話難免挨剋，不說老實話又過不了關。怎麼辦呢？

丁寶桂是古典組惟一的老先生。他平時學習懶得細讀文件，愛說些怪話。說他糊塗吧，他又很精明；說他明白吧，他又很糊塗。大家背後——甚至當面都稱他「丁寶貝」。現當代組和理論組的組長都是革命幹部，早都做了自我檢討。這位丁先生呢，召集人都做不好，勉強當了一個小組長。他也沒想到要求檢討，所以自然而然地落單了，只好和外文組幾個舊社會過來的知識分子一同洗澡。

他先還抗議，說自己沒有資產，只是個坐冷板凳的，封建思想他當然有，可是和資產階級掛不上鉤，他家裡連女婿和兒媳婦都是清貧的讀書人家子女。年輕人告訴他：「既是知識分子，都是資產階級知識分子。」這話他彷彿也學習過，可是忘了爲什麼知識分子都是資產階級的，卻又不敢提問，只反問：「你們洗澡不洗澡呢？」他們說：「大家都要改造思想，丁先生不用管我們。這會兒我們幫丁先生『洗澡』。」

丁先生最初不受啓發，群眾把他冷擱在一邊。他後來看到別人對啓發的態度，也開了竅，忙向群眾聲明他已經端正了態度。以後他也學朱千里把群眾啓發的問題分門別類，歸納爲自己的幾款罪狀。幫助他的小組看破他是玩弄「包下來」的手法，認爲他不是誠心檢查，說他「狡猾」。丁寶桂正不知如何是好。那天他聽了杜麗琳的檢討和主席的總結，悟出一個道理：關鍵是不要護著自己，該把自己當作冤家似地挑出錯兒來，狠狠地罵，罵得越凶越好。挑自己的錯就是「老實」，罵得凶就是「深刻」。他就搶著要做檢討。可是朱千里檢討挨剋，他又覺得老實很危險，不能太老實。反正只能說自己不好，卻是不能得罪群眾。

他只好硬著頭皮到會做檢討。他先說自己顧慮重重，簡直沒有膽量。「好比一個千金小姐，叫她當眾脫褲子，她只好上吊啊。可是漸漸地思想開朗了。假如你長著一條尾巴，要醫生動手術，不脫褲子行嗎？你也不能一輩子把尾巴藏在褲子裡呀！到出嫁的時候，不把新郎嚇跑嗎？我們要加入人民的隊伍，就彷彿小姐要嫁人，沒有婆家，終身沒有個著落啊。」

他的話很有點像怪話，可是他苦著臉，兩眼惶惶然，顯然很嚴肅認眞。大家耐著心等他說下去。

丁寶桂呆立半晌，沒頭沒腦地說：「共產黨的恩情是說不完的。只說我個人在解放前後的遭遇吧。以前，正如朱千里先生說的，教中文也要洋招牌。儘管十年、幾十年寒窗苦讀，年紀一大把，沒有洋學位就休想當教授，除非你是大名人。可是解放以後，我當上了研究員。這就相當於教授了，我還有不樂意的嗎？我聽說，將來不再年年發聘書，加入人民的隊伍，就像聘去做了媳婦一樣，就是終身有靠了。我還有不樂意的嗎！我們靠薪水過日子的，經常怕兩件事：一怕失業，二怕生病。現在一不愁失業，二不愁生病，生了病公費醫療，不用花錢請大夫，也不用花錢請代課。我們還有不擁護社會主義的嗎！」

他又停了半晌，才說：「我的罪過我說都不敢說。我該死，我從前——解放前常罵共產黨。不過我自從做了這裡的研究員，我不但不罵，我全心全意地擁護共產黨了。我本來想，我罵共產黨是過去的事；現在不罵，不就完了嗎？有錯知改，改了不就行了嗎？可是不行。說是不能偷偷兒改，一定得公開檢討。不過，我說了呢，又怕得罪你們。所以我先打個招呼，那是過去的事，我已經改了，而且承認自己完全錯誤。過去嘛，解放以前啊，我在這裡國學專修社當顧問。姚謇先生備有最上好的香茶，我每天跑來喝茶聊天，對馬任之同志大罵共產黨。我不知道他就是個共產黨員，瞧他笑嘻嘻的，以爲他欣賞我的罵呢，我把肚腸角落裡的話都罵出來了。」

他看見群眾寫筆記，嚇得不敢再說。有人催他說下去。他戰戰兢兢地答應一聲，又不言語。經不起大家催促，他才小心翼翼地又打招呼說：「這些都是糊塗話，混賬話。我聽信了反動謠言，罵共產黨煽動學生鬧事——這可都是混賬話啊——我說，十年樹木，百年樹人，人才是國家的根本；利用天眞的學生鬧事，不好好讀書，就是動搖國家的根本，也是葬送青年人。我不知道鬧風潮是爲了革命，革命正是爲了救國。現在當然誰都明白這個道理了。可是我那時候老朽昏庸，頭腦頑固。咳，那時候姚謇先生勸我到大後方去，我對他說，我又不像你，我沒有家產，我得養家活口，我拖帶著這麼一大家人呢，上有老，下有小，挪移不動，僞大學裡混口飯吃，蹲著瞧吧。我心上老有個疙瘩，怕人家罵我漢奸。我很感謝共產黨說公平話，說不能要求人人都到大後方去，我不過在僞大學教教課，不是漢奸。好了，我心上也舒坦了。」

他接著按原先的計畫做檢討。

「1.我不好好學習。我學不進去，不是打瞌睡，就是思想開小差，只好不懂裝懂，人云亦云，混到哪裡是哪裡。

「2.因爲不學習，所以改不好，滿腦袋都是舊思想。封建思想不用說，應有盡有。資產階級思想也夠多的。我雖然是老土，也崇洋慕洋，看見洋打扮，也覺得比土打扮亮眼。再加我聽信了反動宣傳，對共產黨怕得要命，雖然受了黨的恩情，還是怕的。特別怕運動，什麼把群眾組織起來呀，發動起來呀等等。這就好比開動了坦克車，非把我軋死不可。我這個怕，就和怕鬼一樣。你說壓根兒沒鬼，可我還是怕。我現在老老實實把我的怕懼亮出來，希望以後可以別再怕了。

「3.沒有主人翁感。老話說：『國家興亡，匹夫有責。』我卻是很實際——不是很實際，我是很——很沒有主人翁感。我覺得我有什麼責任呀！國家大事，和我商量了嗎？我是老幾啊！我就說：『食肉者謀之矣。』譬如抗美援朝吧，我暗裡發愁：咳！我們打了這麼多年的仗，『民亦勞止，迄可小休』，現在剛站穩，又打，打得過美國人嗎？事實證明我不用愁，勝利是屬於我們的。我現在對共產黨是五體投地了。可是我承認自己確實沒有主人翁感。我只要求自己做個好公民，響應黨的號召，服從黨的命令。

「4.謹小慎微。我對自己要求不高，不求有功，但求無過，把自己包得緊緊的，生怕人家看破我不是好公民，響應黨的號召是勉強，服從黨的命令是不得已。我自稱好公民是自欺欺人。

「總括一句話，我是個混飯吃的典型。」

丁寶桂坐下茫然四顧。像一個淹在水裡的人，雖然腦袋還在水上，身子卻直往下沉。

主席問：「完了嗎？」

丁寶桂忙站起來說：「我的提綱上只寫了這麼幾條，還有許許多多的罪，一時也數不清，反正我都認錯，都保證改。我覺悟慢，不過慢慢地都會覺悟過來。」

主席說：「丁先生的檢討，自始至終，表現出一個『怕』字。這就可見他對黨和人民的距離多麼遠！只覺得共產黨可怕，只愁我們要剋他。解放前罵共產黨有什麼罪呢！共產黨是罵不倒的。解放以後，你改變了對共產黨的看法，可見你還不算太頑固。你也知道憂國憂民，可見你也不是完全沒有主人翁感。可是你口口聲聲的認罪，好像共產黨把你當作仇人似的。丁先生這一點應當改正過來。應當靠攏黨，靠攏人民。別忘了共產黨是人民的黨，你是中國的人民。你把自己放在人民的對立面，所以只好謹小愼微，經常戰戰兢兢，對人民如臨大敵，對運動如臨大難，好像黨和人民要難爲你似的。丁先生，不要害怕，運動是爲了改造你，讓你可以投入人民的隊伍。我們歡迎一切願意投入我們隊伍的人，團結一切可以團結的力量，共同努力，爲人民做出貢獻。」

提意見的人不多。接著大家拍手通過了丁寶桂的檢討。

丁寶桂放下了一顆懸在腔子裡的心，快活得幾乎下淚。他好像中了狀元又被千金小姐打中了繡球，如夢非夢，似醒非醒，一路回家好像是浮著飄著的。

第九章

麗琳瞧彥成只顧默默沉思，問他幾時做檢討。她關心地問：「他們沒有再提別的問題嗎？沒給你安排日子？」

彥成昂頭大聲說：「我不高興做了！」

「不高興？由得你嗎？」

「我也不會像你們那樣侃侃而談。我只會結結巴巴——我準結結巴巴。」

麗琳很聰明地笑了。「你是看不起我和丁寶桂的檢討，像你看不起有些人的發言一樣，是不是？你可以做個深刻的檢討呀，至少別像丁寶桂那麼庸俗。」

彥成不答理，只說：「我越想越不服氣了。幫助我洗澡的人比我的年紀還大些呢，我倒成了『老先生』，要他們幫助我『洗澡』！笑話呀？誰不是舊社會過來的！」

「他們是革命幹部吧？」

「可是咱們組裡的年輕人呢？比我年輕多少呀？」

「誰叫你職位高呢。而且在外國待了那麼多年。我不也受他們幫助了嗎？他們自己也是要改造的——至少也得互相擦擦背吧？」

彥成搖搖頭說：「我不是計較這些。我只是覺得這種『洗澡』沒用——白糟蹋了水。」

「好啊，讓你來領導運動吧，你有好辦法。」

「我沒有辦法。我看這就是沒辦法的事。醜人也許會承認自己醜，笨人也許會承認自己笨，可是，有誰會承認自己不好嗎？——我指的不是做錯了事『不好』，我不指『過失和錯誤』，我說的『不好』就是『壞』。誰都相信自己是好人！儘管有這點那點缺點或錯誤，本質是好人。認識到自己的不好是個很痛苦的過程。我猜想聖人苦修苦練，只從這點做起。一個人刻意修身求好，才會看到自己不好。然後，出於羞愧，才會悔改。悔了未必就會改過來。要努力不懈，才會改得好一點點。現在咱們是在運動的壓力下，群眾幫助咱們認識自己這樣不好，那樣不好；沒法兒抵賴了，只好承認。所謂自覺自願是逼出來的。逼出來的是自覺自願嗎？況且，咱們還有個遁逃。千不好，萬不好，都怪舊思想舊意識不好，罪不在我。只要痛恨封建社會和資產階級，我的立場就變了，我身上就乾淨了。」

麗琳大睜著她那雙美麗的眼睛，呆呆地注視著他。她老實說：「我不懂你發這些牢騷什麼意思。」

彥成想：「你是不會懂的。」他只歎氣說：「『牢騷』嗎？我是『發牢騷』？」

麗琳說：「反正我覺得現在不是發議論的時候。你的檢討還沒做呢，他們爲什麼到現在還不安排你做？是不是你還隱瞞著什麼問題？」

「我有什麼隱瞞的問題呀？」彥成乾脆不耐煩了。

「唉，我不過是幫助你。」她倒了一杯茶，一面喝，一面慢吞吞地說：「做導師的，帶著徒弟去遊山，給人撞見了，硬說是別人看錯的——我還幫著你圓謊，你忘了嗎？」

「我除了和你同遊香山，沒有和任何別人一同遊山，我早已對你說過了。」

「親眼看見的人如果問你，你也睜著眼睛說瞎話嗎？我當時將信將疑，也沒有再追根究柢。可是憑後來的事情，不免叫我記起那次遊山；看來沒有冤枉你。那天，你們倆在她家小書房裡的情景，我是親眼目睹的。那個親密勁兒，總該有個前奏啊！我一次兩次問你，你就是死死地捂著蓋子。你不說就沒事了嗎？你不怕人家會控訴你嗎？」

彥成的眼睛越睜越大。他說：「哦！你去控訴我了？」

麗琳只接著說：「據你說，你在向那位小姐求婚。你是有婦之夫，你忘了嗎？」

「是你控訴我了！」

「我控訴你？還沒到時候呢！『夫妻同命鳥』，現在正是患難與共的時候。我是在提醒你。」

「多謝費心了。」彥成站起身想鑽「狗窩」去。

麗琳放下茶杯，指著沙發叫他坐下，一面說：「我是已經洗完澡的人，我知道的事總該比你多些吧？」

彥成有點兒心驚，不由自主地坐下了。

「你知道余楠賣五香花生豆兒的話是誰捅出來的？是他的寶貝女兒和善保，他們是眞心誠意的幫助他。你雖然不服氣自己是『老先生』，你究竟和年輕人不一樣了。他們經過學習，經過『發動』，他們和平常的自己也不一樣了。你那位小姐如果不自覺，旁人也會點撥她。姜敏是積極分子。我記得你們遊山的事是她先說起的。你保得住她不再提嗎？我聽說有個女學生把老師寫給她的情書都交出來了。你沒有白紙黑字留下手跡嗎？」

她的第三隻眼睛盯住彥成，好像看到他臉上變了顏色。她說：「我是爲你擔憂。你又沒什麼別的問題，爲什麼到現在還不安排你做檢討呢？」麗琳是眞的擔憂。

彥成強笑說：「你放心好了。」他自己心上卻很亂。可是他靜下來想想，又放下心來。

麗琳卻放不下心，她說：「你公開檢討之前，得把稿子給我看看。我也給你看的。」

「現在就可以給你看啊，左不過是那一套。」

「你已經寫好了嗎？」

彥成從「狗窩」裡找出幾張亂七八糟的稿子，有的紙大而薄，有的紙小而厚。麗琳整理之後，看到沒頭沒腦的幾條：進步包袱；個人主義；狂妄自大；崇美恐美；自由散漫；不守紀律；貪圖享受等等。她說：「就這點？你的戀愛呢？包括在哪一項下面呀？」

「我沒有戀愛。」

「沒有？你經得起檢查嗎？就說沒有！」

「我和她已經檢討過了。」

「你和她！你們早訂了攻守同盟嗎？我正要問你，爲什麼你現在不到她家去了？」

「麗琳，幫助得夠了。」他要站起身，麗琳仍叫他坐下。

「你該知道，攻守同盟不是鐵板一塊。你知道怎麼粉碎攻守同盟嗎？對這一個說，對方供出了什麼什麼；對另一方說，對方供出了什麼什麼。就這樣，非常簡單。彥成，我都是爲你。爲什麼他們不叫你做檢討呢？因爲你不老實，捂著蓋子。假如下一個做檢討的還不是你，就證明我沒錯。」

彥成一聲不響，退到了他的「狗窩」裡去。

不久他們得到通知，下一個做檢討的是余楠。

第十章

向來溫婉的宛英，忽然一改常態，使余楠很驚詫。她生氣說：「你不要臉了，可叫我什麼臉見人呢？」

余楠放下手裡的檢討稿說：「怎麼了？」他看著宛英的臉，揚揚他的稿子說：「你看了？」

「你一聲高，一聲低，一聲快，一聲慢的演說，一會兒捶胸，一會兒頓腳的，我還聽不見嗎？」

余楠歎氣說：「是你引來了家賊呀！我不就地打滾，來一番驚人的坦白，我可怎麼過關呢？」

宛英且不爭辯「家賊」是他自己的寶貝女兒，女兒的朋友是他自己看中的。她只說：

「你會做文章啊！有的說成沒的，沒的說成有的。你就不能漂漂亮亮給自己做一篇好文章嗎？」

「啊呀，宛英，你難道不知道現在是搞運動嗎？我不對群眾說實話，他們肯饒我嗎？我不把心靈深處的爛瘡暴露出來，我過得了關嗎？我還能做人嗎？」

「可是你說的全是假話呀！什麼出身破落官僚家庭！你爹又是什麼不負責任的風流才子！他贅給有錢的寡婦做了倒踏門女婿，每月還津貼你們家用，還暗地裡塞錢給你家，你媽媽親自告訴我的。」

余楠慌忙問：「這話你和他們小輩說過嗎？」

「告訴他們幹嘛？你可是知道的呀。」

余楠放了心，耐心解釋道：「宛英，你不懂，事情有現象，有本質。現象上的細節，不是眞實。眞實要看本質。」

宛英不會爭辯，只滿面氣惱地說：「我只問問你，我的本質是什麼？」

她向來有氣只背人暗泣，並不當著余楠淌眼抹淚。這回余楠看著她浮腫的臉上淚水模糊，也有點惶恐，忙辯解說：「我只檢討自己，沒說你一句壞話，都是說你好。」

宛英不理，進房去收拾行李，說要回南去。余楠問她哪裡去。她說：「三妹妹幾次寫信叫我去。不去她家，我還可以找個人家『幫人』呢。」

余楠說她小題大做。她只流著淚說：「我這一去，再也不回來了。」

余楠一想，宛英走了，他可怎麼做人呢？他檢討的話都站不住了。而且他怎麼過日子呢？他也知道觸犯宛英的是些什麼話，所以他也一改常態，溫言撫慰，答應修改他的檢討，刪掉宛英所謂「把老婆當婊子」的話。余楠由此也證實了自己確確實實是個忠於妻子的好丈夫，他的檢討也都是肺腑之言。

他是一名組長。他洗的這個澡，在社裡就算是大盆。會議室裡擠滿了人，好比澡盆不夠大，水都撲出來了。

余楠雖然刮了鬍子，卻沒有理髮，配上他灰黃的臉色，頗有些囚首垢面的形象。不過這不足爲奇，一般洗澡的人都那樣。他穿一套舊西裝，以前嫌太緊的，現在穿上還寬寬綽綽。他低著頭，聲音嘶啞，開始他的檢討。

他先講自己早年的遭遇，講他母親被丈夫遺棄之後，常勉勵他說：「阿楠啊，你要爭氣！」這句話成了他從小到大的指導思想。

「要爭氣」，加上「人不爲己，天誅地滅」的資產階級個人主義世界觀，再加上資產階級「愛情至上」的糊塗信念，使他成了國民黨反動政客的走狗，重婚未遂的罪人。

大家都豎起耳朵，連不屑聽余楠檢討的許彥成也看著他的臉聽他往下說。

據余楠講，他從小由母命訂婚，留學回國就成了家，生兩男一女。大家都說他是好福氣。可是他學的是西洋文學。他研究的詩歌、戲劇、小說等等，主題幾乎都是戀愛，不免使他深受影響。他當初是爲了孝順母親而結了婚。他生平一大憾事是沒有享受到自由的戀愛。當然，他的妻子是非常賢惠的，可是妻子是強加於他的。他看著別人自由戀愛，只有豔羨的份兒。

並不是沒有女人看中他。他在學校裡既有神童之名，當然就有女孩子對他鍾情。他後來發表了一些新詩和散文，又贏得好些女讀者的崇拜。她們或是給他寫信，或是登門拜訪。他當時很年輕，那些多情的小姐多半也很漂亮。不過他不敢拂逆他的母親，也不願背棄他溫柔的妻子。後來他當了一個刊物的主編，來往的女作家很多，對他用情的也不少，有的還很主動，甚至表示「願爲夫子妾」。不過，資產階級「愛情至上」的思想儘管深深地打動他，他想到自己的母親和妻子，覺得萬萬不能步他父親的後塵，做一個不負責任的風流才子。

他說，「要爭氣」，無非出人頭地，光大自己。這和「人不爲己，天誅地滅」的個人主義是一致的。這種思想導致他爲名爲利，一心向上爬，要爲他的老母親爭氣。可是「愛情至上」的觀念卻和封建道德背道而馳。英雄美人或才子佳人，爲了戀愛就顧不得道德，也顧不得事業。他向來把道義看得比私情重。他要求做一個鐵錚錚的男子漢，道義上無愧於心，事業上有所成就。他自信英雄難過的「美人關」，他已經突破了。想不到他竟會深深陷入愛情的泥淖，不能自拔。

他接下輕描淡寫地介紹了他主編的那個刊物和組稿的小姐，簡約說明自己怎麼由一個普通的撰稿人升爲主編，刊物由反動政客資助，那位組稿的小姐就是他迷戀的美人。她眞是「才調太玲瓏」，她的綿綿情絲把他纏住了。他最初只在「心有靈犀一點通」的階段陶醉，並沒意識到墮入情網的危險。可是兩心相通就要求兩心相貼，然後就產生了更進一步的要求。這是最熱烈、最迷人、也最艱苦的階段。接下幾句話就是宛英斥爲「把老婆當婊子」的話，怪他「不要臉」。他認爲自己用辭隱晦，也力求文雅。可是宛英竟爲此要出走，他只好把這段誠摯而出自內心深處的自白刪掉，只說那位小姐守身如玉，她要求的是結婚，而他是有婦之夫。

他說，這時他已完全失去主宰，已把道義全都拋棄，他已喪盡廉恥。他把事業也都丟了，只求有情人成爲眷屬。他自以爲想出了一個兼顧道義和愛情的兩全法。他出國和那位小姐結婚，拋下妻子叫她留在國內照看兒女，算是讓她照舊做一家之主。

余楠停下來長歎一聲說：「可是愛情要求徹底的、絕對的占有。那位小姐不容許我依戀妻子兒女，一氣而離開了我。」他傷心地沉默了一會兒，帶幾分哽咽說：「我不死心，還只顧追尋。我覺得妻子兒女跑不了是我的，可是她——她跑了，我就永遠失去了她。」他竭力抑制了悲痛說：他雖然已經答應了本社的邀請，還賴在上海，等待那位小姐的消息。他想，即使爲此失去這裡的好工作，他賣花生過日子也心甘情願。他直到絕望了、心死了才來北京的。

他接著講本社成立大會上首長的講話對他有多大的鼓舞。他向來只知道「手中一支筆，萬事不求人」；他的筆可以用來「筆耕」，養家活口。這回他第一次意識到手中一支筆可以爲人民服務，而一支筆的功用又是多麼重大。他彷彿一支蠟燭點上了火，心裡亮堂了，也照明了自己的前途。從此他認眞學習，力求進步，把過去的傷心事深深埋藏在遺忘中，認爲過去好比死了，埋了，從此就完了。

「可是痛瘡儘管埋得深，不挖掉不行。我的進步，不是包袱，而是痛瘡上結的蓋子。底下還有膿血呢，表面上結了蓋子也不會長出新肉來；而蓋子卻碰不得，輕輕一碰就會痛到心裡去。比如同志們啓發我，問我什麼時候到社的，我立即觸動往事，立即支吾掩蓋。我愛人對我說：『你不是想出國嗎？』我不敢承認，只想設法抵賴。我不願揭開蓋子。我怕痛。我只在同志們的幫助下才忍痛揭蓋子。」

他揭下瘡上的蓋子，才認識到「兩全的辦法」是自欺欺人。他一方面欺騙了癡心要嫁他的小姐，一方面對不住忠實的妻子。他摳挖著膿血模糊的爛瘡，看到腐朽的本質。他只爲迷戀著那位小姐，給牽著鼻子走，做了反動政客的走狗——不僅走狗，還甘心當洋奴，不惜逃離祖國，只求當洋官，當時還覺得頂理想。

余楠像一名化驗師，從自己的膿血中化驗出種種病菌和毒素，如「人不爲己，天誅地滅」的個人主義思想呀，自高自大呀，貪圖名利呀，追求安逸和享受呀，封建家長作風呀等等，應有盡有。他分別裝入試管，貼上標籤。（遺失姚宓稿子的事，因爲沒人提出，這種小事他已忘了。如有人提出，他就說忘了，或者竟可以怪在宛英身上，歸在「家長作風」項下。）

他這番檢討正是丁寶桂所謂「越臭越香」、「越醜越美」的那種。群眾提了些問題，他不加思索，很坦率地一一回答。大家承認他挖得很深很透，把問題都暴露無遺。他的檢討終於也通過了。

余楠覺得自己像一塊經烈火燒煉的黃金，雜質都已煉淨，通體金光燦燦，只是還沒有凝冷，渾身還覺得軟，軟得腳也抬不起，頭也抬不起。

第十一章

彥成回家後慨歎說：「戀愛還有實用呢！傾吐內心深處的癡情，就是把心都掏出來了。」

麗琳說：「你有他的勇氣嗎？你還不肯暴露呢！」

「我不信暴露私情，就是暴露靈魂；也不信一經暴露，醜惡就會消滅。」

「可是，不暴露是不肯放棄。」麗琳並不贊許余楠，可是覺得彥成的問題顯然更大。

彥成看著麗琳，詫異說：「難道你要我學余楠那樣賣爛瘡嗎？」

「我當然不要你像他那樣。可是我直在發愁。我怕你弄得不好，比他還臭。」

彥成不答理。

麗琳緊追著說：「你自己放心嗎？我看你這些時候一直心事重重的，瞞不過我呀。」

「麗琳，說給你聽你不懂。我只爲愛國，所以愛黨，因爲共產黨救了中國。我不懂什麼馬列主義。可是余楠懂個什麼？他倒是馬列主義的權威麼？都是些什麼權威呀！」

麗琳說：「彥成，你少胡說。」

彥成歎了一口氣：「我對誰去胡說呢？」

麗琳只叫他少發牢騷，多想想自己的問題。

偏偏群眾好像忘了許彥成還沒做檢討。施妮娜和江滔滔土改回來，爭先要報告下鄉土改的心得體會。余楠的檢討會他們倆都趕來參加了。兩人面目黧黑，都穿一身灰布制服，擠坐在一個角落裡，各拿著筆記本做記錄，好像是準備洗澡。

范凡很重視她們的收穫。施妮娜講她出身官僚地主家庭，自以爲她家是開明地主，對農民有恩有惠。這次下鄉，扎根在貧農家，和他們同吃同住同勞動。控訴會上聽到他們的控訴，眞是驚心動魄。她開始從感性上認識到地主階級的醜惡本質。她好比親自經歷了貧下中農祖祖輩輩的悲慘遭遇。她舉出一個個細節，證實自己怎樣一寸一分地轉移立場觀點，不知不覺地走入無產階級的行列。江滔滔講她出身於小資產階級，學生時代就嚮往革命，十七歲曾跟她表哥一同出走，打算逃往革命根據地去，可是沒上火車就給家裡人抓回去。她只有一顆要求革命的心，而沒有鬥爭的經驗，雖然是燃燒的心，卻是空虛的，蒼白的，抽象的；這次參加土改，比「南下工作」收穫更大。她自從投入火熱的實際鬥爭，她這顆爲革命而跳躍的心才有血有肉了。可見一個作家如果沒有生活，沒有鬥爭，就不可能爲人民寫作。她熱情洋溢，講得比施妮娜長。主席認爲她們都收穫豐富。她們好像都已經脫胎換骨，不用再洗什麼澡。大約她們還是在很小的澡盆裡洗了洗，只是沒有爲她們開像樣的檢討會。

朱千里在她們報告會的末尾哭喪著臉站起來，檢討自己不該和群眾對抗，他已經知罪認錯。幫助他的小組曾到人事處查究他的檔案，他的確沒有自稱博士。據他出國和回國的年月推算，他在法國有五六年。他也沒當漢奸，只不過在僞大學教教書。他檢討裡說的多半是實話，只是加了些油醬。他們告誡朱千里別再誇張，也不要即興亂說，只照著稿子一句句念。他的檢查也通過了。他承認自己是個又想混飯吃、又想向上爬的知識分子，決心要痛改前非，力求進步，爲人民服務。

彥成這天開完會吃晚飯的時候，忽然對麗琳說：「明天就是我了。」

「你怎麼？」

「我做檢討呀。」

「叫你做的？」

「當然。」彥成沒事人兒一般。

麗琳忙問是誰叫他做檢討。

「我不認識他。他對我說：『明天就是你了。』」

「這麼匆忙！他說了什麼時候來和你談話嗎？」

「他只說：『明天就是你了。』」

「態度友好不友好呢？」

「沒看見什麼態度。」彥成滿不在乎。

麗琳晚飯都沒好生吃。她怕李媽吃罷晚飯就封火，叫她先沏上點兒茶頭，等晚飯後有人來和彥成談他的檢討。可是誰也沒來。麗琳像熱鍋上的螞蟻，坐立不安，直到臨睡，還遲遲疑疑地問彥成：「你沒弄錯吧？是叫你做檢討？」

彥成肯定沒弄錯。麗琳就像媽媽管兒子復習功課那樣，定要彥成把他要檢討的問題對她說一遍。

彥成不耐煩地說：「進步包袱：我在舊社會不過是個學生，在國外半工半讀，仍然是學生，還不到三十歲。什麼『老先生』！」

「你怎麼自我批判呢？」

「我受的資產階級影響特別深啊。事事和新社會不合拍。不愛學習，不愛發言，覺得發言都是廢話。」

麗琳糾正他說：「該檢討自己背了進步包袱，有優越感，不好好學習等等。」

彥成接下說：「自命清高，以爲和別人不同，不求名，不求利。其實我和別人都一樣，程度不同而已。」

麗琳說：「別扯上別人，只批判你自己。」

彥成故意說：「不肯做應聲蟲，不肯拍馬屁，不肯說假話。」

麗琳認眞著急說：「胡鬧！除了你，別人都是說假話嗎？」

「你當我幾歲的娃娃呀！你不用管我。別以爲我不肯改造思想。我認爲知識分子應當帶頭改造自我。知識分子不改造思想，中國就沒有希望。我只是不贊成說空話。爲人好，只是作風好，不算什麼；發言好，才是表現好，重在表現。我不服氣的就在這點。」

麗琳冷冷地看著他說：「你是爲人好？」

彥成說：「我已經借自己的同夥做鏡子，照見自己並不比他們美。我也借群眾的眼睛來看自己，我確是夠醜的。個人主義，自由散漫，追求精神享受，躲在象牙的塔裡不問政治，埋頭業務不守紀律？」

「就這麼亂七八糟的一大串嗎？」麗琳實在覺得她不能不管。她怕彥成的檢討和余楠第一次檢討一樣，半中間給群眾喝住。

彥成說：稿子在他肚裡，反正他絕不說欺騙的話，他只是沒想到自己這麼經不起檢查，想不到他的主觀客觀之間有那麼大的差距，他實在洩氣得很。

麗琳瞧他眞的很洩氣，不願再多說，只暗暗擔心。

許彥成的檢討會是范凡主持的。他的問題不如別人嚴重，所以放在末尾。麗琳覺得很緊張。不過彥成雖然沒有底稿，卻講得很好，也不口吃。做完大家就拍手通過了。他沒說自己是洋奴，也沒人強他承認。

范凡爲這組洗澡的資產階級知識分子做了短短的總結，說大家都洗了乾淨澡，也得到不同程度的提高，勉勵大家繼續努力求進。

年輕人互相批評接受教育，不必老先生操心。老先生的洗澡已經勝利完成。

第十二章

發動群眾需要一股動力，動力總有惰性。運動完畢，乘這股動力的惰性，完成了三件要緊事。

第一件是「忠誠老實」，或「向黨交心」。年輕人大約都在受他們該受的教育。洗完澡的老先生連日開會，談自己歷史上或社會關係上的問題。有兩人旁聽做記錄。其中一個就是那位和善可親的老大姐。

丁寶桂交代了他幾個漢奸朋友的姓名。朱千里也同樣交代了他幾個偽大學同事的姓名以及他自己的筆名，如「赤兔」、「撇尾」、「獨角羊」、「朱騏」、「紅馬」等等。人家問「撇尾」的意思。他說不過是一「撇」加個「未」字，「獨角羊」想必是同一意義，「未」不就是羊嗎。其他都出自「千里馬」。余楠也交代了他的筆名。他既然自詡「一氣化三清」，他至少得交出三個名字。據他說，他筆名不多，都很有名。一是「穆南」，就是「木南」。一是「袁恧」，這是余楠兩字的切音。一是「永生」，因為照五行來說，水生木。太反動的文章是他代人寫的，他覺得不提爲妙。他只交代了他心愛的小姐芳名「月姑」，以及他那位「老闆」的姓名，不過他和他們早已失去聯繫。麗琳交代了她的海外關係，她已經決定和他們一刀兩斷了，只是她不敢流露她的傷心。彥成也交代了他海外師友的姓名，並申明不再和他們通信。一群老先生談家常似地想到什麼成問題的就談，聽了旁人交代，也啓發自己交代。連日絮絮「談心」，平時記不起的一樁樁都逐漸記起來。大家互相提醒，互相督促，雖然談了許多不相干的瑣碎，卻也盡量搜索出一切不該遺忘的細節。他們不再有任何隱瞞的事。

第二件是全體人員塡寫表格，包括姓名、年齡、出身、學歷、經歷、著作、專長、興趣、志願等等。據說，全國知識分子要來個大調整。研究社或許要歸併，或取消，或取消一部分，歸併一部分。交上表格，大家就等待重新分配了。配在什麼機構，就是終身從屬的機構。有人把這番分配稱爲「開彩」，因爲相當於買了彩票不知中什麼彩。知識分子已經洗心革面，等待重整隊伍。

第三件是調整工資。各組人員自報公議，然後由領導評定。各人按「德」、「才」、「資」三個標準來評定自己每月該領多少斤小米。這是關係著一輩子切身利益的大事，各組立即熱烈響應。譬如余楠自報的小米斤數比原先的多二百斤。他認爲憑他的政治品德，他的才學和資格經歷，他原先的工資太低了。誰都不好意思當面殺他的身價。朱千里就照模照樣要求和余楠同等。施妮娜提出姚宓工資太高，資格不夠。羅厚說施妮娜的資格也差些。不過主要的是德和才。許彥成以導師的身分證明姚宓的德和才都夠格，他自己卻毫無要求。麗琳表示她不如彥成，可是彥成不輸余楠。

姜敏說：「有的人，整個運動裡只是冷眼旁觀，毫無作爲，這該是立場問題吧？這表現有德還是無德呀？」

江滔滔立即對施妮娜會意地相看一眼，又向姚宓看一眼。

善保生氣說：「我們中間壓根兒沒有這種人。」

羅厚瞪眼說：「倒是有一種人，自己的問題包得緊緊的，對別人的事，鑽頭覓縫，自己不知道，就逼著別人說。」

善保忙說：「關於運動的事，范凡同志已經給咱們做過總結，咱們不要再討論這些了。」

姜敏紅了臉說：「我認爲經過運動，咱們中間什麼顧忌都沒有了，什麼話都可以直說了，爲什麼有話不能說呢？」

姚宓說：「我贊成你直說。」

姜敏反倒不言語了。

余楠想到姜敏和善保準揭發了他許多事。他對年輕人正眼也不看。社裡三反運動以來，這還是他第一次和年輕人一起開會。他對他們是「敬而遠之」。

這類的會沒開幾次，因爲工資畢竟還是由領導評定的，一般都只升不降。余楠加添了一百多斤小米，別人都沒有加。朱千里氣憤不平，會後去找丁寶桂，打聽他們組的情況。

丁寶桂說：「咳！可熱鬧了！有的冷言冷語，譏諷嘲笑；有的頓腳叫罵，面紅耳赤；還有痛哭流涕的——因爲我們組裡許多人還沒評定級別——我反正不減價就完了。」

「你說余楠這傢伙，不是又在翹尾巴了嗎？」

丁寶桂發愁說：「你瞧著，他翹尾巴，又該咱們夾著尾巴的倒楣。」

他想了一想，自己安慰說：「反正咱們都過了關了。從此以後，坐穩冷板凳，三從四德就行。他多一百斤二百斤，咱們不計較。」

「不是計較不計較，洗了半天澡，還是他最香嗎！」

丁寶桂說：「反正不再洗了，就完了。」

「沒那麼便宜！」朱千里說。

丁寶桂急了，「難道還要洗？我聽說是從此不洗了。洗傷了元氣了！洗螃蟹似的，捉過來，硬刷子刷，掰開肚臍擠屎。一之爲甚，其可再乎！」

朱千里點頭說：「這是一種說法。可是我的消息更可靠。不但還要洗，還要經常洗，和每天洗臉一樣。只是以後要『和風細雨』。」

「怎麼『和風細雨』？讓泥母豬自己在泥漿裡打滾嗎？」

丁寶桂本來想留朱千里喝兩杯酒，他剛買了上好的蓮花白。可是他掃盡了興致。而且朱千里沒有酒量，喝醉了回家準挨罵挨打。他也不想請翹尾巴的余楠來同喝，讓他自己得意去吧。

余楠其實並不得意。他並不像尚未凝固的黃金，只像打傷的癩皮狗，趴在屋檐底下舔傷口。爭得一百多斤小米，只好比爭得一塊骨頭，他用爪子壓住了，還沒吃呢。他只在舔傷口。

杜麗琳對許彥成說：「看來『你們倆』的默契很深啊！怎麼你只懷疑我控訴你，一點兒不防她？她也不怕人家說她喪失立場，竟敢包庇你？」

彥成生氣說：「麗琳，你該去打聽了姜敏，再來冤我。」

洗澡已經完了，運動漸漸靜止。一切又回復正常。

尾聲

星期天上午，彥成對麗琳說：「我到姚家去，你放心嗎？要陪我同去嗎？」

麗琳還沒有梳洗。她已稍稍故態復萌，不復黃黃臉兒穿一身制服。她強笑說：「好久沒到她們家去了。我該陪你去吧？等我換件衣服。」

麗琳忙忙地打扮，彥成默然在旁等待。他忽聽得有客來，趕快一人從後門溜了。

姚太太在家。彥成問了姚伯母好，就好像不關心似地問：「姚宓上班了嗎？」

姚太太笑說：「你開會開糊塗了，今天禮拜天，上什麼班！她和羅厚一同出去了。」

彥成趕緊背過臉去。因爲他覺得心上抽了幾下，自己知道臉上的肌肉也會抽搐，剎那間彷彿聽到余楠的檢討「愛情就是占有」，羞慚得直冒冷汗。

姚太太好像並沒有在意，她說：「彥成，我還沒向你道喜呢，因爲我不知道你們到底喜不喜。聽說你們倆中了頭彩了？你們高興吧？」

彥成說他不知道中了什麼彩。

「你們倆分到最高學府去了。昨晚的消息，你們自己還沒知道？」

「別人呢？」

「朱千里分在什麼外國語學院，姜敏也是。別人還沒定。你們兩個是定了的，沒錯。」

彥成呆了一會，遲疑說：「我塡的志願是教英語的文法，麗琳塡的是教口語。不知道由得不由得自己做主。」

「爲什麼教文法呢？」

彥成羞澀地一笑說：「伯母，我曾經很狂妄。人家講科學救國，我主張文學救國；不但救國，還要救人——靠文學的潛移默化。伯母，不講我的狂妄了，反正我認識到我是絕對不配教文學的。如果我單講潛移默化的藝術，我就成了脫離政治，爲藝術而藝術。我以後離文學越遠越好。我打算教教外系的英文，或者本系的文法。假如不由我做主，那就比在研究社更糟了。」

「阿宓塡的是圖書工作或翻譯工作，」姚太太說，「羅厚的舅舅舅媽特地來看我，說要羅厚和阿宓塡同樣的志願，將來可以分配在一處工作。可是我不知道羅厚塡了什麼志願。」

彥成忙說：「羅厚是個能幹人，大有作爲的。他有膽量，有識見，待人頂憨厚，我很喜歡他。」

姚太太說：「他野頭野腦，反正他自有主張。他可崇拜你呢！他向來不要人家做媒，總說他要娶個能和他打架的粗婆娘。最近，他舅媽來拜訪以後，我問他粗婆娘找到沒有，他說不找了，將來請許先生給他找個對象。」

彥成脫口說：「還用我嗎！他不是已經有了嗎？」

「你說阿宓嗎？」姚太太微笑著。「我也問過她。她說她不結婚，一輩子跟著媽媽。」

「從前說的，還是現在說的？」

「從前也說，現在也說。」

彥成聽了這話，心上好像久旱逢甘雨，頓時舒服了好些，同時卻又隱隱覺得抽搐作痛。他說：「結了婚照樣可以跟著媽媽呀。」

姚太太說：「反正我不干涉，隨她。」

「他們不是一起玩兒得很好嗎？」

姚太太抬頭說：「他們不是一起玩兒，今天他們是給咱們倆辦事去的。」

姚太太告訴彥成，三反初期，市上有許多很便宜的舊貨，都是「老虎」拋出來賣錢抵債的。羅厚偶然發現一只簇新的唱機，和彥成的是同一個牌子。他買下來了。可是賣唱機的並沒有出賣唱片，不知是什麼緣故，也可能給別人買去了。羅厚陸續買了好多唱片，有的是彥成沒有的，有的是相重的。現在他們想到彥成不久得搬家，姚太太說羅厚選唱片是外行，叫他們兩個一同出去採購了準備分家的。

彥成說：「唱機唱片都留在伯母這裡好了。」

姚太太說：「我老在替那隻『老虎』發愁，不知他是不是給關起來了？還是窮得不能過日子了？阿宓說，省得媽媽成天爲『老虎』擔憂，買來的新唱機給許先生吧，他的那只換給咱們。不知你同意不同意？」

彥成連說同意，自己也不知道心上是喜是悲。他不等姚宓回家就快快辭別了姚太太回家。姚太太叫他問問麗琳，幾時方便，要請他們夫婦吃頓晚飯，一是爲賀喜，二是爲送行。姚太太說：「咱們不請外客，我有個老廚子還常來看我，叫他做幾個乾乾淨淨的家常菜，咱們聚聚。」

到許家去的客人是報喜的，到了幾批客人。麗琳正拿不定主意是否到姚家去接彥成。她聽彥成回來講了姚宓不在家以及姚太太請飯送行的事，很高興，都忘了責怪彥成撇了她溜走。

許彥成夫婦不久得到調任工作的正式通知，連日忙著整理東西準備搬家。麗琳雖然很忙，總樂於陪彥成同到姚家去。姚家的鋼琴已由許家送回。新唱機已經送往許家，唱片已由姚太太和許彥成暫時分作兩份，各自留下了自己喜歡的。姚宓和許多別人一樣，工作還沒有分配停當。她只顧擔憂別再和余楠、施妮娜等人在一起。姚太太說，哪裡都是一樣，「莫安排」。

許彥成夫婦搬家的前夕，在姚家吃晚飯。女客只請宛英作陪，羅厚是彥成的陪客。姚宓聽從媽媽的吩咐，換上一件煙紅色的紗旗袍。她光著腳穿一雙淺灰麂皮的涼鞋。八仙桌上，她和麗琳並坐一面，彥成和羅厚並坐一面，姚太太和宛英相對獨坐一面。菜很精緻，還喝了一點葡萄酒。飯後沏上新茶，聚坐閒談，也談到將來彼此怎麼通信，怎麼來往。

麗琳第一個告辭，她說還有些雜事未了，明天一早大板車就要來拉家具的。許彥成知道雜事都已安排停當，老實不客氣地求她說：

「你先回去吧，我還坐一坐。」

麗琳只好一人先走。羅厚代主人送她到門口。

過一會，宛英告辭，羅厚送她回家，自己也回宿舍。

彥成賴著坐了一會，也只好起身告辭。姚太太說：「阿宓，你替我送送吧。」

他們倆並肩走向門口，彥成覺得他們中間隔著一道鐵牆。姚宓開了走廊的燈，開了大門。

彥成淒然說：「你的話，我句句都記著。」

姚宓沒有回答。她低垂的睫毛裡，流下兩道細淚，背著昏暗的燈光隱約可見。她緊抿著嘴點了點頭，想說什麼，沒說出來，等彥成出門，就緩緩把門關上。

彥成急急走了幾步，又退回來。他想說什麼？他是要說：「快把眼淚擦了。」可是，這還用他說嗎？她不過以爲背著燈光，不會給他看見；以爲緊緊抿住嘴，就能把眼淚抿住。彥成在門口站了一會兒，然後繞遠道回家。

姚宓在門裡，雖然隔著厚厚的木門，卻好像分明看見彥成逃跑也似地急走幾步，又縮回來，低頭站在門前，好像想敲門進來，然後又朝相反方向走了。她聽著他的腳聲一步步遠去，料想是故意繞著遠道回家的。

姚宓關上走廊的燈，暗中抹去淚痕，裝上笑臉說：

「媽媽，累了吧？」

姚太太說不累。母女還閒聊了一會兒才睡。

姚宓想到彥成繞遠回家的路上有個深坑，只怕他失魂落魄地跌入坑裡，一夜直不放心。

第二天早上，羅厚抱著個鏡框跑來，說老許他們剛走，他「狗窩」裡有一張放大的照相忘了取下，臨走才發現，叫他拿來送給姚伯母。他嬉皮賴臉說：

「伯母不要就給我。」

那是許彥成大學生時期的照相。

姚太太說：「拿來，我藏著，等你將來自己有了家再給你。」

姚宓忽然有一點可怕的懷疑。她刻意留心，把媽媽瞞得緊騰騰，可是，這位愛玩兒福爾摩斯的媽媽只怕沒有瞞過吧？至少，沒有完全瞞過。

羅厚坐下報告社裡各人最新分配的工作。接受姚謇贈書的圖書館要姚宓去工作，還答應讓她脫產兩年，學習專業。他自己的工作也在那個圖書館。

當時文學研究社不拘一格採集的人才，如今經過清洗，都安插到各個崗位上去了。

新人間252

洗澡

作　者—楊　絳
主　編—湯宗勳
編　輯—張啟淵
封面設計—張瑜卿
執行企劃—劉凱瑛

董事長—趙政岷
出版者—時報文化出版企業股份有限公司
108019台北市和平西路三段二四〇號三樓
發行專線—（〇二）二三〇六—六八四二
讀者服務專線—〇八〇〇—二三一—七〇五
（〇二）二三〇四—七一〇三
讀者服務傳真—（〇二）二三〇四—六八五八
郵撥—一九三四四七二四時報文化出版公司
信箱—10899台北華江橋郵局第九十九信箱
時報悅讀網—http://www.readingtimes.com.tw
電子郵箱—history@readingtimes.com.tw
法律顧問—理律法律事務所　陳長文律師、李念祖律師
印　刷—勁達印刷有限公司
初版一刷—二〇一五年三月二十七日
初版九刷—二〇二四年五月二日
定　價—新台幣三八〇元

時報文化出版公司成立於一九七五年，
並於一九九九年股票上櫃公開發行，於二〇〇八年脫離中時集團非屬旺中，
以「尊重智慧與創意的文化事業」為信念。

洗澡 / 楊絳著. -- 初版. -- 臺北市：時報文化, 2015.03
面；　公分. --（新人間；252）
ISBN 978-957-13-6229-8

857.7　　　　104003441

ISBN 978-957-13-6229-8
Printed in Taiwan

愛經典

閱讀經典，成為更好的自己。